Accidentally Compromising the Duke
by Stacy Reid

間違いと妥協からはじまる
公爵との結婚

ステイシー・リード 著
辻早苗・訳

JN018528

ラズベリーブックス

ACCIDENTALLY COMPROMISING THE DUKE
by Stacy Reid

Copyright © 2016 by Stacy Reid.

Japanese translation rights arranged with Alliance Rights Agency
through Japan UNI Agency, Inc., Tokyo

日本語版出版権独占
竹 書 房

デュシアンへ。愛してるわ。

謝辞

大好きなものを見つけさせてくれた神さまには、日々感謝しています。

夫へ。わたしのいちばんのファン兼サポーターでいてくれてありがとう！　あなたって最高。

すてきな友人であり、批評仲間であるジゼル・マークスに感謝を。あなたがいなければ、どうしていいかわかりません。

締切を破ったときに見捨てずにいてくれて、とにかくパワフルですばらしい編集者でいてくれるアリシア・トーネッタにお礼を。

すてきな読者のみなさんには、わたしの本を手に取ってチャンスをあたえてくれた感謝を！　ありがとうございます。

レビューをしてくれる方たち――ブロガー、ファン、友人――には特別のありがとうを。いつも言っていますが、作家にとってレビューは、レプラコーン（つかまえると宝の在処を教えてくれる小妖精）の金の壺と同じです。わたしの虹にレビューをくわえてくださるみなさん（虹の端には宝物があると言われている）、どうもありがとう。

間違いと妥協からはじまる公爵との結婚

主な登場人物

アデライン（アデル）・ジョージアナ・ヘイズ……准男爵令嬢。
エドモンド・イライアス・アラステア・ロチェスター……ウルヴァートン公爵。
ロザリー・ロチェスター……エドモンドの娘。
サラ・ロチェスター……エドモンドの娘。
ハリエット・ロチェスター……エドモンドの母。
アーチボルド・ヘイズ……アデルの父。准男爵。
マーガレット・ヘイズ……アデルの継母。
ヘレナ・ヘイズ……アデルの継妹。
ベアトリクス・ヘイズ……アデルの継妹。
イヴリン（イーヴィ）……グラッドストン伯爵令嬢。アデルの親友。
ウエストフォール……侯爵。エドモンドの親友。
ジェイムズ・アトウッド……法廷弁護士志望の青年。
ヴェイル……伯爵。

1

一八一七年、イングランド
ウィルトシャー、ペンビントン・ハウス

てのひらに当たる鍵の冷たさと、人目を忍んでそれが渡された経緯が相まって、アデラインは二十一年の人生ではじめて自分を邪《よこしま》に感じていた。外聞が悪いのは言うまでもなく、おそらくは身の破滅をもたらすだろう不道徳な行ないをこれからするのだと思ったら、期待と不安を激しく感じた。

今夜、わたしは――定評ある奥の手を使って――将来を自分の手で決める。結婚相手は、たいせつに思い尊敬している男性――ミスター・ジェイムズ・アトウッド――で、わがもの顔にわたしに襲いかかってきた男性――ヴェイル伯爵――などではないとはっきりさせるのだ。

「ありがとう」アデルは親友のレディ・イヴリン――近しい友人からはイーヴィと呼

ばれている――にそっと言った。この冒険で手を貸してくれる人がいて、ほんとうにありがたかった。ひとりだったら、不安でどうにかなっていただろう。

イーヴィが身を寄せてきた。「すぐに母を彼の部屋へ行かせるから」

アデルはうなずいた。「どうやってミスター・アトウッドのお部屋に行くように仕向けるつもり？」

「それについては心配いらないわ。わたしは母という人をよくわかっているから、ちょうどいいときにドアを開けるよう耳打ちをするつもり」イーヴィの声は興奮で震えていた。それとも、不安で、だろうか？

アデルはうめきたい気持ちをこらえ、薄緑色の手袋からありもしない糸くずを払った。「向こう見ずな計画よね」

イーヴィがレディらしくもなく鼻を鳴らした。「ヴェイル伯爵夫人になりたいの？」

四つ裂きの刑になったとしてもいやだ。ヴェイル伯爵はとんでもなく堕落していて、思い上がった人だ。大嫌いな人と結婚して仰々しく堅苦しい伯爵夫人になるよりも、好意と敬意を抱ける人と田舎で静かに暮らすほうがいい。アデルには大好きな美しい継妹がふたりいて、伯爵夫人になれば彼女たちが社交界デビューするときに有利に働くのはわかっていた。それでも、レディ・ヴェイルとしての人生など想像もしたくなかった。

「ううん、なりたいのはミセス・アトウッドよ」そう思っても興奮の震えはこなかったけれど、一家の女主人になるという考えには大きな魅力があった。継母の気まぐれにふりまわされずにすむし、なによりも惨めな社交シーズンにもう耐えなくてもよくなる。

「だったら、不安な気持ちなんて追い払っちゃいましょ」イーヴィが励ますような笑みを浮かべた。

アデルは、上流社会の非難や意見などほとんど気にしていなかった。ロンドンから遠く離れたサマセットにある、慎ましいながらも管理の行き届いた屋敷で一年の大半を過ごしているからだ。けれど、ミスター・アトウッドは、上流階級の意見を重視していると一度ならず言っていた。「礼節に欠けると、ミスター・アトウッドがわたしに腹を立てたら？　駆け落ちしませんかって持ちかけたとき、断固として拒絶した人ですもの」

イーヴィがアデルの手をぎゅっと握った。「彼はあなたと結婚したがっているわ。でも、ここで行動を起こさなければ、あなたは伯爵の妻としてつらい一生を送るはめになってしまう。言わせてもらえるなら、今シーズンに愛で結ばれるのはあなたとミスター・アトウッドだけなのだから、うわさ話などにじゃまされてはだめよ。この先ずっとロンドンで暮らそうと思っているわけでもないでしょう。個人的な経験から言って、田舎にはうわさ話はないわ。でもね、お願いだから服は着たままでいてね。わたしたちが望んでいるのは、完全なる醜聞ではなくて、ちょっとした騒ぎを起こすことだけなんですからね」

アデルは眉根を寄せた。「〝完全なる〟と〝醜聞〟を並べて使っている場合じゃないと思うけど。それに、戸口から奥へ入るつもりはないわ。よからぬ事態が起きたかもしれないと、お父さまに思わせるだけでいいのですもの。わたしがミスター・アトウッドのお部屋の戸口にいたというだけで、その目的は果たせると思うの。ただ、これがヘレナのデビューにどんな影響をおよぼすかがちょっと心配で」

イーヴィはそばを通った従僕からシャンパンのグラスふたつを取り、ひとつをアデルに渡した。「妹さんは十四歳よ。結婚市場の試練を受けるまでまだ二年あるわ。今回ちょっとした騒動になったとしても、そのころにはすっかり忘れられているでしょう。ヘレナは美人だから、上流階級の殿方も寛大で愛想よくしてくれると思うわ」

アデルはため息をついた。「わかったわ。計画を進めましょう」

イーヴィは満足そうな表情を浮かべたあと、ウインクをしてその場を去った。

アデルは左側にある大きな椰子の鉢植えのほうを向き、細心の注意を払って襟ぐりに鍵をこっそりとすべりこませた。浮かれ騒ぐ夜の催し物に参加するつもりはないから、鍵が落ちる心配はなかった。

カドリールの軽快な曲に合わせて小さくハミングしながら、舞踏室の端に沿ってぶらぶら歩く。いちばん豪華なシルクのハイウエストのドレスを着てきたのに、今夜は一度もダンスに誘われなかった。ごく薄い青色をしたシルクのアンダードレスのボディスには、ケシ玉のついたわすれな草が刺繍されている。簡素な紗のオーバードレスの下には三列の飾りリボンが見えており、自分がすごく美しく感じられた。ネックレスとイヤリングは母の真珠をつけていて、髪はゆるめのシニヨンに結い、首筋にいい感じにほつれ毛を垂らしてあった。賞賛のまなざしが何人かから向けられたものの、若い男性のひとりとして話しかけようとすらしてくれなかった。

つらい思いが大きくなっていき、そっと吐息をついて床に視線を落とす。舞踏会で最後にダンスに誘われたのはいつだっただろう？　結婚相手としてこれといった長所もなく、容姿だってまずまずでしかないのは自覚している。それでも、どう見てもダンスの相手がいない若い女性を誘おうとするくらいには、上流階級の殿方たちは礼儀正しいと思いたかったのに。

落ちこむのがいやで、背筋をぴんと伸ばした。明日のいまごろには婚約が発表され、妻になる立場として精一杯の自由を手に入れているはずだ。浮かんできたそんなひねくれた考えを抑えこむ。ミスター・アトウッドはたいせつな友だちだし、結婚したら、所有物としてではなく、敬意とやさしさを持って接してくれるはず。

アデルはシャンパンを飲んだ。自分たちの計画をミスター・アトウッドにも伝えておくべきだろうかと迷う。イーヴィは、失敗した場合に備えてアデルと自分のふたりだけの秘密にしておくべきだと譲らなかったけれど、アデルとしては自分が体面を汚す男性が味方だと知っておきたかった。

体面を汚す。

不安がこみ上げてきて、両手が震えた。あまりにも大きな醜聞になって、上流社会に戻れなかったら？　それに、醜聞の余波で、法廷弁護士として成功するというミスター・アトウッドの野心が潰されてしまったら？　姉のわたしのせいでヘレナに汚点がついたら？

意気地なしね。このことを知るのはイーヴィのお母さまだけでしょう。アデルは自分にきっぱりと言い聞かせた。グラッドストン伯爵夫人はとても思慮深い人だ。だって、傷があって冷然としたウエストフォール侯爵と娘のイーヴィが抱き合っている衝撃の場面に遭遇したのに、その件について上流社会の人間はひとりも知らないままなのだから。伯爵夫人はその件をうまく隠したのだ。侯爵には卑劣だという評判があったからだろう。

アデルは、前年の社交シーズンに起きた醜聞を頭のなかで数え上げた。

レディ・ソフィは、父親の側仕えとキスしているところを目撃された。それからほんの何カ月かのちに、彼女は上流社会にふたたび歓迎された。当然ながら、いまではレイバーン子爵夫人となっているのだけれど。

ソーントン公爵夫人は夫に不義を働いたのに、どういうわけかいまだに上流社会で力を持っている。

ブルネル卿は、アデルが計画しているよりもひどい状況でミス・エリザベスと一緒のところを見られたのに、ふたりはいまでも多くの人から尊敬され崇拝されている。

まあ、彼女たちにはすばらしい魅力がたくさんあるのだけど。

アデルは疑念が頭をもたげるのを無視し、夫になってもらおうとしている男性を探して舞踏室を見まわした。崇拝の念を抱いていると何度か告白してくれ、欠点だらけの自分との結婚を熱烈に望んでくれている。今シーズンでもっとも人気のあるレディ・ダフネの手に向かってお辞儀をしているミスター・アトウッドを見つけ、アデルは体をこわばらせた。すべてを持っているレディ・ダフネは、みんなから追い求められていた。彼女の父親であるレスター伯爵は政界の大立て者で、改革案の演説を賞賛された。レディ・ダフネの持参金は三万ポンドとうわさされており、そこに当世流行のブロンドの髪と美貌がくわわる。

ミスター・アトウッドが茶色い巻き毛をかき上げ、唇にはにかんだ笑みを浮かべた。レディ・ダフネは彼になんと言っているのだろう? うっとりした顔の彼を見て、アデルは眉をひそめた。ミスター・アトウッドから慕われていると思ったのはまちがいだったのだろうか? ううん、そんなはずはない。お父さまの地所の端にある池で、もう一度求婚したいと言ってくれたのはつい先週のことだもの。意外でもなんでもないけれど、お父さまが彼からの求婚を断ったから。わたしの夫にはミスター・アトウッドよりも身分の高い人をと考えているためだ。アデルにとってはこれが四年めの社交シーズンなのに、爵位を持った紳士からこれまで一度も求婚されていない、という事実は気にもしていないらしい。

ミスター・アトウッドは温厚で気さくな人だ。相手を怒らせたりする人ではけっしてなく、お父さまと対峙して言い分を主張することすらしないだろう。彼が情熱的になるように思われるのは、愛を告白するときだけだ。アデルは唇に笑みを浮かべ、こっちを見てと念じた。

彼の視線は、レディ・ダフネのとがらせた唇にしっかりと据えられたままだった。

「ヴェイル伯爵！」

そのとき、避けたくてたまらない男性が階段の踊り場に姿を現わし、アデルはたじろいだ。彼はここでなにをしているの？　たしかに、毎年恒例のグラッドストン家のハウス・パーティは、社交シーズン中のすばらしい催し物のひとつと考えられているけれど、ヴェイル伯爵には招待状は送られていないと聞いていたのだ。

アデルの両の手首がちりちりした。ヴェイル伯爵に乱暴につかまれてできたあざは消えつつあったけれど、そこがうずいた。苦いものがこみ上げてきて、その味を消すために残りのシャンパンを流しこむ。父と継母は、気持ち悪いヒキガエルからの求婚を承諾したのだ。ヴェイル伯爵の存在は危険だ。ここで婚約を発表されたら、彼との結婚から逃げられなくなってしまう。

伯爵の目が的確にアデルをとらえた。といっても、彼女を見つけ出すのはそれほどむずかしいわけではなかったけれど。ダンスカードに申しこみの名前がほとんど書かれておらず、舞踏室の隅にいる若い女性は三人しかいなかったからだ。伯爵がほくそ笑むのを見て、アデルの喉が詰まった。彼がまっすぐこちらに来たら最悪だ。抑えこもうとしていた苦いものがまたこみ上げてきて、一時間前には浮き浮きさせてくれた人混みに窒息しそうになった。無理やりキスをされたとき、ヴェイル卿がささやいたいやらしいことばが思い出される。平手打ちをすると嘲笑され、乱暴なのもいいなと言われたのだった。そのことばの意味はさっぱりわからなかったけれど、おそれを抱くべきであるのだけはわかった。黙っていろとヴェイル卿から脅されたのに逆らい、父のもとへ逃げた。ドレスのボディスは破れ、唇が腫れた状態で——伯爵が自制心を失った証拠だ。まさか、父が守ってくれず、伯爵に娘をあたえるとは思ってもいなかった。

狼狽のあまり手足が動かなくなりかけたけれど、伯爵に気づかなかったかのようにその場をあとにできた。舞踏室に目を走らせて父を探す。父と継母はいつものように高貴な客たちに取り入ろうと必死のはずだ。クジャクの羽根がついた継母の紫色の大きなターバンが舞踏室をまわっているのが見えた。お父さまはどこ？　父がカードルームをあとにして、テラスに出るところを目にしていたけれど、もう戻ってきているはずでは？

アデルは、こちらに近づいてこようと人混みをかき分けているヴェイル卿に気づかないふりを続けた。急ぎ足になって父の足跡をたどる。テラスにはおしゃべりしたり笑ったりしている客が何人かいた。彼らを無視し、離れた場所にある温室へ向かう。隠れ植物学者の父がどこへ逃げこんだのか、本能的に察知したのだ。

ああ、お父さま。父が継母の要求にあっさり屈せずにいてくれたら、と願わずにはいられなかった。父が上流社会の人々と親交を深めたがるなんて、アデルは一瞬たりとも信じなかった。実母が存命中、家族はとても幸せだった。人生はすばらしく、サマセットの田舎で暮らしていて、ロンドンはおろか同じ州内のバースにすらめったに行かなかった。父はアデルの母が亡くなってたった一年で再婚し、それ以来すべてが変わってしまった。

過去をうだうだ考えてはだめでしょう、アデル。将来に目を向けなさい。

地面はガス灯で明るく照らされており、アデルは気をつけながら玉石敷きの小径を急いだ。温室に入ると、拡大鏡で植物を観察している父がいたので胸が締めつけられた。「お父さま」小声で呼びかける。

父が拡大鏡を下ろしてアデルを見た。つかの間うれしそうな顔をしたあと、用心深い表情に変わった。彼女の背後に鋭いまなざしをくれる。「付き添いもなしにどうしてこんな遠くまで来たんだね？　お前のお母さんはどこだ？」

継母よ。とっさに言い返しかけたことばを呑みこむ。「そんなに遠くはないし、どうしても急いでお父さまと話す必要があったの」温室の奥へと進む。「少し前にヴェイル卿が到着して――」

「すばらしい」父は満面の笑みだった。「挨拶しなければ。おまえもおいで。卿はきっとおまえと踊りたがるだろう」

「いやよ！」アデルは歯ぎしりした。「ダンスは踊りたいけれど、ぜったいに――」

重々しい吐息が温室を満たす。「おまえは伯爵と結婚するのだよ、アデル。彼はおまえに会いたくて、レディ・グラッドストンのハウス・パーティの招待状を手に入れたのだ。おまえをたいせつに思っていて、好意を持ってもらいたいと願っているからこそだと思うがね」

「頭がどうかしてしまったの？」小さな声で言う。お父さまがこんなに残酷だなんて嘘だと思いたかった。ヴェイル卿の放縦な性格も、アデルに対して乱暴にふるまうことも、知っているはずなのに。「彼はわたしを襲ったのよ、お父さま」すがりつくような声になってしまって、たじろぐ。肩をいからせ、顎を上げて続けた。「わたしの幸せなんてどうでもいいと思っている男性とは結婚できません。彼のせいで腕にあざができたのよ。あの人は見下げ果てたごろつきだわ」

サー・アーチボルド・ヘイズが娘のアデルをにらんだ。「伯爵にふさわしい敬意を示しなさい、お嬢さん」

わたしの涙と恐怖をどうしたらお父さまは忘れられるの？　もう何日も前のできごととはいえ、アデルはいまだにあのときの恐怖とともに生きていた。「お父さま……ヴェイル卿はわたしに襲いかかってきたのよ」なにも伯爵に決闘を申しこんでほしいなどとおそろしいことを望んでいるわけではない。でも、娘のために怒るくらいはしてほしかった。守ってほしかったのだ。けれど、父の態度を見て、自分が父にとって世界でいちばんたいせつな存在だと世間知らずにも信じていたものが、粉々に砕かれた。いまの父がいちばんたいせつにしているのは継母のマーガレットで、子爵の娘である彼女は、現在のあるかないかの社会的なつながりを強固なものにしたいと願っている。父は、再婚した妻を喜ばせるためなら娘の幸せを進んで犠牲にしようとしているように思われた。

気が咎めたのか、父は顔を赤くしたけれど、そのあとでしかめ面になった。「ふん……それは情熱だよ……。おまえはとても美しいのだよ、アデル。お母さんにそっくりだ」つかの間、父は顔つきを和らげ、まなざしには後悔の念を宿した。そのあと、咳払いをして続けた。「おまえの婚約者となったヴェイル卿が、少しばかり感情に流されたとしても仕方ない。昨日、こっちに来る前に伯爵の地所を訪問したんだが、そのときにちょっとした軽率なふるまいをした理由を説明して謝ってくれたよ。私は、おまえに求婚したいという彼の申し出を承諾した」

ちょっとした軽率なふるまいですって？「お父さまはわたしの苦しみを取るに足らないものだと思ってらっしゃるのね」

父が拡大鏡をテーブルにそっと置いた。「おまえは二十一歳だ、アデル。今年は四回めのシーズンで、金が底をつきかけているから来年はもう無理だ。伯爵は求婚することで、誤ったふるまいの罪滅ぼしをしようとしてくれている。私はおまえに最善を望んでいるだけなんだよ」

アデルは父に近づいてその顔を探った。「わたしは……お母さまをだいじになさったお父さまみたいな男性と結婚したいの。ミスター・アトウッドはずっとわたしのお友だちで、うちのご近所さんよ。彼が求――」

「だめだ」

「お父さま、お願い。もう一度彼に会ってくださったら、やさしくて、感受性豊かで、人当たりのいい方だとわかってもら――」

「ミスター・アトウッドは、出世できたとしても家族を養うだけの収入もない准男爵の称号を得るくらいが関の山だ。ヴェイル卿と結婚すれば、伯爵夫人になれるのだよ」断固とした口調だった。

アデルは驚愕してしまい、父自身がただの准男爵だと指摘し損ねた。必死で父の腕をつかむ。「お父さま、ミスター・アトウッドがだめでも、せめてほかのお相手を見つける時間を何カ月かください。年末までにだれからの求婚も受けられなかったら……お父さまの選んだ方と結婚しますから」最後は喉が詰まるようになった。

「お母さんが亡くなったせいで、おまえの社交界デビューが遅れて残念だよ。生きていれば、魅力ある求婚を受けられるよう導いてくれただろうに。これまで社交シーズンを三年経験したのに、私が持たせてやれる持参金が少なくて、だれもおまえを妻にと望まなかった。五百ポンドくらいでは男の心をつかめない」

アデルはたじろぎ、父の腕を放した。口にされなかったことばが聞こえたのだ。黒髪は野暮ったいし、丸みのありすぎる臀部や胸は男心をそそらず、複数の言語で読み書きができるうえに計算も得意だという事実も敬遠されがちだ、と。

「ミスター・アトウッドとダンスを踊るのも、室内外を問わずどんなゲームで組むのも禁止する。ヴェイル卿は明日の舞踏会で婚約を発表するつもりだから、婚約者のおまえが別の男と一緒にいるところを見られるのはまずいのだよ」

「お父さま——」

「わかったかね、お嬢さん？」

こめかみを指で押さえたけれど、突然の痛みは少しも和らがなかった。「お父さま、いきなり婚約なんて発表したら、上流階級の人たちは想像をたくましくするわ。田舎でもロンドンでも、伯爵がわたしをエスコートしているところをだれも見ていないのよ。上流社会が知るかぎり、わたしたちはまだ紹介もされていない。婚約の話を出す前に数カ月交際するのがいいと思うけれど」伯爵と一緒に過ごすと考えただけで胃がよじれるようになったけれど、なんとかして父を思いとどまらせなければならなかった。そうすれば、今夜の計画が失敗に終わったとしても、伯爵の淫らで貪欲な手から逃れる方法を考える時間が少なくとも何週間か持てる。

「もうヴェイル卿に祝福をあたえた。おまえが女ならではの不安に苛《さいな》まれたからといって、予定を変えてほしいなどとは頼めない。私に従わないのであれば、ひどく不快な思いをするはめになるぞ」

ひどく不快な思いですって？ 「お父さまには失望しました」泣きそうになりながら、しわがれ声で言う。「父親ならわたしを守ってくださるべきなのに」

「おまえを守っているのだよ」こわばった口調だ。「おまえが自分や弟妹の将来をちゃんと考えていないから、私ができるかぎりのことをしているのだ。伯爵とのつながりができれば、弟妹たちの見通しも明るくなるのだよ」

この人生が自分のものでないのを忘れていたわ。「お母さまだったら、わたしに敬意も愛情も持っていない人に嫁がせようなんてなさらなかったでしょうに」

アデルはくるりと向きを変え、まっ青になった父を残して夜のなかへと急いで立ち去った。

もう迷っている余裕などなかった。行動を起こさなければ。今夜中に。

2

「錯乱公爵だわ」

上流社会はほんとうにわかりやすい。たったひとりのささやき声は、そこにいるほかの人たちも彼の過去を思い出しているという表われだった。

「あの人は、妻を殺したとお友だちのウエストフォール侯爵に打ち明けたのよ。何年か前にロンドン中でうわさになったんだから」

ウルヴァートン公爵エドモンド・イライアス・アラステア・ロチェスターは、自分が通り過ぎたあとにささやかれるうわさ話など聞こえないふりをして、グラッドストン家の図書室を目指して廊下へと歩みを進めた。上流階級の人々は、いつも鷹のように鋭い目で観察し、彼の頭はおかしいと大きなささやき声で話して反応を探った。激しく食ってかかって、正気でないと証明するだろうか？　彼らは毎回ひどく失望するはめになった。

「跡継ぎも失ったのよ」

大きすぎるあえぎ声がした。

冷ややかで関心のない表情を取り繕ってはいたものの、彼らのことばは短剣のように胸をえぐった。たしかに自分は妻と息子の死に責任がある。罪悪感と苦痛は常に殴りかかろうと手ぐすね引いていて、自分には心の平穏も幸福も手に入れる権利などないのだと思い出させてくれる。日々その苦痛とともに生きており、自分の人生に人々が異常な関心を寄せ憶測をするせいで、上流階級を避けてきたのだ。

議会が開かれるときだけロンドンへ来て、社交シーズンの舞踏会などの催し物は慎重に避けてきた。そういうものに関心はない。出席の経験はあまりなかったが、ハウス・パーティは特に退屈だと思っていた。グラッドストン家の本邸を今夜訪れた唯一の目的は、交渉に決着をつけるためだ。いやいやながら上流社会にいるとき以外は、エドモンドは娘たちとハンプシャーの地所にこもる生活にかなり満足していた。

サラとローザ。憤怒と後悔に頭を殴られたようになる。娘たちがなにを必要としているか、愚かにもまるで気づいていなかった。娘たちは、ふるいが砂を落とすように女性の家庭教師を次々と変えていた。仕方なく雇った男の家庭教師もお手上げだった。ふたりのいたずらに長く耐えられる者はひとりもいなかった。娘たちには母親の存在と指導、そしてふつうの家族の安定が必要なのだと、遅ればせながらようやく気づいた。メアリアンを失ったあと、エドモンドはけっして後妻を迎え入れないと誓ったのだが、なんて愚かだったのか。

惨めさという冷たい霧を、思い出がついに貫いた。次の公爵夫人を好きになる必要はない。眠っているときも起きているときも、いまだにエドモンドを苦しめている喪失感にまた身をさらす必要などない。上流社会は、夫婦が少しでも愛情を抱き合うのは野暮ったいとばかにする。そんな因襲を破って愛のために結婚したが、次は思慮深く実際的な理由で結婚しよう。上流階級の多くの人々がそういった単純な結婚をしているのだから、子どもたちのために似たようなことをすればいいだけだ。

おおぜいの客の視線を無視し、何人かの紳士に会釈を返し、玄関広間を通ってまっすぐに図書室へ向かった。交渉相手のグラッドストン卿がエドモンドを認めて会釈をし、客から離れて彼のほうへ向かってきた。

「ウルヴァートン」グラッドストン卿がそばまで来た。

「グラッドストン、会えてうれしいですよ」無意味なことばを交わして時間をむだにしたくはなかった。書簡のやりとりを通して伯爵令嬢のレディ・イヴリンへの申し出をしてあった。何年か前に会ったときの彼女をうっすらとしかおぼえていなかったが、少々明るすぎではあったものの、見た目はよく好ましく思われた。伯爵からの報告でも、良識と知性を併せ持った女性とのことだった。三カ国語を流暢に話し、絵を描くのとピアノを弾くのがうまいという。

エドモンドの唇に笑みが浮かぶ。彼女は完璧だ。レディ・イヴリンなら、エドモンドのさもしい欲求をそれほど刺激することなく、空虚な部分を埋めてくれそうだ。妻を亡くして以来、女性と一緒にいるのを避けてきた。レディ・イヴリンに求婚したのも、彼女に対して肉体的になにも感じはしないだろうと確信があったからだ。

伯爵とふたりで図書室に入る。

「ブランデーはいかがかな?」グラッドストンはサイドボードへ向かった。

エドモンドがうなずくと、伯爵がふたつのグラスにブランデーを注いだ。伯爵の物腰から気まずさが伝わってくる。エドモンドは、いやな予感を抱いた。「お嬢さんは私がここにいるのをご存じなんでしょうか?」

伯爵はグラスを渡し、ため息をついた。「いや」

「二、三日中に本邸に戻る手配をしてあるのですが」

「ハウス・パーティが終わるまで滞在してもらったほうがいいと思う。明日は芝のコートでクローケーの試合がある。金曜日には狩猟を、明日の晩には舞踏会を予定している。室内ゲームや座興も用意されているそうだ。娘をよく知る機会だと思ってほしい」

エドモンドはブランデーを飲みながら、いまの話を考えた。伯爵はこちらの条件をすでにわかっている。「いえ」淡々と言う。「考えなおされたのであれば、そうおっしゃってください。別の候補者を探しますので」

グラッドストン卿が顔をしかめた。「そう急がずともいいだろう。妻が娘を呼びにやっている」

どこか警戒気味な口調だったので、エドモンドははっとした。伯爵をしげしげと見て、そこに罪悪感が浮かんでいたのが気に食わなかった。くそっ。「レディ・イヴリンは私から求婚されているのを知っているのですか？」

グラッドストン卿の額がひくつき、沈黙が長引くにつれてそれが激しくなった。

「いや」伯爵がついにぼそりと答え、幅広のネクタイ《クラバット》をぐいっと引っ張った。

エドモンドはブランデーのグラスをゆっくりと下ろした。「私たちはかれこれ二カ月も結婚の条件を交渉してきたというのに、お嬢さんにまだ話していなかったのですか？」彼は自分の娘の気持ちをそこまで冷淡に無視したことがなかった。いや、もっとひどいことをしてきたんじゃないのか、と良心の声がしたが、エドモンドは罪悪感を容赦なく抑えこんだ。

グラッドストン卿が返事をする前にドアが勢いよく開いて、レディ・イヴリンが駆けこんできた。

「お父さま、なにかあったの？　お母さまが――」

エドモンドの姿をとらえて深緑色の目が見開かれ、はっと息を呑む音が聞こえた。彼女の頬が赤くなる。

「ごめんなさい、お客さまと一緒だとは知らなくて」

ブロンドで、優雅な身のこなしの彼女は美しかった。社交シーズン三年めだというのに、なぜだれからも求婚されていないのだろう？　上流階級の人間は、彼女の父親が困窮していると知っているのだろうか？　伯爵は、財政状態をうまく隠していた。縁組み相手として母が名前を挙げたいくつかの家の背景を徹底的に調べていなければ、エドモンドもグラッドストン家の窮状を知ることがなかっただろう。

エドモンドはすばらしい宝石を愛でるようにレディ・イヴリンの美貌に敬服したが、感情や情熱といったものを呼び起こされはせず、それこそが彼の望みだった。手早く紹介がなされ、レディ・イヴリンがひざを折って優雅にお辞儀をした。

「公爵さま、お知り合いになれて光栄です」

父親のグラッドストン卿が曖昧なことばを発して図書室を立ち去ると、彼女は青ざめた。卿はドアを少し開けておく配慮をしたのだが。

「公爵さま、わ、わたしは……」大きく息を吸い、明らかに気まずそうな笑みを顔に貼りつけた。理解と困惑が目に浮かんでいる。

エドモンドはクラバットを引っ張った。「レディ・イヴリン」ちくしょう。彼女の父親はなにもかもを台なしにしてくれた。こんな夜になるとは予想だにしていなかった。こちらの寛大な申し出を彼女は知らされていて、会うのを心待ちにしてくれているると思っていたのだ。どこからはじめればいいのだろう？　だいたいのところを話し、彼女がじきに担う責任を果たせるよう準備させておくのは、父親である伯爵の役目だったのに。

レディ・イヴリンは不安そうにエドモンドを見ていた。ばかげた感情を芽生えさせ、巧みなお世辞を言うなど彼にはできなかった。急にいらだちを感じ、さっさと終わりにしたくなった。「お父上にあなたとの結婚を申しこみ、承諾していただいた」ことばを飾りもせずにずばりと言った。

レディ・イヴリンがぎょっとするほど顔色を失い、ふらついた。

エドモンドは小声で悪態をつき、気絶された場合に備えて近づいた。いま、すべてを台なしにしているのは彼だった。女性の感受性を気にかけもしないやり方に、母ならぎょっとするだろう。こんなふるまいに出たのも、上流階級からわざと離れていたせいだと責められそうだ。

レディ・イヴリンがごくりと唾を飲んだ。「わたしと結婚したいのですか？」

「そうだ」

彼女が表現豊かな目を翳らせ、うつむいた。「なぜでしょう？」

「私には妻が必要で、あなたは夫を望んでいるからだ」

はっと顔を上げた彼女の口から、驚きの笑い声が漏れた。片手がふらふらと喉もとへ上がる。「失礼ながら、公爵さま、わたしは夫を必要としていませんし、結婚するとしてもお相手は自分で選べると思います」

エドモンドは肩をすくめた。彼女の繊細な感受性をなだめようともしなかった。昔から偽善的な人間ではなかった。それでも、気づかいを見せるくらいはできる。「では、お父上には金が必要だと言い換えよう」

レディ・イヴリンはたじろいだが、反論はしなかった。彼女は父親の財力が不安定なのを知っているのだ。

「そうでしたか」彼女が静かに言った。「わたしにすでに想い人がいたらどうなさるんですか？」

エドモンドはブランデーを飲み、彼女をしげしげと見つめた。「あなたには交際している相手はいないとお父上から聞いているが。好きな人がいると言っているのだろうか?」

喉は動いたが、レディ・イヴリンは黙ったままだった。

「断ってくれてもかまわないんだ、レディ・イヴリン」やさしく言う。とはいえ、検討もせずに断られるのはいやだった。結婚市場に出て、若い女性や野心に満ちた母親の群れをかき分けて進み、憶測やうわさ話をかしましくされ、何週間も無意味な交際をして、今シーズン一の結婚式を計画するなど勘弁してほしい。そういったすべてはメアリアンのときに経験ずみで、またそれをくり返すくらいなら地獄の深部を歩くほうがましだ。

だが、娘たちのためならどんな挑戦だって受けるつもりでいる。

彼はつかの間目を閉じた。そう、娘たちのためなら。レディ・イヴリンがこちらの求婚を毛嫌いするのであれば、未婚の娘を持つほかの貴族を母のリストから選びなすか、手練手管に満ちた世界に飛びこむ覚悟をするかだ。母のリストの上位五家族からひとつを選ぶのに数週間かかったのだった。最初の問い合わせに対しては五家族とも前のめりの反応を示したのだが、唯一十八歳以上の娘がいるグラッドストン卿を選んだのだった。エドモンドは三十歳にして、すでに疲れきり、空っぽに感じていた。

常に安心させてやる必要があり、外出や上流社会の提供する魅力を堪能したがる若い女性と夫婦になりたくはなかった。できれば、舞踏会にピクニック、劇場や庭園への外出を少なくとも何年か経験ずみで、一年中ではないにしてもその大半を田舎で暮らすと知っても、泣き崩れたりしない女性がよかった。

「あなたの求婚は母も知っているのですか？」

「そうだ」

レディ・イヴリンは下唇を噛んだ。「そうですか。それで、心づもりをわたしの両親に話されたのはいつごろでしょうか？」見開いた目で教えてほしいと懇願していた。

レディ・イヴリンが是が非でも公爵夫人になりたいと思っていないのは明らかだった。良識のある若い女性ならぜったいに大喜びする、と母は言ったのだが。「お父上とは八週間交渉してきた。私の求婚をあなたも知っているという印象だったのだが」

エドモンドはサイドボードのところへ行き、ブランデーのおかわりをたっぷりと注いだ。

「なにか飲むかい？」

レディ・イヴリンが驚いて目を丸くした。「わたしは……いいえ、けっこうです。公爵さま、お返事をするまでどれくらいいただけますか？」

「三日後にここを発つ」

「あなたがお帰りになるときに、申し出は期限切れになるのでしょうか？」

「そうだ」こともなげに言う。誕生日に間に合うように帰るとローザに約束したのだ。それを聞いて、長女は期待と興奮に目をきらめかせた。娘をがっかりさせるつもりはない。そのあとでウィルトシャーに戻ってくることもできるが、それをレディ・イヴリンに明かす必要はなかった。考える時間があればあるほど、彼女は父親に対して説得力のある反論を思いつきそうだったからだ。

レディ・イヴリンがおぼつかなげな笑みを浮かべた。「お返事はそれまでにいたしますわ。失礼します」

彼女は慌てて体の向きを変えたが、エドモンドはそのまつげが涙できらめくのを見てしまった。

「レディ・イヴリン」やさしく声をかける。知らないうちにつらい思いをさせていたのがいやだった。

彼女は体をこわばらせ、ふり向かないままじっとした。

「はい？」

なにを言えばいいのだ？　あなたが必要なのだと？　妻になってくれる女性ならだ

れでもいいわけじゃない？　だが、それでは嘘になる。なだめてやりたい、この結婚は彼女にとっていいものになると請け合ってやりたい、と思ってまごついた。顎が痛くなるほど歯を食いしばる。その間ずっと、レディ・イヴリンは動かずにいた。彼のもたらそうとしている地獄から解き放ってくれることばを待っているのかもしれない。

「しっかり眠るように」この場にふさわしいとは言いがたいが、それしか言えなかった。

彼女はきっぱりとうなずいて図書室を出ると、ドアを静かに閉めた。

ちくしょう。

3

男性が勇気を出すのにどうして酒の力を借りるのか、いまのアデルにはわかった。たしかにいつもより勇敢で自信たっぷりに感じていた。グラスを傾け、おいしい黄褐色の酒を飲み干す。

「おかわりはどう？」イーヴィがためらいがちにたずねた。

「うーん」アデルはどっちつかずに答えた。いい感じにもの憂かった。シェリー酒のデカンターに思慮深げなまなざしを向ける。先ほどまでは不安に苛まれて神経がぼろぼろになり、檻に入れられたライオンのように部屋をうろついて、高価な絨毯をすり切れさせていたのだった。いまは体がほてり、気分がほぐれ、少しだけうずうずしていた。「これを瓶に詰めて勇気として売るべきだわ。大儲けできるわよ」

イーヴィが笑い、アデルがしゃっくりをした。

「あらまあ」イーヴィがやさしく言った。「指は何本に見える？」

アデルは顔をしかめた。「なにばかなことを言ってるの、イーヴィ。ふざけている暇はないの。くつろいだ気分だけど、酔っ払ってなんかいませんって」

鼻を鳴らす音がした。「酔っ払うのがどういうものか、知らないくせに」

「お母さまが亡くなったあと、酒浸りのお父さまをしょっちゅう見てたからわかるのよ」

イーヴィの顔から浮かれたようすが消えた。

「楽しい気分を台なしにしてごめんなさい」アデルは小さく言った。

イーヴィがすぐにそばに来て、アデルの手を握った。「やめて」少しばかりざらついた声だった。「あなたがわたしの気分を台なしにするなんてありえないわ」

アデルはにっこりした。「簡素なドレスに着替えたほうがいいと思う？」

イーヴィが頭をふる。「その寝間着で完璧よ。戸口よりなかへ入らないことと、ドアを閉めきらずにおくことを忘れないでね」

「ええ。すばらしい将来を祈っていて」

イーヴィの喉が不安げに動いた。「アデル、待って……わたし……その……やっぱりこの計画はよくないんじゃないかしら――」

「しーっ！」アデルはやわらかに笑った。「一所懸命かき集めた勇気を奪うようなことを言わないで。来るのは、あなたとあなたのお母さまだけなのを忘れないで。ハウス・パーティのお客さまたちにうわさ話の種をあたえたいわけじゃなくて、父がミスター・アトウッドを受け入れざるをえないと感じるよう仕向けるだけでいいのだから」イーヴィの頬にさっとキスをすると、アデルは部屋を出た。ちょっと脚がふらついているかしら？　それとも、ようやくヴェイル卿から自由になれるという期待感で舞い上がっているの？

ふわふわした足取りで、イーヴィから教えてもらった方向へと急ぐ。廊下はひとけがなかったけれど、かすかな笑い声やグラスの音が階下からしていた。先ほど時刻をたしかめたときは午前三時半だったけれど、客たちは夜が明けるまで楽しもうと決めているようだ。そうだとしても、アデルが不安に焼き尽くされることはなかった。勝手な男たち。酒のすばらしい効能をわかっていながら、女性には酒に手を出すなと命じるなんて。

廊下に足音がしたので、アデルは慌ててリネン室に走り、くすくす笑いながらそこに身を隠した。足音が通り過ぎてから、リネン室の扉を少し開けて外を覗く。イーヴィのお兄さんのレイヴンズウッド子爵がある部屋の前に立ち、廊下の左右をたしかめた。一度ノックしただけですぐにドアが開き、とても薄くて刺激的な寝間着姿の客が見えた。女性がレイヴンズウッド子爵に抱きつき、片手を彼の臀部へと下げたのを見て、アデルは顔を赤くした。子爵はかすれた笑い声をたてて女性に口づけ、ふたりは倒れるように部屋へ入った。放蕩者！

アデルは慎重に隠れ場所から出て、廊下を急いだ。左に曲がり、五番めのドアまで進む。廊下の左右にすばやく目を走らせたあと、鍵を握りしめていた手を開いた。不安が頭をもたげようとする。目を閉じ、こちらに押しつけられたヴェイル伯爵の重い体、ドレスをまくり上げて太腿に押しつけてきた汗ばんだてのひらの感触を、ぞっとしながらあえて思い出す。今夜の計画が失敗すれば、おそらくはもっとひどい目に遭うのだろう。心に悲しみが重くのしかかる。ミスター・アトウッドと結婚させてほしいという願いを、お父さまが聞き入れてくださったらよかったのに。肩をいからせ、鍵を挿しこんでまわす。小さな音がしてドアが開き、アデルはなかに入った。

ドアにもたれかかる。やったんだわ！　暖炉の火はオレンジ色の熾火《おきび》にまで小さくなっていて、部屋はひんやりしていた。ドアのそばに立ち尽くし、このあとどうしようと考えて貴重な何秒かを失った。温もりを求めて高価な絨毯に足を潜りこませる。どうして上靴を履いてこなかったのだろう？

ベッドがかすかにきしんだ。

アデルは眉をしかめた。「ミスター・アトウッド？」

頭がおかしくなりそうなほどの静寂。すると、部屋の奥のベッドから低い声がして、アデルは驚きの悲鳴をあげそうになった。緊張のあまり声が出そうになるのをこらえながら、暗い部屋でミスター・アトウッドを見ようと目を凝らす。漂うように近づき、硬い物につま先をぶつけて淑女らしからぬ悪態をつく。かがみこんで手で探る。

ベッドだった。部屋の奥にあるはずのベッドがどうしてここまで動いてきたの？困惑が体を駆けめぐり、さっと立ち上がった。いきなり動いたせいでめまいがしてふらつき、みっともなくもベッドのなかの硬い体の上に倒れこんだ。

ああ、なんてこと！


エドモンドは、軽やかな愛撫を受けて完全に目覚めた。肩にやわらかな重みがあった。温かなてのひらが触れているのだ。一本の指先が裸の胸をやさしくたどる。ためらいがちで、好奇心に駆られてといった感じの触れ方は、相手に経験がないことを物語っていたが、下半身は痛いほど激しく目覚めた。自分の体に裏切られてぎょっとする。愛撫が自信にあふれていき、誘惑的にすらなっていっても動かずにいようと努めたが、下半身はひくつき、心臓は鼓動を速め、口のなかは嘘みたいにからからになった。ありえない。

ほんの小さく息を吸った。女性の香りは清潔で甘かった。鼻につく香水の香りではなく、ラベンダーの石けんと薔薇のすがすがしい香り。この見知らぬ女性に対する自分の反応は、興奮すると同時に許しがたいものだった。

「起きている？」かすれて、官能的で、少しばかり不安そうな声だった。エドモンドがなにか言う前に彼女が続けた。「思っていたより硬い体なのね」

彼女の声には畏怖が混じっていて、エドモンドはふっと微笑んだ。

「どうして寝間着も着ないで寝ているの？」明らかに不服そうな声だ。

繊細な指先がエドモンドの胸をたどりながら下へ向かい、こわばった腹部をかすめて腰のところで止まった。全身が反応して、彼は眉をひそめた。下半身はひくつき、心臓は早鐘を打ち、熱く切迫した欲望が腹部でぎりぎりと巻いた。ほんのかすかな触れ方ですら堪能した。自分がここまで女性の抱擁を欲していたとは気づかなかった。相容れない欲求がせめぎ合う。誘惑の香りがするこの見知らぬ女性を押しやりたいと同時に、驚くべき渇望――長いあいだ否定してきた渇望――を満たしたいという欲求もあった。

三年と七カ月のあいだ否定してきたもの。

エドモンドを地上につなぎ止め、突然の渇望を抑えこむのに役立ってくれたのは、絶望のおかげだった。渇望などに二度とふりまわされはしない。暖かなベッドを出ようとしたとき、女性が倒れこんできた。首もとのくぼみに唇が押しつけられ、女性らしい曲線を持つ体が押しつけられた。

エドモンドはこらえきれず、うめき声を出してしまった。ゆっくりと呼吸し、落ち着けと体に命じる。こんなに大胆にふるまっているのはだれだろう？　レディ・イヴリンか？　いや、それはないだろう。暖炉の燠火からの明かりは小さすぎて、女性の顔がわからなかった。くそ……私はほんとうに目覚めているのだろうか？

「今日はさみしかったわ。どうしてダンスに誘ってくれなかったの？」

では、これは夢なのだ。部屋に下がる前に、寒い図書室でひとりでブランデーを何杯か飲んだ結果なのだ。危険な欲求に襲われ、この積極的な女性を相手に渇望を満たしたいという誘惑に圧倒されそうだった。

相手をしなかった罰とばかりに首筋を甘嚙みされ、そのあとキスでなだめられた。女性の甘い息がした。シェリー酒だ。では、この大胆な誘惑者は、勇気を奮い起こすために酒の力を借りたのか。彼女は酔っ払っているのだろうか？

やわらかなうめき声とともにため息が漂ってきた。「いつもとちがう香りがするわ……すごくすてきな香り」恥ずかしそうにささやく。

エドモンドの両手が意志を持っているかのように女性の臀部にまわり、彼女を引き寄せた。女性がいそいそと体を近づけてくれると、エドモンドの血が欲望でたぎった。顔を傾ける。唇で女性の頬を軽くかすめ、首筋に軽いキスを落としていく。こんなにもそそられる。

「あなたにキスしてほしいみたい」女性は自分のことばに驚いたようにあえいだ。

鼻で胸をこすられ、エドモンドの自制心がぷつりぷつりと切れていった。女性の鎖骨の上で激しく脈打っている場所に開いた唇を押しつけ、すがすがしい香りを肺まで吸いこんで閉じこめてしまいたかった。柔肌をついばむと、彼女が激しく身震いをしてうめいた。

「な……なんだか……暑いし、お腹のあたりが変な気分だわ」

エドモンドの体は自ら課した禁欲状態に抗い、下半身が主導権を握りつつあった。小さく悪態をついて女性を抱き寄せ、ドレスの下に手を入れてどれほど情熱的かを探りたくなる。理性を包み隠す渇望の霧を通し、常識が頭をもたげた。見も知らぬ女性と関係を持った経験はなく、いまからはじめるつもりもなかった。とはいえ……。目も眩むほどの苦痛と虚しさ以外のものを、それこそ生まれてはじめてに思えるくらい久しぶりに感じた。思いがけなく登場した相手にどう接しようかと迷っていると、とてもやわらかな唇が重ねられてきた。ああ、神さま。理性は女性を押しのけろと言っていたが、耐えがたいほどの渇望の潮流にすべて呑みこまれてしまった。

これは夢にちがいない……絶望的なまでの惨めさから芽生えた密かな夢想が、新しくてすばらしいものを求めているのだ。こんなに激しい欲望を感じるのは、はじめてだった。これは……痛々しいほどに魅惑的な、常軌からの逸脱だ。

彼女が唇を開いて吐息をついたので、エドモンドは容赦なくそこへつけいった。舌を差し入れ、顔を傾けさせて相手の舌とからませ、すでに親密だった口づけをさらに深めた。彼女の味がエドモンドの舌の上で爆発し、深いうめき声が出そうになるのをぐっとこらえる。そのうめき声は、内なる冷たい場所から噴出したがっている熱い溶岩のように感じられた。彼女の味は名状しがたかった——甘く、温かく、肉感的。彼女が哀れっぽい声を出し、おずおずと舌を差し入れてきた。

相手を組み敷いて奪わずにいるのは、長年の鍛錬を総動員しなければならなかった。彼女に引き下がる機会をあたえずに唇を崇拝する。彼女もこちらの抱擁から逃れたがっていないのがぼんやりとわかった。女性はエドモンドに向かって体を弓なりに反らした。寝間着に隠れた胸を包み、てのひらに硬い頂を感じたくてたまらなかった。

彼女が震えながら身を引いた。「わたし……その……脚のあいだが……うずいているの……ミスター・アトウッド。えっと……こんなキスをしてくれたことがないから」

ミスター・アトウッド？

「すばらしく無謀だけど、もう一度キスして」酔っ払ったみたいにぼうっとした声で彼女がささやいた。まるで、エドモンドが考えちがいなどしていないかのように。

「もう一度キスしてちょうだい」激しい口調だ。

もちろんだ。エドモンドの体はそう叫んでいた。だが、それに従うつもりはなかった。愚かかもしれないが、彼女がほかの男と勘ちがいしているのにこれ以上先へ進めるわけにはいかなかった。彼女の誤解につけこんだりしたら、卑劣どころではない。分身がどれほどうずいていようとも。「だめだ」激しい誘惑に抗ってうめき、女性の腕から逃れた。

思ったとおり、エドモンドのことばを聞いて彼女が凍りついた。こわばった背中を震わせたかと思ったら、急に動いてシーツを体に巻きつけた。あいにく、彼女のやわらかな臀部がエドモンドのひざに触れた。

「じっとして！」

「お願い。どうか！　まさかこんな……」恐怖のささやきとがむしゃらな動きは、エドモンドの熱情を燃え上がらせただけだった。彼女が体をよじった拍子に昂ぶった分身がこすられたので、エドモンドの口からうめき声が漏れた。

意志に反して腰が女性に向かって突き出される。欲望の証を感じて彼女が動きを止めた。

女性が息を呑んだ。そして震えた。「お願い、行かせてください」

エドモンドは即座に従った。

彼女は急な動きをしたくないのか、エドモンドのひざからゆっくりと下りた。やわらかな寝間着のせいでうずきを感じ、エドモンドは悪態をつきたくなった。女性の体が完全に離れると、安堵の息を大きくついた。

彼女の荒い息が部屋に響いた。

「きみはだれだ?」

4

まちがった男性を破滅させてしまった。

相手の男性にくらくらした自分の反応から、なにかがおかしい気がしていたのだ。ミスター・アトウッドは、ただ触れただけで淫らな熱を感じさせてくれたことなどなかったから。けれど、いけない行為をしている不安と興奮……それに酒の勢いを借りた勇気の謎めいた力のせいだと考え、愚かにも自分の直感を退けてしまった。

足音がした。それから火打ち道具の音がして、サイド・テーブルに置かれたろうそくが灯された。

はっと息を呑む。よくわからない感覚が下腹部で噴出した。この男性には荒々しい美しさがあって、ミスター・アトウッドとはまったくちがった。見知らぬ男性の力強い造作は、抑制された力をほのめかしていた。きりっとした口もとは、冷笑と官能がないまぜになっている。その唇のすばらしい味を思い出して震えると、鷹を彷彿とさせるまなざしが興味を示して鋭くなった。男性はあいかわらず無言のままこちらを見つめ続けていて、アデルの体の奥深くでなにかがぎゅっとこわばる感覚があった。

とても気まずかった。身じろぎすらしない男性のようすに、狼狽した。でも、なによりも彼の目が……虚ろで、先ほど触れられたときに感じた情熱も意志もなかった。

不意に、だれともわからないこの男性を思って胸が痛んだ。

男性は無表情だった。「もう一度訊く。きみはだれで、なぜ私のベッドにいる？」その口調は乱暴で、悪魔的に罪深かった。

悪魔的に罪深い……ああ……。わたしはロマンス小説の読みすぎだ。恥ずかしい反応をしたのも、シェリー酒のせいにちがいない。「名乗るとお思いではないですよね？」

彼が陰鬱で挑戦的なふくみ笑いをした。「いや、どうあっても名乗ってもらおうと思っている」

アデルは目を瞬いた。この人はまじめに言っている。ろうそくの明かりはとても弱かった。こちらから彼の顔がほとんど見られないのなら、日中に出くわしても気づかれないかもしれない。「ごきげんよう」アデルは言った。

ベッドからさっと下りようとしたけれど、それより早く手が伸びてきて手首をつかまれた。酒の影響でゆるんでいた気分を、突然の恐怖が切り裂いた。

「部屋を出ていく前に名乗ってほしい」真剣で、同時に当惑している声だった。それから眉根を寄せ、刺されたかのようにアデルから手を離した。「行けばいい」噛みつくような口調だった。「きみがだれで、どうやって錠をかけた部屋に入れたのかを突き止めたいあまり、ばかなことをする前に」

この人はだれ？　それに、わたしはどうして彼の部屋にいるの？　不安が頭をもたげ、顔をしかめながら記憶のかすみをたどり、この部屋に来るまでを思い出した。「どうしよう、この部屋に人が来るわ！」慌ててベッドから出た拍子に、シーツに足を取られる。イーヴィが彼女の母親を連れていつ来てもおかしくないと気づき、恐怖が痙攣となって体を駆けめぐる。「あなたをほかの人と勘ちがいしたんです。すぐに立ち去らないと。どうかお願いですから、この件はだれにもお話しにならないでください！」

彼の意図をたしかめ、他言しないという約束をしてもらう時間はなかった。直後にドアが大きく開き、アデルのすべてが恐怖で崩壊した。ぜったいに立ちなおれない。

ああ、ミスター・アトウッド。

彼も、自由の願いも失ってしまった。

アデルが見逃しそうになるほどのすばやさで男性の手が動き、ろうそくの芯を指でつまんで火を消して、部屋を暗くした。唯一の明かりが廊下からのものになる。

「なんてことなの、ミス・ヘイズ！」アデルに気づいたレディ・グラッドストンがあえいだ。

アデルの心臓が早鐘を打ち、息が荒くなった。嘘……まさか、嘘よね？　きつく目を閉じる。こんなことが起こっているなんて信じられなかった。計画は完璧だったのに。つまずかないよう気をつけながら、ハウス・パーティの主催者に駆け寄る。「名誉に賭けて誓いますけど、これはとんでもないまちがいで、ちゃんと説明できます、レディ・グラッドストン。ドアを閉めていただければ――」

重々しい足音がして戸口にヴェイル卿が現われ、窮地を脱せるかもしれないという希望が消散した。彼はここでなにをしているの？　困惑の思いが湧き上がる。イーヴィはどこ？

「レディ・グラッドストン、問題はありませんか？　至急あなたとここで会うようにという書きつけを受け取ったのですが。まったくもって奇妙なことです」ヴェイル卿がアデルの姿をとらえて目を見開いたあと、なにかに気づいてその目を険しくした。ベッドをちらりと見て、怒りの表情になる。「おまえはだれで、どうして私の婚約者とふたりきりで部屋にいるんだ、このごろつきめ」彼は体の脇で両手を拳に握り、猛然と部屋に入った。「決闘を要求する！」

「伯爵さま！　わたしはあなたの婚約者ではありません」アデルが反射的に言うと、まわりがおそろしいほど静まり返った。

あえぎ声が聞こえ、アデルは伯爵の向こうにレイヴンズウッド子爵の姿を認めた。彼は動揺した目でアデルをざっと見たあと、暗いベッドに視線を移した。アデルの喉が狼狽で詰まる。状況は刻一刻とひどくなっていた。

屈辱的な見世物になっていた。

ベッドの男性はなにも言わない。呆然としているのだろうか？　そうにちがいない。彼はきっと、アデルのとても愚かな計画の意味を分析しているのだろう。彼がすでに結婚しているか、結婚を約束した相手がいるかだったら？　醜聞はひどいものになるだろう。廊下のろうそくの明かりは薄暗く、男性の正体が守られているのをアデルはありがたく思った。彼に奥さんがいたらどうするの？

彼はあなたに口づけたでしょう。小さな声が頭のなかでした。ほかの女性を愛している男性なら、そんなふるまいはしないのでは？

お願い、なにも言わないで。アデルは心のなかで彼に念じた。涙がまぶたをちくちくと刺していた。上流社会の人々の目の前で自分の人生が破滅しただけでなく、男性の人生まで傷つけてしまったのだ。いちばんつらく悲しいのは、これを親友が仕組んだということだ。シェリー酒のかすみはすでに晴れつつあって、なにが起きたのかがはっきりしてきた。さっきの鍵はまちがいだったと言って別の鍵をアデルにこっそり渡したのは、イーヴィだったのだから。不安を消すためにシェリー酒を飲むよう勧めたのも彼女だったし、アデルが三杯飲んだときにその場にいたのも彼女だった。

動揺のささやき声が廊下に満ち、何組かの足音がした。いくらもしないうちに、マリオット子爵夫人を伴ったグラッドストン卿が戸口に現われた。子爵夫人は上流社会でも指折りのうわさ好きで有名な人だ。諦めのため息をついたアデルは、部屋にひとつだけあるソファにくずおれ、両手に顔を埋めた。

どうしてなの、イーヴィ？


〝あなたをほかの人と勘ちがいしたんです〟エドモンドは、戸口に集まってあえぐ人々を無視した。ハウス・パーティの主催者夫妻、その子息、ヴェイル伯爵、レディ・マリオットが部屋のなかへと入ってきた。もっとおおぜい集まらなくて幸いだったのだろう。自分があわや貪ろうとするところだった若いレディに注意を向ける。自分は醜聞や過激な憶測には慣れていたが、上流社会はこの見知らぬレディをばらばらに引き裂くだろう。ただ、彼女は彼らが来るのを知っていた。ひょっとしたら、欲得ずくの考え方をする女性で、上流階級の若いほかの女性ほどか弱くないのかもしれない。

恐怖と屈辱でまっ青になっている彼女だが、記憶に残るような美人で、アーモンド形をした魅力的なハシバミ色の目がハート形の顔のなかで印象的だ。髪は真夜中の黒色で、口は大きめでふっくらしている。

胸を衝かれるほどの美しさだ。彼女に自制心を試され、落第した。稀なできごとだった。これまではあそこまで情熱に焼き尽くされた経験がなかった。彼女の味は、見も知らぬ女性のなかにこの身を深く埋めたい、と思うほどのものだった。狂気だ。完全なる無謀な狂気。

私はいったいどうしてしまったのか？　ただひとつ言えるのは、慌てて小声で言ったものでも、祈りはときに届くということだ。レディ・イヴリンに求婚を断られそうだとわかったあと、おそろしい結婚市場にこの身を置く覚悟をしたのだった。だが、いま、若いレディが思いがけずひざの上に……ベッドに落ちてきた。

きっと起こるであろう醜聞の潮流を止めるには、すばやく決断する必要があった。彼女は議論の余地がないほど破滅した。意地の悪いうわさ話をすることにかけては、上流社会が最悪であることにエドモンドは慣れていた。この若いレディは完膚なきまでに破壊されてしまうだろう。高潔な行ないをして彼女と結婚すべきなのだろうが、ためらいがあった。その姿を目にしてもいないときに刺激を受け、その魅惑的な美貌を目にしているいまは渇望がいや増していたのだ。欲望をかき立てる妻はもっとも必要としていないものだ。男女が親しくなれば、かならずもっと尊い愛という感情へと導かれるものだが、それは取り返しのつかない悲嘆につながるものなのだ。くそったれ。

どうしたらいい？　妻の死後に自分は醜聞まみれになったから、そのおかげで今回のうわさ話の標的にはならずに立ち去れるだろうが、この女性をハゲタカどものなかに置き去りにするのはとんでもなく非道なふるまいだろう。自分の娘にそんな言語道断な扱いをする人間がいたら、だれだろうと完全に潰してやる。だが、彼女のような女性を妻に迎えるなどできない。野次馬に囲まれているいまですら、自分は影のなかにいて血管を脈打たせる渇望と戦い、いまいましい分身に鎮まれと必死で念じているのだ。「全員出ていってほしい」エドモンドはベッドから立ち上がった。

レディ・グラッドストンがはっとした顔つきになってふらついた。「わ……わたくし……ウルヴァートン公爵さま？」

エドモンドが肯定する間もなく、グラッドストン伯爵夫人の見開かれた目が凍りついた若い女性に向けられ、その唇に冷笑が浮かんだ。

「とんでもないことをしてくれたものね、ミス・アデライン・ヘイズ。この報いはしっかり受けてもらいますからね」

アデラインか……美しい。いまこの瞬間に抱く思いとしてはばかげているが、アデラインという名はその顔や体と同じく麗しいと思った。

若い女性が弾かれたように立ち上がった。「レディ・グラッドストン、わたしは部屋をまちがえただけなんです。けっして――」

「だれの部屋か、ちゃんとわかっていたのでしょう、この淫らな尻軽女！」

レディ・マリオットがあえぎ、ミス・ヘイズが鋭く息を呑んだ。彼女の頬に赤い花が咲き、体がかすかに揺れるのをエドモンドは感じ取った。

義憤に駆られた伯爵夫人は、ミス・ヘイズに向かっていった。「あなたの家族はロンドンではだれからも招待されないようにします。よくもわたくしの屋敷でこんな――」

「われを忘れていますよ、マダム。口を慎んでください」エドモンドは軽蔑をこめて冷ややかに言った。不必要な攻撃をする彼女を見て、唐突に激しい怒りに駆られたのだ。ミス・ヘイズがすでに辱めを受けているのは明らかだ。そんな彼女をさらに責め立てて、伯爵夫人はなにをしたいのだろう？

伯爵夫人は赤くなってつかえながら謝罪をしようとしたが、エドモンドは手をふって退けた。ひとりになって服を着て、大騒ぎになる前にこの事態をなんとかおさめたかった。「全員立ち去ってもらえたらありがたい。すぐに部屋を出て対処する」口調を和らげる。

「ミス・ヘイズは私の婚約者だ。この侮辱に対する決闘を要求する」ヴェイル卿が居丈高に言った。「介添人が連絡できるよう、あなたのフルネームを言ってもらおう。これは名誉の問題なのだ」

エドモンドは、愚かな決闘を要求するヴェイルのことばが聞こえたふりすらしなかった。彼の知るかぎり、ヴェイル伯爵は名誉が尻に嚙みついたとしてもわからないくらい、その概念とは無縁の男だ。

ミス・ヘイズが見るからにはっきりと震えた。「わたしは彼の婚約者ではありません」

伯爵がこわい顔をしたが、彼女は背筋を伸ばして伯爵の背後に目をやった。気性の激しさを垣間見て、エドモンドは頭をもたげた興味を抑えこんだ。彼女がどうして向こう見ずにも他人の体面を傷つけようと考えたのか、どうしてヴェイル伯爵夫人になりたがっていないのか、自分が気にかけることではない。

廊下の声が大きくなり、足音が近づいてきた。ハゲタカどもがすでに群がりはじめているのだ。「ドアを閉めるんだ」きっぱりと命じる。事態はすでに手に負えなくなりつつあった。

グラッドストン卿が顔を赤らめて従った。「ウルヴァートン、こんなことは認められない」うなるように言う。

エドモンドの爵位号をはじめて耳にしたかのようにヴェイル卿がぎくりとし、暗がりに目を凝らした。エドモンドは暗い隅から出なかった。裸だったのだ。それを知られたら、うわさ話はさらに悪意に満ちたひどいものになるだろう。「全員私の部屋から出ていってほしい。ことばには気をつけるように」

若い女性がすぐにドアに向かった。

「なんとか事態を収拾せねば。ここでなにがあったにせよ、口外無用だ」若きレイヴンズウッド子爵が重々しい吐息をついた。

「もちろんだわ」レディ・グラッドストンが腹部をてのひらで押さえた。

「まさか、そんなことが可能だなどと思ってらっしゃるはずはありませんわよね？」

レディ・マリオットがうれしそうに口をはさんだ。みんなに喜んでうわさ話の材料を提供するつもりなのは明らかだ。「全員が廊下にいて、部屋にいるのがだれかを目にするまで、この場を離れるはずがなくってよ」

唾を飲もうとしたミス・ヘイズの喉が動いた。涙ぐんだ目をだれのところで止めるでもなく部屋を見まわす。

伯爵夫人が息を吸いこんだ。「どうしたらいいの？」

エドモンドは悪態をこらえた。「グラッドストン、あなたの事務室で会おう。ミス・ヘイズのご両親がここにいるのなら、ふたりとも話そう。あまり役に立つことではないかもしれないが、せめてご令嬢の貞節は守られたままだと安心させてやりたい。あなたがこの部屋に来たのは、彼女が入ってきていくらもしないときだった」

静寂は重々しいものだった。何人かがミス・ヘイズに目を向け、彼女が寝間着姿で裾から素足が覗いていて、シルクのような美しい髪が乱れているのに気づいた。レイヴンズウッド、グラッドストン、それにヴェイル卿の三人ともが、たっぷりキスをされたとわかる彼女の腫れた唇に注意を向けたのにエドモンドは気づいた。

くそっ。私は無傷のまま立ち去れる。上流階級とはばかげた存在で、こういった災難で悪者にされるのは女性と相場が決まっているからだ。彼女は状況を理解しているつらそうな目つきだった。上流社会における自らの立場を自覚した静かな絶望。

自分が歩み去れば、彼女は粉々に崩れるだろう。彼女と結婚するしか道はない。断固たる意志を持って、彼女がひびを入れた壁を作りなおし、欲望を鎮めるのだ。求婚はしても、彼女と親しくはならない。もう大丈夫と思える日が来るかどうかもわからないが、それまでは彼女を自分のベッドからなにがなんでも遠ざけておく。

だが、娘たちには母親ができる。

アデルは頬をまっ赤にしながらも頭を高く掲げ、男性の部屋から急いで出てふらついた。ハウス・パーティの客がすべて廊下に集まっているみたいに感じられた。こちらを見る彼らのあいだに、つかの間衝撃の沈黙が落ちる。遅まきながら、十人ほどしかいないと気づいたけれど、自分の愚行を上流階級に知らしめるには、その任務にぴったりのレディがふたりもいれば充分だろう。リヴィングストン伯爵夫人、ディアウッド侯爵夫人、それに影響力のある既婚婦人数人がいるのに気づく。話し声が大きくなり、血のにおいを嗅ぎつけて矢継ぎ早にことばが交わされるのを聞いて、涙がこぼれそうになる。この大災害はいくつものスキャンダル紙で何週間も取り上げられるだろう。

アデルは肩をいからせ、哀れみや嘲笑の目をした人々を押しのけて進んだ。

「彼女はだれの部屋にいたの？」

「わからないわ」

「公爵さまの部屋よ」

5

ひざから力が抜け、アデルはつまずいた。嘘でしょう！　あの人が公爵ですって？　わたしは公爵とふたりきりでいるところを見つかってしまったの？　ああ……どうしよう！　彼もわたしも破滅だ。シェフィールド伯爵夫人の令嬢が、マシェリー伯爵から誘惑されそうになったと主張したことがあった。一家は伯爵をつかまえられず、令嬢は上流階級からひどい嘲笑を向けられるのを避けてスコットランドへ逃げた。伯爵は当然ながらそのできごとではなんの影響も受けなかった。今回のような不名誉を受けた公爵は、アデルと家族にどんな報復をするだろう？　ミスター・アトウッドはそれでもわたしと結婚したいと願ってくれるだろうか？

「公爵さまって？」

「ウルヴァートンよ」

「錯乱公爵なの？」うっとりする気持ちと動揺の気持ちが同じくらいこもった口調だ。

アデルの胃のあたりに恐怖がどっしりと居座った。どうしてこんなことになったの？　レディ・グラッドストンはあの男性を爵位で呼んだはずだけれど、苦境にいたせいでしっかり聞いていなかった。ウルヴァートン公爵のうわさ話なら、アデルですらも耳にしていた。公爵はほかの貴族に影響力を持っていて、とても冷ややかで、ぎょっとするほど無作法で、とんでもなく眉目秀麗だと言われていた。

「彼は再婚はぜったいにしないと言ったのでしょう。結婚を迫るつもりだったとしても、彼女に望みはないわね」

「彼女が公爵さまの男らしさとハンサムぶりに夢中になっただけなのではないかしら」

笑い声が起こったけれど、みんな扇で口もとを隠していたので、だれが笑ったのかはわからなかった。

「ひょっとしたら彼女はすでに身ごもっていて、公爵さまがこのハウス・パーティに出席したのも彼女のためだったのかもしれなくてよ。こういう催し物があるとき、閉じられたドアのなかでなにが行なわれているか、知らないわけじゃないでしょう」

「なんて外聞の悪い！」

「ほんとうにね。ハウス・パーティのほんとうの目的は、そういった秘密の戯れの機会をたっぷり提供することだとも言われていますものね」

意地の悪いささやきから逃れたくて、アデルは背後をふり向きもせずに自分の部屋に向かった。一歩進むごとに彼らの視線が背中に突き刺さるのを感じる。今夜がこんな終わり方をするなんて、想像もしていなかった。ゆっくり歩いていられず、スカートの裾を持ち上げて廊下を部屋まで駆ける。ドアを力いっぱい開け、それから思いきり閉めた。ドア枠にもたれて体を支え、てのひらのつけ根を額に当てる。

どうしたらいいの？　恐慌状態になりそうな頭のなかを整理して落ち着こうとする。まずお父さまに伝え、それからミスター・アトウッドやイーヴィに話し、それから……。

ドアが開いて、アデルは突き飛ばされる形になった。

「ああ、イーヴィ」アデルはあえぎ、自分でもびっくりするほどの勢いで泣き出した。「ごめんなさい。神経がぼろぼろになってしまって」

イーヴィはまっ赤な目をしていて、打ちひしがれて後ろめたそうに見えた。「早く服を着て。母が来るわ」

アデルは大型の衣装だんすへと急ぎ、明日のクローケーの試合用にアイロンがけのすんでいる、ハイウエストの薄黄色のドレスを選んだ。ゆったりした寝間着を脱いで下着をつけ、イーヴィの手を借りてドレスを着た。

部屋のドアがまた勢いよく開けられた。

唇をきつく結び、目を怒りでぎらつかせた伯爵夫人が乱入してきた。どういうこと？　アデルが計画を練り上げたとき、母親はわかってくれるとイーヴィは請け合ったけれど、伯爵夫人の不評を買うくらいは予想できた。けれど、怒り心頭に発しているようすから、不評を買ったどころではないらしい。

「あなたのご両親のサー・アーチボルド・ヘイズご夫妻に、図書室へ行っていただきます。状況はわたくしから説明しておきました」

アデルには父の苦悩が想像もつかなかった。「レディ・グラッドストン、わたし――」

「お黙りなさい。あなたとご家族は、わたくしたちから招待されたおかげで立場がとても向上したというのに、これがその礼なの？　イーヴィの婚約者を盗むことが？」

鋭く咎める口調だ。

アデルの心臓が鼓動をひとつ飛ばした。そして、もうひとつ。体の奥底にいやな感覚が走る。イーヴィに視線を向けると、彼女の目は罪悪感で翳り、頬を涙が流れていた。

「ごめんなさい」イーヴィが口の動きだけで伝えてきた。

衝撃のあまり、アデルはなんの反応も示せなかった。イーヴィが、アデルと話す必要があると母親に懇願したのに、アデルは図書室へ連れていかれるはめになった。伯爵夫人に押されるようにして部屋を出たところ、客たちがいなくなっていたのでほっとした。一分後に図書室に入ると、伯爵夫人がドアを乱暴に閉めた。アデルは損失と裏切りに胸を引き裂かれた。伯爵夫人はきっともう、わたしとイーヴィを会わせてくれないだろう……わたしはなにを考えていたの？

父が来て叱られるのをおそれながら、アデルは図書室をうろついた。どうしてこんなことになってしまったのだろう？　ドアのきしむ音がしたので、顔を上げる。父と継母が入ってきた。ふたりのあとからグラッドストン卿も入ってきて、静かにドアを閉めた。卿が安心させるような笑顔を向けてくれたけれど、アデルの胃は沈みこみ、喉に恐怖がたまった。これほど激怒している父親を見るのははじめてだった。「お父さま、説明させて――」

「黙りなさい」父が唾を飛ばしてどなった。近づかれてアデルが後ずさると、図書室中央のオーク材のテーブルにお尻がぶつかった。「呼び出されたとき、おまえの母親と一緒にカードルームにいた。お母さんは仰天したのだぞ、おまえのとんでもない――」

「継母です」実の母親の後釜をあまりにあっさり据えられたのを思い出し、うっかり強い口調で言い返してしまった。

父はアデルがなにも言わなかったかのように続けた。「さっきまで、これはとんでもないまちがいで、おまえはけっして淫らなふるまいをするような娘ではないと、おまえの婚約者を安心させていたのだぞ。ヴェイル卿は即刻婚約を発表すると言ってくださった。これ以上の醜聞になるのを防ぐために、急いで挙式の準備をする。告知を出す時間はないから、ヴェイル卿が影響力を使って特別許可証を手に入れてくださることになった」

父が予定よりも早く自分を伯爵に押しつけようとするとは、想像もしていなかった。継母をちらりと見ると、その目にも同じ決意が覗いていた。ヴェイル卿はどうしてあいかわらずわたしと結婚するといって引き下がらないのだろう？　わたしは、力のある公爵さまの部屋にいるところを見つかった。彼はきっと向こう見ずな行動を取ったわたしを押し潰すだろう。この先に受ける屈辱を思っただけで、祖母のいるダービーシャーに逃げたくなった。

恐怖にがんじがらめになり、アデルは自分の体を抱きしめた。今シーズンのこれまでをふり返る。伯爵がしょっちゅう遠まわしなあてこすりを言ってきたり、いやらしく体をつねってきたりしたのを思い出し、反抗心が頭をもたげた。「わたしは体面を傷つけられたの。ヴェイル卿だってそんな人間を娶りたいとは――」

父が頭をふった。「あの不良のジェイムズ・アトウッドが部屋に来るようおまえに無理強いしたのだと、伯爵は理解してくださっている。アトウッドにはきっちり対処する。ヴェイル卿が結婚を考えなおさないでいてくださって、おまえは幸運なのだ——」

「若きミスター・アトウッドが？」先ほどから炉棚のところで話を聞いていたグラッドストン卿が口をはさんだ。

アデルは屈辱感で頰をまっ赤にした。伯爵夫人は、アデルがだれの部屋にいたのかを話していないらしい。でも、ヴェイル卿はどうして相手が公爵でなかったふりをするのだろう？　なぜなら、それを認めてしまえば、アデルの両親は娘を無理やりにでもウルヴァートン公爵に嫁がせようとすると考えたからだ。公爵をつかまえられるというのに、どうして伯爵で手を打たなければならないのか？　ヴェイル卿はきっと、両親がアデルをペンビントン・ハウスから彼の腕のなかへまっすぐ連れてきてくれることを願っていたのだろう。

話に割りこまれた父は、いらだちの表情を隠そうともしなかった。説教を楽しんでいるのだ。アデルが思い出せるかぎりの昔からそうだった。いいえ……そうじゃない。お母さまが亡くなって、再婚をしてからだ。

「そうです」腹立ちのこもった口調だ。「ミスター・アトウッドは娘に求婚させてほしいとうるさくつきまとってきて、私は何度も断ってましてね。今回のこの策略も外堀から――」

「失礼だが、サー・アーチボルド、お宅のお嬢さんはミスター・アトウッドと一緒のところを見られたのではありませんぞ」グラッドストン卿が言った。

父がことばをなくすなど、アデルは考えたこともなかった。ぶつぶつ言ってから、狂気じみた目を娘に向けてきた。継母は気絶するふりをして、寝椅子にへたりこんですすり泣いた。

「お宅のお嬢さんはウルヴァートン公爵のベッドにいるところを見られたのです」グラッドストン卿は満足そうに言った。彼は喜んでいるの？　ウルヴァートン公爵と結婚する予定だったのは自分の娘だったのに。どうして彼は奥さんほど怒っていないの？

「ベッドにいるところを見つかったわけではありません」しわがれ声になってしまった。

「ウルヴァートン公爵ですって？」信じられないとばかりの小声で継母が言った。

図書室が強烈な静寂に包まれると、グラッドストン卿は座をはずした。アデルは父と継母とともに残された。

継母のマーガレットがアデルにちらりと向けた目は、理解に大きく見開かれ……あれは興奮のきらめきだろうか？　きっと自分たちより遙かに高貴な人たちの仲間入りをするところを思い描いているにちがいない。「あなた」マーガレットは手をしっかりと握り合わせて夫をふり向いた。「もしもアデルが公爵さまのベッドにいるところを見られたのなら、ヴェイル卿との結婚を無理強いはできなくてよ。彼女はすでに身ごもっているかもしれないのだし。公爵さまに高潔なふるまいをしていただかなくては」

アデルの顔が熱くなった。身ごもっているですって？　勘弁してちょうだい。

「ああ、そうだな」父がぶつくさと言った。

アデルは慌てて前に出た。「お父さま、ばかをおっしゃらないで。わたしがとんでもないまちがいを犯しただけで、公爵さまにはなんの落ち度もないの。ミスター・アトウッドと結婚せざるをえないように仕向けるつもりだったのは認めます。彼は、たいした持参金もなく、当世風の美人でもないわたしを妻にしたいと望んでくれたから。一時間前にはわたしの存在すら知らなかった公爵さまにわたしを娶れと要求するだなんて、考えるだけでも残酷すぎるわ。公爵さまはきっと、裕福で非の打ちどころのない家柄の女性と結婚したいと思っていらっしゃるでしょう……わたしとはまるでちがう女性と」

継母が信じがたいというまなざしをアデルに向けた。「彼があなたの純潔を奪ったと、いまでは上流階級の全員が知っているのよ」

アデルは彼との口づけを思い出して激しく赤面した。「あの方はそんなことをしていません！」

「おまえはわが家にとって大いなる失望の種だ」父が言う。「あんな……あんな……ふるまいをするとは」つらくてたまらないとばかりに目を閉じる。

「あんな計画を立てたのは愚かだったけれど、お父さまが道理に従ってくださらないのに、どうすればよかったというの？　ヴェイル卿に襲いかかられてあざができたのに、それでも彼と結婚しろとおっしゃったでしょう」流されない涙のせいで声がざらついた。

継母が唇をきつく結んだ。「あなたは自分のふるまいの重要性をわかっていないようね。この辱めのせいで、あなたは人里離れた場所に閉じこめられ、わたしたちは上流社会に顔も出せなくなるの。だれもわたしたちを受け入れてくれなくなるから」継母の下唇が震え、信じられないほど長いまつげの上で涙が光った。

父がやさしく継母の手を握り、無意味な慰めのことばをかけた。「そんなことにはならないよ、私がそうはさせない」

「わたしたち、追放の身になるのよ」マーガレットは目を閉じた。「かわいそうなヘレナとベアトリクスは二度と立ちなおれなくなるわ。わたしたち、どうすればこれを乗り越えられるの？　こんな事態になってしまっては、可能性があるのはミスター・アトウッドだけになるでしょうけど、彼だってアデルを望んでくれるかどうか」

アデルか父がなにか言う前に、おざなりなノックがあったあとドアが開けられた。黒っぽい上着とズボンを身につけ、とても颯爽と見える公爵が堂々と入ってきた。抜け目のない灰色の目がさっと状況を見て取り、アデルに視線を据えた。彼女の混乱した頭でも、超然とした彼がとてもすばらしいことに気づいた。

「サー・アーチボルド・ヘイズご夫妻をご紹介いたします、公爵さま。サー・アーチボルド、レディ・ヘイズ、こちらはウルヴァートン公爵さまです」公爵のあとから図書室に入ってきたグラッドストン卿が紹介の労を執った。

レディ・ヘイズが慌てて立ち上がり、深くひざを折る優雅なお辞儀をした。

「公爵閣下」アデルの父も立ち上がってお辞儀をした。「閣下の書かれた、送還された傷病兵にもっとよい治療を求めるすばらしい記事を何本も読みました。あなたほど雄弁な方には当然の立派なご意見です」

アデルの父は公爵をこれでもかと褒めたたえることに専念し、最近公爵が『ジェントルマンズ・マガジン』に寄稿した記事を引用までしてみせた。継母は、父がひとこと発するごとに大きくうなずいた。公爵は冷ややかな態度で耐え、アデルは疲れすぎていて父と継母のふるまいを恥ずかしがる元気もなかったものの、心のなかでは不安が暴れていた。

「先ほどちょっとしたできごとがあったと聞いています。娘のふるまいを謝罪させてください」父がついに息を継いだ隙に、継母が言った。

「いや、私が悪かったのです。どうやらまちがった部屋で休んでしまったようなので」公爵の口調はそっけなかったけれど、唇がほんのかすかにねじれた。

アデルは息を呑んだ。腹部に温かな感覚が広がり、落ち着かない気分になるほど心臓の鼓動が速まる。ほとんど笑みとわからないほどのものだったけれど、そのおかげで公爵が魅力的に、親しみやすい人に思われた。

「とてもご親切で高潔な方ですのね、公爵さま。わたしは……わたしたちは……」

マーガレットが息を吸いこんだ。

継母の強調したことばを聞いて、アデルはたじろいだ。公爵の態度からは、継母の微妙な圧力に気づいたようすはなかった。

「急な話にもかかわらず、私がこの部屋へ来るのを承諾してくださって感謝します」

公爵の口調は、とても温和で礼儀正しかった。アデルは彼の本心を探ろうとした。

公爵の冷ややかな目が図書室を見まわし、アデルの父のところで止まった。

「私がここへ来た目的はおわかりでしょう、サー・アーチボルド。ふたりだけで話しませんか？」

アデルは怒りが頭をもたげるのを感じた。自分の人生を自分以外の人間に決められるのには、ほとほとうんざりだった。「それは困ります」

鋭い刃のようなまなざしを向けてきたあと、公爵は目を伏せてアデルを退けた。傷ついた。

「もちろんですとも」父が言った。

「追い払われるつもりはないわ、お父さま。いま話し合っているのはわたしの将来なのだから、わたしもその場にいるべきよ」きっぱりと言い切った。

6

「娘に求婚するためにここにいらしたのですか？」がまんできなかったらしく、継母がずばりと切りこんだ。

アデルがあえぐと、全員の目が向けられた。とんでもなくひどい展開だ。公爵はもちろんわたしに求婚などしない。公爵夫人という高貴な称号にふさわしい特質がなにもないのだから。社交界デビューをしたのは母が亡くなった翌年で、そこからの三年でアデルを望んでくれた若い男性はふたりしかおらず、ミスター・アトウッドだけがずっと離れずにいてくれたのだ。ヴェイル卿は例外で、求愛してきたことはない。彼はじろじろと見つめてきて、だれにも見られていないと思うと偶然を装って胸に触れ、きわどいことばをささやき、そして襲いかかってきた。公爵がとても非現実的なことをすると、継母はなにを根拠に信じているのだろう？

「そうです」公爵が言った。

アデルは衝撃を受けた。「なんですって？」

「高潔な行ないをしてくださるのですか？」気が抜けたみたいに父がたずねた。

公爵はサイドボードのデカンターのところへ行き、琥珀色の酒をグラスに注いでからアデルの父と対峙した。「疑いの余地なく。それどころか、できるだけ早くお嬢さんと式を挙げたほうがいいと思っています、サー・アーチボルド」

あまりに意外なことばだったので、アデルは気が遠くなりそうだった。口のなかがからからになる。なにか誤解があるにちがいなかった。「公爵さま」ようやく慎重にそう言う。「わたしを公爵夫人にしたいとおっしゃっているんですか？」

図書室にいる全員が固唾を飲んで公爵の返事を待っているように思われた。

「そうだ」

「なんてこと」継母が息に乗せて言い、卒倒しそうになったのか父の両腕をつかんだ。「とても賢明なご判断ですわ、公爵さま。すばらしい道義心をお持ちですのね」あまりに激しくうなずくせいで、羽根のついた紫色の大きなターバンがずれて落ちそうになる。

アデルは呆然として公爵を見つめるしかできなかった。

「ふたりだけにしてほしい」公爵が部屋全体に向かって言った。「ミス・ヘイズと少し話したい」

父と継母がお辞儀をしてそそくさと出ていくのを見て、アデルのなかでいらだちが湧き起こった。グラッドストン卿も会釈をしてドアに向かった。

みんな、わたしをこの人とふたりきりにして出ていくの？

「公爵さま、お願いです――」ドアがそっと閉まる音がして、アデルの歯と歯がぶつかった。つかの間目を閉じる。「あなたがわたしとの結婚を望んでいるはずがありません」なぜだか、公爵は父の要求を拒絶すると思いこんでいた。父が騒ぎ立てる機会を公爵があたえたわけではないけれど。公爵は簡単に威圧されるような人には思われなかった。

公爵が片方の眉を少しだけ上げた。「望んでいるのだが」

彼の目を必死で探ったけれど、誠実さしかなかった。「でも、どうしてですか？」勢いこんでしゃべってしまった。

「きみは私の部屋にいるところを見つかった。私はきみを組み敷いて純潔を奪う直前までいった」天気の話でもしているみたいな淡々とした口調だった。

気恥ずかしさでアデルの頬が熱くなる。「そんなにあからさまに言っていただく必要はありません」きっぱりと返す。「それに、わたしの純潔は危険にさらされていませんでした」

「われわれの出会いをどういうわけか忘れたとしても、ハウス・パーティの主催者夫婦に見つかったことはおぼえていると思うが」

まるでこっそり逢い引きしようと、ふたりで企んだみたいな言い方だ。アデルは目を険しくした。「ええ。レディ・グラッドストンが入ってきたとき、わたしも部屋にいましたので」

彼の目がおもしろがるようにきらめいて癪に障ったけれど、それはすぐに消えたので、見まちがいかと思う。「ふたりとも体面が傷ついたわけだから、結婚しなくてはならない。逃げて自分の名誉を汚すようなまねはしない」

軽い口調ではあったけれど、高潔であることがこの男性にとって重要なのだと、アデルは本能的に察知した。でも、名誉のためとはいえ、結婚のように永続的なものにどうして身を投じられるのだろう？　それに、わたしを愛している男性が待ってくれているはずのときに、公爵にイエスの返事をするなんてできない。気づくと、痛いほどきつく両手を握りしめていた。「わたしがあなたを別の男性とまちがえたのは、おわかりですよね？」

近づいてきた彼の表情は謎めいていた。「まちがえたのかい？」

アデルはごくりと唾を飲み、彼とのあいだに距離を空けておきたくて少し下がった。

「ええ。ミスター・ジェイムズ・アトウッドという男性と。わたしたち、性格も年齢も近いんです。あなたがお歳を召していると言っているわけではありませんけれど、公爵さま」アデルは顔が熱くなるのを感じ、先ほど食したロブスターみたいにまっ赤になっているのだろうと思う。「ミスター・アトウッドは……その……求婚してくださったのですが、父がお断りしてしまったのです。わたしが訪れるつもりだったのは彼のお部屋でした」

つかの間、公爵が眉根を寄せる。「思っていたより私の体が硬くて、いつもとちがう香りがして、きみは暑くて変な感じがして、脚のあいだがうずくと言っていたのをはっきりとおぼえている。つまり、私がミスター・アトウッドでないのは、きみにもわかっていたはずだと思うが、ミス・ヘイズ」

なんてひどい人なの！　女性のちょっとした判断ミスをこんなに露骨かつ傲慢に指摘するなんて、紳士にあるまじきふるまいだわ。けれどそれ以上に、彼の言うとおりかもしれない、という思いにアデルはぎょっとしていた。「あなたの聞きまちがいですわ、公爵さま」冷ややかに言った。

癪に障る彼は微笑んだけれど、目は笑っていなかった。「私に触れた瞬間、ミスター・アトウッドではないとわかっていたはずだ」

そのことばは真実であるだけに、屈辱感に苛まれて頭がくらくらした。確信が持てなかっただけだ。でも、彼にわかるはずもない……そうでしょう？　がっしりした体の上に倒れこんだ瞬間、白檀とコロンの男らしい香りに包まれて困惑したのだ。必死の思いで手を伸ばしたら硬い体があって、驚くと同時に魅了された。細身で優美なミスター・アトウッドがどうしてこれほど男らしいのかと訝った。はっとするものはあったけれど、不安と酔った勢いのせいにして疑念を無視したのだった。

イーヴィとアデルの計画では、ミスター・アトウッドの部屋にいるところを目撃されるだけで、彼とキスをする予定にさえなっていなかった。でも、アデルはこの男性にキスをし、まちがった男性のベッドに入ってしまったとわかっていたのかもしれない。血を煮えたぎらせた奇妙な欲望には、ぎょっとすると同時に魅了された。わたしったらなんて愚かだったのか。

「なんの話をしてらっしゃるのか、まったくわかりません。求婚してくださったのはとてもご親切ですけど、あなたとは結婚できません」小声で言いながら、自分の無節操さに気分が悪くなった。いますぐミスター・アトウッドに会わなければ。

公爵の態度がさらに硬くなった。「破滅したきみを救う唯一の道が結婚だ」

破滅した。アデルが身震いをすると、彼の灰色の目が鋭くなった。その瞬間の公爵は捕食者のように見え、彼女の心臓がゆっくりと大きな音をたてはじめた。どうして彼はわたしと結婚したがるの？　かすかな抵抗すら見せていない。なんの〝取り柄〟もない女性と縛りつけられるなんてごめんだと思うのがふつうでは？

「なぜわたしとの結婚を望まれるのですか？」〝錯乱公爵だわ〟廊下から聞こえたささやき声で頭のなかがいっぱいになる。「あなたは上流社会が錯乱公爵と呼んでいる方ですか？」

彼の灰色の目に怒りがよぎったあと、冷酷そうな笑みが唇に浮かんだ。どうして彼を魅力的で親しみやすいと思ったのか、アデルにはわからなかった。目の前の男性は、冷酷さを身にまとっている。彼女は激しい不安に襲われた。「考えなしに出しゃばったことを言ってしまって申し訳ありませんでした」

「あだ名のひとつではある」

公爵は明らかに苦悩してはいなかった。

「どうしてですか？」

「どうでもいいだろう」

「結婚の話をしているのですから、どうでもよくはありません」わたしはなにを言っているの？　彼のばかげた求婚について考えてなどいないのに。この人についてはあだ名しか知らないのに。それに、ミスター・アトウッドが待ってくれているはずなのに。

公爵が両の眉をつり上げた。アデルはなぜか彼に近づいてつま先立ちになり、その眉を指でなぞりたくなった。しょっちゅう顔をしかめているせいでできたと思われる額のしわも、伸ばしてあげたいと思った。こんなのは尋常じゃない。

「あなたはわたしについてなにひとつご存じないし、わたしもあなたについてなにも知りません」

「私はなによりも誠実さを評価する」

「わ……わたし……」アデルは眉をひそめた。ただ事実を指摘しただけで、彼について教えてほしいと言ったわけではないのに。

「私の幸福は、娘たちの存在だ」

心臓が喉までせり上がった。「お子さんがいらっしゃるのですか？」

「ああ」

「お……お子さんたちの名前と年齢は？」

「レディ・サラは六歳で、レディ・ローザは九歳だ」

アデルはことばもなかった。母親はいつ亡くなったのだろう？　いまはだれが世話をしているのだろう？　ふたりは幸せなのだろうか？　自分自身の母親が亡くなったときの苦しみと孤独が頭をもたげ、アデルは押し潰されそうになった。

「返事を聞かせてほしい、ミス・ヘイズ。優柔不断なうえ、評判を気にかけもしないきみに、ひと晩中つき合っている時間はないのでね」

言い返すことばがアデルの喉で引っかかった。彼はがまんならない人だけど、本気でわたしと結婚したがっているらしい。「あなたの……申し出が……とても衝撃的なのはおわかりいただけると思います。あなたは公爵さまで、わたしは……」なぜか喉をふさいでいる塊を呑み下す。わたしは、なに？　公爵夫人にふさわしい荘厳さとは無縁の、単純なことで喜ぶ単純な女だ。「持参金にしても、適切な縁故にしても、あなたに差し出せるものはなにもありません」

「さっきも言ったが、きみは明々白々な事実を見落としている。わたしたちは結婚しなくてはならない」

アデルはたじろいだ。公爵の求婚にイエスと言うしかないのだ。「自分が華々しい恋愛をするとは思っていませんでした。それでも、夫となる人とのあいだに少しは愛情があってほしいと考えていました。共通の興味とか……上流社会に対する務めよりも深くにあるきらめきとか」小さな声だった。

目の前の男性はあまりにも超然としているので、暗がりで出会ったのは別人だったのだろうか、とアデルはつかの間訝った。この人はわたしを好きですらないようだし。

「きみが無鉄砲な行動を起こさないようにお世辞を言ってごまかしたっていいが、私は欺瞞《ぎまん》が大嫌いだ。やさしい気持ちを約束することはできない。私のなかにあった愛のすべては、うちの教区教会の墓地にある家族の納骨所に埋められている」横暴で頑固な口調だった。「人は務めのため、物質的な問題のため、子孫のために結婚する。愛に基づいた結婚を望むほど世間知らずなら、私の求婚を断って、ミスター・アトウッドとともに上流社会の嘲笑と軽蔑を甘んじて受けることだ。苦悶と喪失を経験した私としては、二度とその苦い思いを味わいたくない。愛という幻想をきみにあたえるつもりはない」

ゆっくりとした心臓の鼓動が痛かった。公爵のことばはあまりにも感情がなくて冷たい。アデルは、しっかりと結ばれた男女はおだやかなロマンスに落ちるものだと信じていた。父と継母のマーガレットだって、おたがいに夢中みたいに見えるときがある。

「そんな風に思ってらっしゃるなら、おそろしく孤独でしょうね」

「そして、かなり満足している」

彼はわたしの衝動的なふるまいにまったく影響されていないの？　もうイーヴィと

結婚できない状況になったのに残念ではないの？「レディ・イヴリンのことはどうなさるのですか？」

公爵が片方の眉をくいっと上げる。「きみが誤って私の部屋に入ってきたのは、レディ・イヴリンの仕組んだことだったのだろうとすでに思い至った」

彼のことばは真実だったので、反論できなかった。公爵は落ち着かなくなるほど近くにいるというのに、アデルはその温もりから離れられなかった。「それなら、どういう提案をなさるおつもりですか、公爵さま？」

「きみ自身の家と私の名前をあたえる、ミス・ヘイズ」

否定しようのない憧れに腹部を強く殴られる。自分自身の……家族。それに、伯爵夫人よりも力のある公爵夫人になれば、継妹たちの力にだってなれる。でも、公爵はわたしを見下しているはず。

「力と富をあたえる。誠実さと、家名と爵位の保護を約束する」

「でも、それ以上となる愛情はあたえてくれない」

「そうだ」

「自分たちを冷たい関係に縛りつけるのですね」

「私はきみの評判を救い、想像の世界でしかなかった特権階級の人生をあたえる。代わりにきみは、娘たちの慰めとなる存在になる」

なるほど。「それに、必要なときはあなたの慰めになることも許される？」挑発的で大胆な考えがどこから出てきたのかわからなかったけれど、公爵があまりにも冷ややかだったのだ。彼がぎょっとした表情を浮かべたので、アデルは一瞬勝ち誇った気分になった……が、唇に視線を向けられるまでだった。

奇妙な熱がアデルを満たした。彼はキスしようとしている？　公爵は彼女の淫らな思いを聞き取ったかのように顔をさらに傾けた。そして、大きく身震いした。すてきな反応だった。

「どうして震えるのですか？」

公爵が小さく悪態をつき、アデルはその粗野なことばを聞いて顔を赤く染めた。

7

「いまのことばは紳士にあるまじきものでしたわ、公爵さま」

「上流社会の慣習を完全に無視して男のベッドに入ってきた女性が、ことばづかいを咎めるとはね……くそったれ」エドモンドはわざと悪態を口にした。

ミス・ヘイズはぎょっとした思いをうまく隠せていない顔で凝視してきた。「わたしに不満をお持ちなんですね」

この部屋に来るのに先立って、彼はハウス・パーティの主催者夫妻とたっぷり話をしたのだった。レディ・グラッドストンはひどく立腹してはいたものの、ミス・ヘイズは分別のある女性で、娘のレディ・イヴリンにとってすばらしい友人であり話し相手《コンパニオン》だと思っていた、と言った。自分より立派な男なら、彼女の厄介な状況につけこんだりして後ろめたさを感じるだろうが、自分を善人だと思いちがいをしたことはなかった。「乱暴ですまない」彼女から離れる。「きみに不満はない」

彼女が目を見開き、頬がかわいらしく赤くなった。かわいらしすぎる。

この女性に対する自分の反応を、きびしく抑える必要がありそうだ。彼女と結婚しても正気を保っていたいなら、二度とキスをしたり慰めをあたえてもらう話をしたりしてはならない。とはいえ、彼女が言ったのは、きつい鞘の奥深くに身を埋める類の慰めではないと遅まきながら気づく。

彼女がさっと背筋を伸ばすと、ふっくらと形のいい胸のところで薄いモスリンのドレスがぴんと張った。エドモンドは自分の自制心のなさにうんざりし、歯を食いしばって顔を背けた。ドアまで行ってそこに額を押しつける。私はなにをしているのだ？　彼女にかき立てられた感情は、彼女の好き嫌いを知りたいという気持ちは、とても歓迎できない。だったら、どうしてあいかわらず懇願しているのだ？　彼女は乗り気ではない。彼女を行かせてやり、自分のふるまいの結果と対峙させてやるべきだ。

胸がよじれた。彼女を気にかけているのだと気づいて驚く。上流社会が彼女を切り捨てると思ったら、腹に怒りが渦巻いた。ミス・ヘイズは、舞踏室に入ったときに、出席者全員が自分のうわさ話をしていると知るのがどんなものかわかっていない。ただ通りを歩いたり、ハイドパークで馬に乗ったりしただけで、みんながこちらを見ようと必死になるのだ。それから非難すべきことを見つけて話し声が起こり、ついには尾ひれがついて笑えるほどばかばかしいうわさ話になる。

〝ウルヴァートン錯乱公爵よ〟ささやき声は絶え間なかった。あだ名の由来を知っている人間もそれほどいないのではないかと思う。それでもそんなあだ名がつけられた。なぜなら、上流階級の人間には心でつながった結婚を理解できないからだ。エドモンドは妻を愛していて、珍しい恋愛結婚を嘲笑われた。妻を溺愛した……それなのに、友人たちですらが愛人を持たせようとした。子育てのためにメアリアンとともに田舎に引っこむと、常識を捨てたとほのめかされた。

公爵夫妻は、自分たちの手で子どもを育てないものなのだ。子育てをするのは乳母や家庭教師だ。だが、メアリアンはすべての支援を断り、自分で赤ん坊を入浴させ、授乳すら自分ですると言い張り、エドモンドの母の顰蹙を買った。

妻が自分のせいで亡くなったときは……ひどく悲しみ毒づいた。何カ月も苦しんだ。だから上流社会と軽薄な遊びを避けた。上流社会も友人たちもそんな彼を理解できず、エドモンドは頭がおかしくなったのだと言った。がまんならない、つまらない愚か者たちめ。エドモンドの唇が嘲笑でゆがんだ。ひょっとしたら、外聞が悪いほど大胆で淫らでありながら、もどかしいほど魅惑的な女性を娶ろうと考えているだけでも、たしかに頭がいかれてしまったのかもしれない。

もう一度結婚市場に飛びこんで、社交界デビューしたてのすぐに顔を赤らめる女性を口説いてみるべきなのかもしれない。しかし、そんな考えを心が本能的に拒絶し、苦いものがこみ上げてきた。別の女性に微笑み、愛撫し、ダンスをするなど偽善的に思われた。二度とそんなことをするつもりはなかった。そういうことをした彼はとっくに死んで、生き返るとは思えなかった。メアリアンと息子を失った苦痛は、はらわたをちぎられるほどのものだった。

ミス・ヘイズはいやがっているが、彼女がエドモンドのベッドに入ってきたおかげで結婚市場という茶番を避けられるのは幸運だったのかもしれない。

「公爵さま？」

エドモンドはドアから体を起こして彼女と向き合った。

「まずミスター・アトウッドと話します」

彼は短い悪態をこらえた。「真実の愛をじゃまするつもりはさらさらない」皮肉をこめて言う。

ミス・ヘイズが注意深い表情になった。「では、もう行っても？」

「どうしてもミスター・アトウッドと結婚するほうがいいというのであれば、彼のもとへ行くことを強く勧める。この先何カ月も続くきみに関連したうわさ話の芽を摘めるなら、お父上はだれとの結婚であろうと歓迎するだろう。急いで式を挙げるのがきみにとって最善だ」

それを聞いて彼女は少しのあいだだけまごついたようだったが、すぐに表情を隠した。「ありがとうございます、公爵さま」小さな声だった。

エドモンドが会釈すると、ミス・ヘイズは悪魔にかかとを嚙まれてでもいるかのように急いで図書室を出た。たしかにいま現在の私は悪魔みたいに見えるだろう。すでに野火のごとく広まりつつあるうわさに対し、ミスター・アトウッドがどんな反応を見せるか、エドモンドにはよくわかっていた。

服を着て、応接間でグラッドストン卿夫妻と話すまでの短時間で、ミス・ヘイズは以前からエドモンドの愛人で、すでに身ごもっている可能性がある、というささやきを耳にしていた。

くそっ、私がなにから救ってやろうとしているのか、彼女はまるでわかっていない。見当もついていない。彼女は何カ月も悪意あるうわさ話をされて、屈辱にまみれる。どんなに単純な生活も何年も取り戻せなくなる。だが、私と一緒になれば……親密さも心を開くこともない。エドモンドは彼女のベッドからは離れていようと心を決めていたのだ。それでも、公爵夫人になれるというのに。

エドモンドは顔をゆがめた。ほんとうに私のほうがいい選択なのだろうか？

アデルの目は砂が入っているかのようにざらざらしていたし、欠伸《あくび》が止まらなかった。公爵から逃れて部屋に逃げこんだものの、眠れなかったのだ。階下に行く勇気もなかった。ウルヴァートン公爵ともヴェイル伯爵とも結婚できない。手紙を書き殴り、だれにも見られないよう細心の注意を払ってミスター・アトウッドに届けるよう、自分に割り当てられたメイドに託した。廊下の時計の鐘が鳴り、父のものである小さな懐中時計をポケットから出した。ミスター・アトウッドが手紙を受け取っているなら、そろそろ彼とオレンジ温室で会う時刻だ。アデルは前に進もうと固く決意していた——駆け落ちするのだ。

ノックの音がして、アデルが応対する前にドアが開いてイーヴィが入ってきた。

傷ついた気持ちのせいで喉が詰まった。親友の裏切りについては考えることもできなかったのだ。イーヴィの目に苦悩が満ちて涙があふれているのを見ても、気持ちはなだめられなかった。意地悪と言われようとも、イーヴィには最低の気分になってもらわなければ。アデルは大きく息を吸いこんだ。「あなたがウルヴァートン公爵から求婚されていたなんて知らなかったわ」

イーヴィはとっくに泣き腫らした赤い目に涙を浮かべていた。駆け寄ってこられて、アデルはさっと身を引いた。イーヴィがたじろぎ、両手を握り合わせる。「ゆうべ知ったばかりだったの」ざらついた声だ。

「そして、身勝手な行動に出たのね。公爵の求婚を断るのではなく、わたしが幸せになる機会を完全に潰してくれた」

イーヴィがぎくりとする。「恐怖と恐慌に駆られてまともに頭が働かなかったの。そのせいで、親友の友情を失うという結果に苦しむはめになった。お願い、赦して」

「いやよ」

イーヴィはあえいだが、アデルは心を動かされなかった。

「あなたがどうしてあんなことをしたか、知ってるわ」

イーヴィが青ざめた。

アデルは手の震えを止めるため、体の前で握り合わせた。「わたしと知り合った二年前から、あなたはウエストフォール侯爵に想いを寄せていた。ほかの人と結婚すると思ったらおそろしかったでしょうね。でも、想い人と結婚するというその機会を、あなたはわたしから奪ったのよ。いやだと声高に言ってはいるけれど、公爵と結婚しなければうちの家族は二度と立ちなおれないだろうと心の奥底ではわかっているの。公爵はミスター・アトウッドとちがいすぎて、どうしたら幸せな――ほんのかすかにでも満足な――結婚生活を送れるかわからない。公爵にはすてきなところがひとつもないのですもの。彼は厳格で冷たい人なのよ、イーヴィ」

でも、彼のキスはすてきだったでしょ。アデルは裏切りものの思いを無視した。

イーヴィが顔をゆがめ、静かに涙を流した。「ウエストフォール侯爵とウルヴァートン公爵は親友なの」

アデルは目を閉じた。それは耐えがたかっただろうとは思うけれど、だからといってイーヴィの行ないが赦されるわけではない。アデルは友人を完全に信頼していたのだ。

イーヴィの喉が動いた。「公爵と結婚するなんて耐えられなかったの。公爵夫人になったら、夫の親友をもてなさなければならないとわかっていたから。母にわかってもらおうとしたけれど、どんなに懇願しても聞き入れてもらえなかった。ウエストフォールと夫婦になれない世界なんて想像もできなかった……でも、あなたはミスター・アトウッドに対してそこまでの気持ちじゃないと思ったから……」

アデルは体をこわばらせた。「尊敬もできない相手と結婚なんてしません！」

イーヴィは深緑色の目に懇願の色を浮かべて頭をふった。「あなたはミスター・アトウッドに好意を抱いているけれど、わたしはウエストフォールを愛しているの。毎日夜明けとともに彼を想う。彼はわたしのお友だちで、なんでも打ち明けられる人だけど、恋人にもなりたくてたまらない。彼はわたしをうずかせ、わたしの心は彼のものなの。一度口づけられたけれど、重ねられた唇の感触も、体の熱も、力強い腕も、いまだにはっきりと感じられる」

アデルの頬が熱くなる。そこまでの渇望をミスター・アトウッドにかき立てられたことはなかった。でも、あと二、三年したら、そういう感情も花開くのでは？　〝あら、公爵はあなたの血をたぎらせたじゃないの〟そのことばはまるで、悪魔自身がささやいたかのようだった。

イーヴィが部屋の奥へとさらに入ってきた。「たしかに侯爵を愛しているけれど、だからといってわたしの行動が赦されるわけではないわよね、アデル。軽率で愚かだった。どうなると思っていたのかわからないけれど、こんなことになるとは想像もしていなかった。お客さまはみんな、あなたが公爵の部屋にいたと話しているわ。母によれば、来週までにはロンドン中に知れ渡っていて、ゴシップ紙は何カ月もそればかりを記事にするだろうって」激しくすすり上げる。「時を巻き戻して、自分勝手なふるまいを止めたい」そのことばには、胸が潰れるほどの誠意がこめられていた。

アデルのまぶたが涙でちくちくした。友だちになったときからずっと、イーヴィは妹扱いしてくる侯爵を想っていた。侯爵は結婚など考えていないように思われ、その理由は顔の半分を走る謎めいた傷のせいなのか、上流社会の人たち全員を軽蔑しているせいなのか、イーヴィにはわからなかった。認めたくはなかったけれど、イーヴィがウルヴァートンと結婚してひどい状況に縛られずにすむことで、アデルは安堵した。でも、それをことばにするつもりはなかった。裏切られた傷は深く新しかったから。

「ミスター・アトウッドには会った？」

イーヴィは首を横にふった。

「彼のところへ行かなくては」アデルは時計をちらりと見た。「うわさがまだ彼の耳に届いていなければいいのだけど」

イーヴィがそっと息をついた。「公爵と結婚するの？」

選択肢はあるのだろうか？「ミスター・アトウッドが駆け落ちしてもいいと思ってくれたら……」アデルはこみ上げてきたすすり泣きをこらえた。「自分がなにを感じているのか、考えているのか、わからないわ。まちがった相手の部屋に入ってから、まだ数時間しか経っていないのですもの。家族が完全に破滅させられるのを見るのはいやなの。ミスター・アトウッドと駆け落ちしたら、そういう結果が待っているのでは？　災難をいっそうひどくするのでは？　それでも、まったく知らない男性との人生なんて想像もつかない。将来にわたってふたりのあいだに愛が芽生える期待をするなと言った人なのよ。なんの感情も表わさない目でわたしを見た人なの。敬意なんてない……ただ頑固に高潔な行ないをしようとしているだけ。わたしたち、まるでそぐわないわ」

イーヴィはあえぎ、目に同情をたたえた。「心からあなたのつらい思いに共感するわ。ほんとうにごめんなさい《ソーリー》」小さな声だった。

わたしも残念《ソーリー》だわ。


だれにも見られずにオレンジ温室に入るには、勇気と工夫が必要だった。まだ八時になるかならないかだったけれど、すでに起きている客たちもいた。大半が、昨夜遅い時刻まで遊んだ疲れのせいで、ベッドからまだ出ていないのがありがたかった。アデルの顔が赤くなる。自分も彼らのお楽しみのひとつになったのを思い出したのだ。

ガラス扉を押し開け、奥の左隅にミスター・アトウッドを見つけた。胸が高鳴る。会いにきてくれたのだから、いい兆候にちがいない。彼はアデルの足音を聞きつけてくるりとふり向いた。彼に会えるといつも気分が浮き立つのに、それがなかった。公爵の冷たい態度が思い出され、痛みを感じるほど歯を食いしばった。「ミスター・アトウッド、こっそり抜け出してきてくださってほっとしました。ありがとうございます」

彼はぎこちなくうなずいた。いつもにこやかな顔には不満が浮かんでいる。

アデルの気持ちが沈む。「もうお聞きおよびかどうかわかりませんけど――」

「聞いたとも！」ぴしゃりと嚙みつく。「きみと交際してたなんて知られたら、笑いものになってしまう」

「ミスター・アトウッド、わたしは――」

「きみが公爵の体面を傷つけたと、みんなが話している。そこまでの高みを目指したきみには敬服するよ」

胸をぐさりとやられる。わたしが上流社会で成り上がりたがっている女だなんて、彼が信じているはずはないわよね？「そんなことはしていません。わたしはあなたのお部屋に入るつもりだったの、ミスター・アトウッド」正直に打ち明ける。そう言えば彼の気持ちもなだめられると思ったからなのだが、逆に体をこわばらせられてしまった。

「公爵はきみの純潔を奪ったのか？」

アデルは顔を赤らめた。「なにもありませんでした」

かすかなブランデーの煙った味、どくどくと脈打つ熱さは……すばらしかったけれど、今日失うはめになるかもしれないものに意識を集中した。ミスター・アトウッドの顔は上気して斑《まだら》になりつつあり、アデルは腹部に失望が居座るのを感じた。彼はほんとうに自分をたいせつに思ってくれていた、だから求婚してくれたはずだ、そして上流社会の軽蔑をやり過ごす計画を立てているはずだ、と本能が叫んでいた。

「レディ・グラッドストンが来たとき、わたしはほんの数分しか公爵さまのお部屋にいませんでした」ほんとうは、どれくらいあの部屋にいたのかよくわからなかった。シェリー酒を飲んだせいで、思っていたよりも頭がぼんやりしてしまったらしい。

「数分もあれば充分だ」ミスター・アトウッドがうなった。「あのいまいましくて頭のいかれた放蕩者がきみに触れ、清らかな唇にキスをしたのかと思っただけで、彼に決闘を申しこみたくなる」

いまいましくて頭のいかれた放蕩者ですって？

胸がどきりとした。「ばかなことを言わないで。公爵さまはまったくの無実です。わたしがあなたの部屋だと勘ちがいしたのを、みんな忘れているみたい。わからない、ミスター・アトウッド？　あなたとふたりきりでいるところを目撃されたら、父もわたしたちの結婚を認めるしかなくなると思ったのよ」大きく息を吸いこむ。「起きてしまったできごとをなかったことにはできないけれど、問題は、あなたがいまもわたしと結婚したいと思っているかどうかなの」

鋭い喪失感に胸を衝かれた。ミスター・アトウッドと結婚するならば、公爵にかき立てられたすさまじい欲求はもう二度と経験できないだろう。そんな思いを腹立たしく押しのける。公爵に対してあんな体の反応をしたことで、すでにミスター・アトウッドを裏切ってしまったのだ。思考でまで彼を裏切ったりしない。

ミスター・アトウッドが凍りつき、唾を飲みこむのに苦労しているのか喉仏が上下した。「それは無理だ、アデル、ぼくは――」ことばに困ったのか、髪を掻きむしった。

アデルは唇が震えないよう力を入れた。「わかりました。上流階級の見解がそんなに重要だとは思っていませんでした。わたしとすごく結婚したがってくれていたし、父は反対していたから、少しでもあなたの部屋でふたりきりだったと知ったら、伯爵夫人がわたしたちを結婚させるよう父に進言してくれると考えたんです。公爵さまの部屋に入ってしまったのは、とんでもないまちがいだったのです」

彼の顔がまっ赤になった。「求婚を続けることすら考えられない！　きみが公爵の部屋にいた事実をみんなが知っていて、妊娠《アンサント》しているかもしれないとまで言われているんだぞ。もしきみと結婚したら、ぼくはことあるごとにきみの名誉を守らざるをえなくなるだろう」

わたしの名誉を守らざるをえなくなる……。片やまったく知らない人が、わたしの評判を救うために喜んで首に縄をかけられようとしている。そう気づいて胸がどきりとした。「どうして心の狭い人たちのうわさ話に自分たちの人生を決められなければならないの？」胸がどきどきしていたけれど、そう詰問した。

彼は顔を背け、アデルと目を合わせるのを断固として拒んだ。「ぼくが成功するためには、上流階級の人たちの力が必要なんだ。この屋敷はすでに、公爵がきみを思いどおりにしたという話ばかりだ」ミスター・アトウッドが不平がましく言った。「こういった繊細な話をきみとすべきではないんだろうが、どうしようもないみたいだ」

繊細な話ってなに？「ウルヴァートン公爵さまが思いどおりにわたしになにをしたとうわさされているの？」なにをうわさされていようとどうでもいいはずだったけれど、なぜか気になった。

ミスター・アトウッドの顔に赤みがぱっと広がり、彼が赤面しているのだと気づいてアデルは困惑した。

「きみは彼の愛人だと言われている」突き放すような口調だった。

そんなばかげた話がほんとうであるわけがないと、ミスター・アトウッドはわかってくれているはずだけれど、事実は信じてもらえない。上流社会がそう言ったのなら、ミスター・アトウッドはそれを侮辱と取るだろう。

「そうですか」そっと言う。また涙がこみ上げてくるのを感じて、困惑といらだちを同じくらい味わっていた。「たったの数時間で十も歳を取ったみたいに感じるわ」泣きそうになるのを必死でこらえる。「ほんとうにばかみたい。あなたには、わたしよりも上流階級の見解のほうが重要なのね。愚かにも、自分の名前が汚されるかもしれない方法をいそいそと取ってしまった。それもこれも、わたしたちが築いた愛情は冷たい結婚なんかよりもうんとすばらしいものだと思ったからだったのに」

公爵が正しくて、結婚に感情を持ちこむのは愚かなのかもしれない。何度か告白されていたから、ミスター・アトウッドに崇拝されているものとばかり思っていたのに。

彼は顔をしかめ、それから感情のこもった目をアデルに向けた。「きみはとても美しいよ、アデライン」

アデラインは目を丸くした。こんなに親しげに話しかけられたのも、美しいと言われたのも、はじめてだった。

彼が荒々しく続けた。「長いあいだ、自分はきみにふさわしくないと感じていた。きみのようにすばらしい女性がぼくと結婚したがるなんて、と。きみは釣りが好きで、ぼくが仕事の話をしたり法廷弁護士になりたい夢を語ると、耳を傾けてくれた」

彼が後悔の表情になり、アデルは腹部に大きな塊ができるのを感じた。

「きみとは結婚できない。きみは公爵と一緒のところを目撃されたのだから。友だちにだってなれるとは思わない。公爵はぜったいに結婚しないと誓っているから、きみは捨てられるとみんなが言っている。きみの評判は取り返しのつかないほど台なしになった。そんな人と親しいと思われたら、ぼくの評判まで汚されてしまう」

アデルはたじろぎ、ミスター・アトウッドはクラバットをぐいっと引っ張った。公爵は高潔な提案をしてくれたとアデルが言う前に、彼がそばを通り過ぎた。

「申し訳ない」そう言いながら、足早に立ち去った。

衝撃が大きすぎて、アデルはふり返って彼の姿を見送ることすらできなかった。長年友人でいて結婚も期待していたのに、そそくさとはねつけられて別れを言われてしまった。目を閉じる。これからどうしたらいいのだろう？　こちらから断ってしまったけど、公爵はいまでもわたしとの結婚を望んでくれるだろうか？　公爵と結婚しなくても、田舎に逃げ、醜聞が鎮まったあとに母からのつましい遺産を使って書店を開いてもいい。自分の起こした不名誉のせいで、客が押し寄せるかもしれないけれど。名前を変えて、上流社会の非難から隠れられると願うべきだろうか？

でも、妹たちのことは？　ヘレナとベアトリクスは継妹だけど、ふたりを心から愛している。アデルが破滅したら醜聞は何年もつきまとい、継妹たちも苦しむはめになる。ぎくしゃくと向きを変え、オレンジ温室を出て屋敷に向かう。結婚しなければならない。ヴェイル卿と結婚するのは考えるだけでも耐えられず、ほかに関心を持ってくれる人はぜったいにいない。そうなると、公爵と結婚するしかない……彼がいままでもわたしとの結婚を望んでくれているとしてだけど。

8

楽団の奏でる曲が盛り上がってきても、アデルの気持ちは晴れなかった。ペンビントン・ハウスの客たちの人生は続いており、粉々になったのはアデルの世界だけだった。舞踏会は佳境に入っていて、大きな階段を下りる彼女は不安でたまらなかった。今夜の舞踏会のために、金色の刺繡飾りが施された青緑色のモスリンのドレスを選んだ。舞踏会になど出たくなかったのに、恥じ入っているみたいに隠れたりはしない、と父と継母が譲らなかったのだ。隠れたほうが、上流社会はすばやく血を嗅ぎつけると。アデルは何人かに辛辣なまなざしを向けられた。自分のうわさで持ちきりだろうと覚悟はしていたものの、実際に舞踏室を襲ったうねりには衝撃を受けた。

「彼女が来たわ！」

「顔を出すなんて図太い神経をしているわよね。ご家族は、あんな破廉恥なことをしでかした娘をとっくに送り返したと思っていたのに」

「きれいな娘じゃないか。公爵がそそられたのもわかるな」

予想外のことを言われて驚いたアデルが思わず声のしたほうをふり向くと、三人の男性から見つめられていた。そのなかのひとりがウエストフォール侯爵だった。黄褐色の目で横柄にじろじろと見つめてきて唇に笑みを浮かべたので、顔の左側に額から顎まで走る傷痕にアデルの注意が向いた。大胆で不埒すぎる彼の態度に顔が赤くなる。イーヴィはこんな放埒な男性のどこがいいのだろう。

「きれい？」侯爵がもの憂げに言った。「ウルヴァートンが彼女に触れたとは思わないな。彼女はただ金に目が眩んだ淫婦で、公爵に無視されたらその衝撃で死ぬだろうな」

露骨な侮辱を受け、アデルの奥深くからすすり泣きがこみ上げた。

金に目が眩んだ淫婦。

ウエストフォール侯爵の目が後悔の念のようなものできらめいたけれど、すぐに軽蔑の表情になった。一緒にいた紳士らは、侯爵の粗野なもの言いに驚いて静かになった。

「いまのは紳士らしくなかったな、ウエストフォール」仲間のひとりが困惑顔で言った。「ウルヴァートンは彼女に求婚するかもしれないじゃないか」

「どうして彼がそんなことをしなくてはならないんだ？」

涙がまぶたの裏を刺し、アデルは侯爵に背を向けて歩み去った。ウエストフォール侯爵はウルヴァートン公爵の親友だ。わたしのまちがいについて、ほんとうはどう思っているかを公爵は彼に話したのだろうか？　舞踏室を逃げ出し、もうハウス・パーティをあとにしたいと父に懇願したくてたまらない。自分がこのままここにいれば、醜聞の熾火をかき立てるだけだ。ここをあとにすれば、去る者日々に疎しになるのでは？

「公爵さまは彼女を愛人にするかしら？」

「彼女は前から公爵さまの汚れた小鳩ちゃんだと聞いたけれど」

落ち着いたうわべを取り繕い、アデルはテラスのドアの近くに立った。だれも挨拶に来ず、ダンスの音楽が何曲かかってもひとりも近づいてこなかった。ただ凝視してくるだけだ。ミスター・アトウッドですらが懸命にアデルに視線を向けまいとしていて、グラッドストン家の舞踏室にいた人たちはそれに気づいた。継母が入ってきて、こちらに来るのではなくぐるりと舞踏室をまわるのを見て、アデルははっと息を呑んだ。もう舞踏室を出ようと思ったとき、不意に周囲がざわついた。舞踏室の左奥で起こった大きなつぶやきが、アデルのほうへ向かってくる。

「公爵だ」

「ウルヴァートンか？」

「ああ……どうやら賭けに勝ったのはエルドリッジ子爵のようだ。彼は公爵が今夜顔を見せると言い張り、ウエストフォール卿は来ないほうに二十ギニー賭けたんだ！」

公爵が階段を下りてくるところを見ようと、数人の淑女がふり向いた。黒の上着とズボンに銀色のブロケードを身につけ、黒っぽい髪を整えた公爵はすてきだった。アデルは、いまいる場所からでも彼の刺し貫くような灰色の目が見える気がした。

「公爵は彼女のそばに行くだろうか、それとも無視するだろうか？」

ささやき声が耳に入って、アデルは気分が悪くなった。わたしは彼の求婚を断った。そのあとで彼と話をしようとしたけれど、乗馬に出たと言われてしまったことを公爵は知らない。舞踏会のあいだずっと、公爵に無視されたらどうしよう？　もしそうなったら、アデルは相手をする価値もない汚れた女だという評判が決定的になってしまう。顎を突き出し背筋を伸ばし、舞踏室を見まわす。こちらとしっかり目を合わせられない人が多いとわかり、満足を感じる。小さな勝利かもしれないけれど、アデルはそれを歓迎した。

階段を下りきった公爵に、多くの人たちが挨拶をした。最初に近づいた人々のなかにグラッドストン卿夫妻がいて、まずいことなどなにも起きなかったみたいににこやかに話した。しばらくすると、公爵が会釈をして離れた。アデルとは反対方向へきっぱりした足取りで進む公爵の前で、人混みが分かれた。

心臓が早鐘を打つ。アデルは絶望的な思いで飲み物が供されているテーブルのところへ行き、パンチのグラスを取った。

「公爵は彼女を切り捨てたわ」左側からひそめた声が聞こえた。

涙がまぶたを刺す。まだここにいるべき？　それとも、気づかれないようにそっと立ち去るべき？　けれど、気づかれずに立ち去るなどとても無理だとすぐに気づいた。出席の男女の注意は分かれていた。アデルをじろじろ見ている人と、あからさまに首を伸ばしてウルヴァートン公爵を見ている人に。

ここで舞踏室を出れば、恥ずかしさに逃げ出したのだと思われ、明日には悪口がさらにひどくなっているだろう。ゴシップ紙で自分の向こう見ずな行動について読むのがこわかった。おおぜいの人に囲まれているというのに、これほど孤独に感じるのははじめてだ。この瞬間の彼女がのけ者であるのは明らかだ。だれも近づいてこようとせず、継母のマーガレットですらが公爵を見つめながら不安そうに目を見開き、そっとテラスのドアに近づいていた。まるで合図を受けたかのように、先刻継母に張られた頰が痛んだ。公爵の求婚を断った、過ちを正すためにみんなに説明する場を設けてほしい、と言ったときに叩かれたのだ。

正しい行ないをなにひとつできない気分だった。

くすくす笑いがまた大きくなり、アデルの視線が公爵の広い肩に向いた。彼は楽団のそばにいた。身をかがめて、楽団員のひとりになにか言った。楽団員がうなずくと、公爵は堂々と優雅にその場を離れ……アデルに向かってきた。手が震え、まだ飲んでもいなかったパンチをこぼしそうになったので、そっとテーブルに置いた。

公爵がアデルの目の前に立ち、舞踏室全体が固唾を飲んだ。

すぐにバイオリンの音がし、破廉恥なワルツの調べが漂ってきて、アデルはぎょっとした。公爵がお辞儀をしたあと手を差し出した。「ミス・ヘイズ、私とワルツを踊っていただけませんか？」

ほっとした継母の体から力みが消えるのを、アデルは視野の隅にとらえた。イーヴィは涙ぐんだ目で微笑んでいる。アデルは友の腕のなかに飛びこんで、安堵の叫びをあげたくなった。みんなの前で支えてくれたのだから、公爵はいまもわたしとの結婚を望んでいるにちがいない。継妹たちは救われた。これ以上の失態を演じなければ、家族は破滅しない。アデルはひざを折ってお辞儀をした。「喜んで、公爵さま」体を起こすと、とても自然に彼の腕のなかに入った。

それを合図にワルツの調べが舞踏室を満たした。踊っているのが自分たちだけなのをアデルは痛いほど意識していた。グラッドストン家の舞踏室に押し寄せた人たちは、踊っているふたりを呆然と見つめるだけで満足しているようだった。

公爵はきちんとした距離を空けてアデルを抱いていたけれど、そこには独占欲のようなものが感じられた。胸がどきりとする。舞い上がったアデルは、背中に感じる視線が消えていくように思った。「先ほどは頑なな態度を取ってしまったのに、親切にしてくださってありがとうございます」

「気にする必要はない」彼の目は激しく刺し貫くようだった。

「どうしてわたしを誘ってくださったんですか？　文句を言っているわけではありませんけど」急いで言い足す。

公爵が唇をかすかにゆがめた。「単刀直入なんだな。そういう性格は好きだ」

「ありがとうございます」

「いまや私がきみに注目するのはもろ刃の剣になってしまった。近々式を挙げると発表せずに立ち去れば、きみの破滅は決定する。きみを無視しても結果は同じになる」

心臓がゆっくりと大きく鼓動して痛いほどだった。ほかの男女がダンス・フロアに出てこようとしているのをぼんやりと意識する。つまり彼はいまもわたしと結婚したいと思っているの？　公爵は目をそらさないまま、何度か彼女をくるくるとまわした。

彼の力強さと優雅さに胸が躍る。彼の瞳はほんとうにすばらしい。冬の嵐の先触れとなる、無情な灰色の空の色。いま、その目は用心深さと冷ややかな知性をたたえている。この人を理解したい、という思いが激しく湧き起こる。

「評判をそこまで気にかけてくださるとは思ってもいませんでした。わたしという人間をほとんどご存じないのに、ありがたいことです、公爵さま」思いやりを示してくれたのがうれしかった。少しでもわたしを気にかけてくれた人がいたのはいつ以来だろう？　体がぽっと温もる。「いまもわたしを公爵夫人にしたいと考えてらっしゃいます？」

公爵の目に勝ち誇った色が現われた。「ああ」

アデルは大きく安堵を感じた。「ありがとうございます。感謝します」

「事務弁護士に同意書を書かせ、お父上にお見せする。特別許可証も手に入れて、金曜日までに結婚しよう」

アデルはあえいだ。「金曜日といったら二日後ですけど」

「そうだ」

アデルは早口になった。「とても無理です。少なくとも六カ月の交際期間を経て、そのあと静かなお式を挙げるのが最善では？」

ふたりで誓いのことばを述べるとき、上流階級に批判の目で見られたくはなかった。

「うわさが流れているんです……あ……赤ん坊の」声が小さくなり、顔がまっ赤になった。「お式を待てば、外聞の悪いことはなにもなかったのだと証明できます」

黒っぽい眉が片方つり上げられた。「きみのことばで同意できるのは、静かな式の部分だけだな。今週の金曜までに結婚するか、結婚は取りやめにするかだ」

あまりに冷ややかで断固としている公爵を見て、アデルはよろめきそうになった。

「どうして急がれるのか、うかがってもいいですか？」

「日曜までに私がロゼット・パークに戻るのを、娘たちが楽しみに待っているからだ」

ロゼット・パーク。アデルですらが、その地所の美しさと豊かさを聞きおよんでいた。「そのあとでも――」

「だめだ」

アデルの手に力が入り、公爵が握り合わせたふたりの手をちらりと見た。一本の指でアデルの関節をなだめるようになでる。思いがけない仕草だったけれど、もっと驚いたのはアデルの体が熱くなったことだった。「あなたをほとんど知りません」息切れした声で言う。

「私と結婚する気はあるのか?」

アデルは小さくうなずいた。

「それなら、二日後に結婚しようと二カ月後に結婚しようと、どんなちがいがある? 騒ぎがおさまったときに婚約を破棄しようと思っているなら話は別だが。言っておくと、そんなことをしたら、いま以上に大きな醜聞になるからな」

そんな考えは浮かびもしなかった。ただ、ミスター・アトウッドを知っていたようには公爵を知らないだけだ。そう思ってたじろぐ。ミスター・アトウッドを知っていても、どうにもならなかった。長年友だちだったのに、彼は去った。

「そんなことは思いつきもしませんでした」

わたしはこの人と結婚し、一生をともに過ごすのだ。彼はどんな人? 高潔であるのだけはわかっていた。妻を望むのは子どもたちのためだと言っていたけれど、彼なら上流階級でも美人で、持参金がたっぷりあって、すばらしい縁故もあるどんな若いレディとだって結婚できるはず。公爵がわたしの手に向かってお辞儀をしたとき、若い女性たちがうらやましそうに見てきたのに気づいていた。

「わ……わたしはそれほど洗練されていません」そう認める。「女主人として、妻として、あなたをがっかりさせるのではないかと不安です。あなたはきっと、品性があってすばらしい資質を持った公爵夫人のほうがお好みだと思います」

「きみにはそういった資質がないと私に伝えようとしているのかな？」

「そうではありません」アデルは顔をしかめた。「わたしがミスター・アトウッドの体面を傷つけようと計画したのをお忘れではないですよね？」

「起きていたかもしれなかったことや、起きるべきだったことには、あまり関心がない。実際に起きたのは、きみが私の体面を傷つけたということだ。ちょうど妻を必要としていたところだったから、これは運命だと決めた。この質問をするのはこれで最後にする、ミス・ヘイズ。私の公爵夫人になりたいというのはたしかなのか？」

アデルは喉の塊を無理やり呑み下した。うっかり公爵の部屋に入ってからずっと、岩棚で体をすくませている思いだったが、ついにそこから足を踏み出した。「ええ」

公爵から荒々しい満足の気持ちが発散された。

「どんな公爵夫人になってほしいと思ってらっしゃいます？」称号を口に出してみても、現実離れした感覚はあいかわらずだった。

「おたがいに正直でいたい。きみから嘘をつかれないことが、私には重要なのだ」公爵の目に苦悩がちらっと浮かび、声には苦痛の名残が感じられた。

この人はだれに嘘をつかれたのだろう？「わかりました」

「前妻に関する話題は禁止する。私はきみを慈しみ、命を懸けて守る。誠実で、思いやりのある夫になるよう努める」

アデルは胸をどきどきさせながらうなずいた。「正直に話してくださってありがとうございます、公爵さま」

「エドモンドだ」彼に引き寄せられ、アデルの鼓動が激しく乱れた。「形式張った呼び方を卒業してもいいくらい、親密な情報を共有できたと思うが。私をエドモンドと呼んでもらいたい」刺し貫くような目が愛撫のように、大胆かつ親密にアデルの全身を見まわす。「私と同じようにファーストネームで呼び合ってくれるかい、アデライン？」アデルが警戒したくなるほど愛想よく彼が言った。

「わたし……」どうしてためらうのだろう？　喉にまた硬い塊ができた。「ええ……エドモンド。出会ったばかりだけれど」ゆっくりとたずねる。「いずれわたしを愛せるようになると思います？」

公爵にじっと見つめられ、長引く沈黙のせいでアデルの頬が屈辱で熱くなった。ワルツが終わり、彼はアデルをグラッドストン伯爵夫妻のほうへといざなった。父と継母が不安そうに待っている。公爵が小さくうなずくと、グラッドストン卿がにっこりした。続くすべては、アデルがぼうっとしているあいだに起きた。グラッドストン卿が客たちに呼びかけて注意を引くと、舞踏室が静まり返った。グラスが掲げられ、ウルヴァートン公爵とミス・アデライン・ヘイズの婚約が発表されて拍手が起こった。

アデルは公爵を見上げた。彼は関心なさそうな冷ややかな目で人々を見まわしていて、それはまるで君主が臣民を見つめているかのようだった。急に落ち着かないものを腹部に感じる。破滅から救われた安堵に浸るのではなく、なにに足を突っこんでしまったのかと訝った。ひとつだけたしかなことがあった。自分は愚かで夢見がちだけれど、公爵に愛の話を二度としてはいけない、と。

9

参列者七名が見守るなか、エドモンドはミス・アデライン・ヘイズと式を挙げるべく、ペンビントン・ハウスの礼拝堂にいた。会衆席に厳粛な面持ちで座っているのは、グラッドストン伯爵夫妻とふたりの子どもであるレディ・イヴリンとレイヴンズウッド子爵、花嫁の家族であるサー・アーチボルド・ヘイズ夫妻だ。エドモンドがもっとも信頼している友人のウエストフォール侯爵も参列しており、嘲笑気味の黄褐色の目で冷ややかに見ていた。

小さな音がして、エドモンドは慎ましい礼拝堂の入り口に目をやった。どきりとする。結婚許可証を入手したり、ハンプシャーへ指示を送ったりして離れていた二日のあいだ、ミス・ヘイズがどれほど魅力的な女性かを忘れていた。挑発的になりそうでならない深い襟ぐりの美しい薔薇色のドレスを着た彼女が、父親と腕を組んで向かってくる。漆黒の髪は複雑に編みこまれ、顔のまわりに少しだけ後れ毛を垂らしている。だれかが用意してくれたらしき、薔薇の蕾の花束を握りしめている。

ミス・ヘイズがエドモンドの隣りまで来て、じっと目を見つめてきた。エドモンドは満足が体にあふれるのを感じて用心深くなった。

グラッドストン家が所属する教区の牧師が式をはじめた。

「愛する兄弟のみなさん、われわれはこうして神と会衆の前に集い、この男女が神聖なる結婚で結ばれる場に立ち会っています。ここは聖なる場所……」

アデラインを見つめるうち、牧師の声が消えていった。彼女が唾を飲み、ハシバミ色の目でエドモンドの顔を探った。アデラインがなにを探しているのかはわからなかったが、頬にそっと触れられたみたいに感じた。そのまなざしは刺激的で挑発的で、安心させてほしがっている気持ちが目の奥深くに覗いていた。

牧師が続けた。「ウルヴァートン公爵エドモンド・イライアス・アラステア・ロチェスター、あなたはこの女性を妻とし、聖なる結婚の場所で誓ったのちに、ともに暮らしますか？　この女性を愛し、慈しみ、尊び、病めるときも健やかなるときもこの女性に配《そ》いますか？　そして、命あるかぎりこの女性のみに真心を尽くしますか？」

「誓います」

牧師がアデラインに向きなおる。

「ミス・アデライン・ジョージアナ・ヘイズ、あなたはこの男性を夫とし、聖なる結りこの男性のみに真心を尽くしますか？」

「誓います」かすかに震える声で言ったあと、微笑みを浮かべた。

ああ、彼女は美しい。

エドモンドは歯を食いしばり、そんな思いを無情に押しのけた。ミス・ヘイズが目を丸くしてからうつむいたが、そこに失望がよぎったのを彼は見逃さなかった。彼女はいったいなにを期待していたのだ？　私が微笑み返すとでも？

それから一分もしないうちに式が終わった。

新たな妻ができた。

心を乱すゆっくりとした胸の鼓動をふり払い、今日という日になし遂げたもっと大きな成果に気持ちを向けた。娘たちの人生に女性の存在ができたのだ。

紛うかたなき拷問だったが、自制心を懸命に働かせて妻となった女性の頬にそっと唇を押しつけ、その唇の誘惑を無視した。

わたしは公爵夫人になった。なぜそんなことになったのか、アデルにはいまだによくわからなかった。一週間前は、父と継母との重苦しい暮らしから逃れてミセス・ジェイムズ・アトウッドとなり、いずれ夫の力を借りて書店を開こうとしか考えていなかったのに。

前兆も心の準備もほとんどないままに、自分の人生がこれほど劇的な変化を見せるとは想像もしていなかった。朝食のテーブルについた彼女は、威圧するようなエドモンドの存在を無視しようと努めた。半分しか食べていない朝食に注意を戻し、スクランブル・エッグと薄切りハムをつかの間見つめたあと、顔をしかめて皿を押しやった。今日という日が少しでも楽になるようにとレディ・グラッドストンが見せてくれた心づかいも、神経がぴりぴりしているせいでありがたく思えなかった。伯爵夫人は、公爵、アデル、アデルの家族のために小さめの食堂に朝食を用意してくれ、蘭や百合を生けたたくさんの花瓶で食堂を飾る念の入れようだった。

「ハウス・パーティの最後まで滞在されるんですの、公爵さま?」継母がたずねた。

アデルは彼の返事を待った。礼拝堂で冷たい唇で頬をかすめたあと、公爵は彼女の存在を無視していた。はじめはとまどったものの、感謝の念に変わった。礼儀正しく会話をするなんてとても耐えられそうになかったからだ。

不安と狼狽のせいで、海で溺れているみたいな気がした。なにひとつたしかなことがなかった——公爵、彼の子どもたち、結婚初夜、これからの生活。すべてに圧倒されていて、会話を求められずに黙っていたかった。

ありがたいことに、父と継母もアデルを無視して、この一時間はエドモンドに向かってぺちゃくちゃとおしゃべりをしていた。公爵はほとんどことばをはさんでいないようだったけれど、それで満足しているようだった。

「正午にハンプシャーに向かって発ちます」彼が返事をした。

え。「ハンプシャーには知り合いがひとりもいないわ」どうして口を開いてしまったのだろう？　公爵から鋭い視線を向けられて、唇に笑みを浮かべるしかなかった。

「でも、とてもすてきな場所だと聞いています」

「妹たちは、おまえの新しい家を訪問したがるだろうな。田舎の空気は健康にいいから」父は、継妹たちがウルヴァートンと縁続きとなった事実をすでに強調しようとしていた。

継母はよく言ってくれたとばかりの甘ったるい笑顔を父に向けた。

「すぐに有名なロゼット・パークにわたしたち家族を招待してくれたらうれしいわ、公爵夫人」

継母が自分に話しかけているのだと気づくのに、しばらくかかった。わたしはいまや公爵夫人なのだ。なんてこと！　ロゼット・パークに招待する？　継妹たちはときどき愚かなことをするけれど、性格のいい子たちなので、アデルとしてはかまわなかったが、みんなに押しかけられるにはちょっと早すぎる気がした。「エドモンドさえよければ、みんながしばらくのあいだ来てくれるのはうれしいけれど、まずはおたがいを知るためにふたりきりで過ごすほうがいいと思うの、お父さま。ほら、わたしたちはきちんとお話ししたこともほとんどないのに……こうして夫婦になったわけだから」

継母がいらっとした目つきになり、父は眉をひそめたが、そのあとうなずいた。

「もちろんだよ。私たちはしばらくバースで温泉を楽しむつもりだ。カムデン・プレイスで家を借りたので、娘たちは旅を楽しみにしていてね」

公爵はなにも言わないままアデルを見つめてどきどきさせたあと、継母へと注意を戻した。

ああ、いやだ。いつになったら、彼と一緒にいても緊張しなくなるのだろう？　それよりも、彼の目のなかにあったのはわたしに対する賞賛だったのかどうかが気になる。

あと二時間で出発するとわかって、アデルの胸は安堵でいっぱいになった。ハンプシャーへの旅はほぼ丸一日かかるので、ロゼット・パークに着くのは明日になるかもしれない。アデルはナプキンを下ろした。「失礼して、荷造りのようすを確認してこなくては」椅子を押し下げると、公爵が礼儀正しく立ち上がった。軽くお辞儀をして急いで食堂を出たけれど、公爵の視線がドレス越しに熱い愛撫のように感じられた。

10

アデルは、馬車のカーテンを引き開けて暗闇に目を凝らした。月光のおかげで、馬で先行しているたくましい姿が見て取れた。公爵だ。出発から数時間が経っており、アデルは本を読んで時間を潰してきた。けれど、セオドア・エイケンの最新の怪奇談はとても刺激的でおもしろいのに、馬車のランタンの明かりではもう文字が読めなくなってしまった。

遅い時刻にもかかわらず、活気に満ちた宿の馬車まわしらしき道へ入り、馬車は停まった。アデルが馬車から降りるのに手を貸してくれたのは、エドモンドだった。

「ありがとうございます」にこやかに彼を見上げる。

彼はきびきびとうなずいて腕を差し出した。

「笑顔になったって困りはしないでしょうに」アデルはぼそりと言った。

「理由もないのにどうして微笑まなくてはいけないんだ?」

まさか彼に聞こえたとは思っていなかったので、アデルは少しふらついた。「礼儀正しくするためよ。笑顔があれば、相手は歓迎されていると感じ、くつろいでくれる。

感じよくふるまったって害にはならないし」

「感受性を重んじてくれる人間が欲しいのなら、非常にがっかりするだろうな」乾ききった口調だった。

彼は砂利敷きの小径を早足で歩いたけれど、アデルは難なくついていった。宿に入ると談話室にいた数人の客が会釈してきたので、公爵がなじみの顔なのは明らかだった。公爵は彼らにも冷ややかに接した。部屋を頼むと、すぐに宿でいちばんいい部屋に案内された。清潔で心地よさそうな部屋で、すてきな暖炉まであったので、アデルは驚いた。暖炉のそばへぶらりと行って手袋をはずし、火に手をかざす。

背後で公爵が横柄な口調で夕食と風呂を頼むのが聞こえた。

肩越しにふり返ると、謎めいたようすで見られていた。

「風呂には入りたいだろう？」

たしかに、数時間の旅のあとで疲れていたし、これが結婚初夜だと痛いほど意識していた。思わず中央に置かれたベッドに視線が向いてしまった。

黒っぽい眉をしかめて彼がアデルを見つめる。「ベッドのシーツになにかあるのか？」

アデルは首筋が熱くなるのを感じた。平気を装って唇に笑みを浮かべる。「いいえ。

くうなずいて部屋を出ていった。

それと、お風呂にはぜひ入りたいわ」

彼の視線がちらっと唇に向けられ、アデルはどきりとした。彼はすぐさまそっけなくうなずいて部屋を出ていった。

ああ、もうっ。彼がくつろいで微笑むことなんてあるの？　それとも……あの不可解なまなざしは、キスをしたがっている気持ちの表れで、わたしは結婚初夜を迎える心の準備をしておくべきなの？　そうでないことを祈る。公爵に対する務めはちゃんと理解していたけれど、宿で床入りを完了するなんて、なんだかがっかりだった。彼がその気で近づいてきたら、はっきりとそう言おう。とはいえ、彼が触れてくるとは思えなかった。こちらに対する公爵の態度は無礼なほど冷ややかで、そのせいで胸にぽっかり穴が開いたみたいに感じた。

自分がどれほど不完全な人間か、いまほどはっきりと感じたことはない。公爵を誘惑したいわけではない……彼をなにに誘惑すればいいのかはわからなかったけれど！　宿に到着する前、人を寄せつけないような姿勢で騎乗しているたくましい彼を見て、自分の手にあまると感じたのだった。こちらになんの関心も持っていない男性に、どうして好意を抱いてしまったのだろう？　わたしが愚かなことをしていなければ……彼はぜったいにわたしに目もくれなかったにちがいない。

小さく息を吐き、これ以上落ちこむまいとエドモンドを頭から追い出した。この状況を理解する時間は何カ月も……何年もある。ただ、そんな思いを認めたせいで、腹部に鋭い不快感が走ったのがいやだった。


部屋をあとにしてから一時間が経ち、エドモンドはアデラインが眠っているものと思って戻った。だが、彼女は部屋の奥で風呂に浸かって小さく歌を歌っていた。その声は温かく、豊かで……官能的だ。とらえどころのない感覚がエドモンドのなかでうごめいた。大きな音をたててドアを閉めると、彼女がぎくりとした。

アデラインは不安そうにぱっとこちらを見たあと、ベッドに視線を転じた。

「気を楽にするといい、マダム、襲いかかるつもりはないから」おもしろがってもの憂げに言った。

「は……裸なんです」

全身のほとんどが浴槽に浸かっているじゃないかとは、わざわざ指摘しなかった……見えているのは白鳥のように優美な首筋だけだった。たっぷりした巻き毛を頭のてっぺんに結い上げていたからだ。「私を誘惑するようなものはなにもないよ、マダム。きみは安全だ」

嘘だった。官能的な首筋はなめてほしがっていた……ついばまれたがって……。彼女があいかわらず不安そうな顔をしているのに気づき、エドモンドは吐息をついた。「私は部屋にいないものと思ってくれればいい」

さらりと言い過ぎたのか、アデラインから疑わしげな目を向けられてしまった。それ以上気を楽にしてやる努力はしなかった。立ち上がり、上着を脱ぎにかかる。アデラインは赤くなった顔を背けた。上着とチョッキを脱ぎ、簡素な結び方をしていたクラバットをほどく。ブーツを脱ぎ、部屋に一脚だけある椅子に脱いだものをきちんと置くと、ベッドに横たわった。彼の体重を受けてベッドの枠がきしむ。アデラインを完全に無視して目を閉じた。

失礼だとか癪に障るだとかぶつぶつと言うアデラインのことばが聞こえ、エドモンドの唇に笑みが浮かんだ。目を閉じたまま、心をさまよわせる。公爵夫人を連れて帰ると本邸には知らせを送ってあった。屋敷中が大騒ぎになっているだろう。だがそれよりも、アデラインに対する娘たちの反応のほうが気にかかった。メアリアンが亡くなったとき、サラはまだ三歳になっておらず、母親をおぼえていない。ローザは当時六歳目前だったが、何カ月か前に、お母さまをおぼえていないわたしは悪い子なの、と消え入る声で涙ながらに訊いてきたのだった。

物音がして、エドモンドははっとわれに返った。ごくりと唾を飲む。どうやらアデラインが浴槽から出たらしい。彼女がたてるやわらかな音に耳を澄まし、彼女はなにを感じているだろうとちょっとした興味を引かれながら待った。少しするとベッドが下がった。

アデラインがすぐそばにいると思ったら、熱いものが体を駆けめぐった。衝動が芽のうちに容赦なく叩き潰す。エドモンドはちらりと彼女を見た。ベッドの端に死人のように体を硬くして横たわっていた。あんな状態でどうしたら眠れるのだろうか。彼女の身は安全だとすでに言ったのだから、それ以上安心させてやるつもりはなかった。

「今夜が結婚初夜だなんて変な感じがしませんか?」アデラインがおずおずと話しかけてきた。

顔をめぐらせると、ハシバミ色の目と目が合った。彼女はこちらに横向きになっていたが、ばかげた距離は保っていて、夜のあいだにぜったいにベッドから落ちそうだった。「いや」

彼がそれ以上なにも言わないと気づくと、アデラインは目を見開いた。「いつもそんなにぶっきらぼうなんですか?」

エドモンドはため息を呑みこんだ。一日の大半を馬上で過ごして疲れていた。「そうだ」

ちがう……子どものころは幸せなときもあった。父に肩車をされて地所をまわり、リンゴを食べ、崇拝していた男性の低くやさしい声に耳を傾けた思い出がある。自分の人生からいなくなるはずがないと思っていた男性。死の苦痛を間接的に味わったのは十二歳のときで、人生における暗黒の時代に入ったのだった。遅ればせながら、そこから出られていないようだと気づく。

「どうしてだと思われます？」

「なにが？」

アデラインがため息になる。「どうしてあなたはそんなにぶっきらぼうなんでしょう？」

いらだちのさざ波が起こる。「アデライン」

「はい、エドモンド？」

「眠りなさい。明日もまだ何時間か移動しなくてはならないのだから」

暗がりのなかで腹立ちの息らしきものが聞こえてきて、エドモンドは微笑んだ。

「あなたは最高に癪に障る人《マッドニング》ですね」

「私のことなどまったく知らないじゃないか」そうは言ったものの、彼が錯乱公爵《マッド》と呼ばれていることをあてこすったのではないだろうとは思った。

「ええ、知りません」甘く官能的な声だった。「でも、知りたいと思っています。あなたはわたしを知りたいと少しも思わないんですか？」

エドモンドは顔をしかめた。「ああ」

傷ついて息を呑む音が聞こえ、エドモンドのなかで後悔が頭をもたげた。関心がないと口にしたっていいじゃないか……ただ、ほんとうは関心がないわけではなかったが。彼女は婚姻の誓いで結ばれたエドモンドの公爵夫人だ。ただ、いきなりこうなったとはいえ、彼女はこちらになんらかの期待をしているにちがいない、と遅まきながら気づいた。

くそ……。

どうやら、子どもたちに母親をあたえてやることしか考えていなかったようだ。アデラインにはなにもあたえてやれなかった。彼女が不安を感じながらも待っているらしき結婚初夜すら。ロゼット・パークに着いたあとに、関心を向けられるのをおそれなくてもいいと伝えるつもりだった。彼女と親密になるつもりはぜったいにないからだ。

11

一生旅をしたように感じられたが、翌日の正午を数分過ぎたころに、スプリングの効いた優美な馬車はロゼット・パークの前庭に入った。アデルは安堵の吐息をついた。ふたりの従僕が扉を開け、アデルが馬車を降りるのに手を貸した。ロゼット・パークのあまりの荘厳さに足もとがふらつきそうになる。これは領主館ではなく、大きなアーチ形の入り口のある城で、見たこともないほどすばらしい池のほとりに建っていた。けれど、アデルの注意を引いたのは、何マイルも続いているようななだらかな芝地だった。子どもたちが何人か走っているのが見えたけれど、遠すぎて楽しそうな声は聞こえなかった。ブナの木が長い馬車まわしに沿って並んでおり、池の向こう側では陽光が茂った葉を斑《まだら》に染めていた。

なんて美しいの……。

しかも、わたしがこの場所の女主人なの？

近づいてみると、狭間や装飾的な塔が複数あったものの、城という第一印象は正しくないとわかった。屋敷は何世代か前に建てられたものらしく、美しい背景のなかで雄大に感じられた。整形式庭園が古典的な噴水池を囲んでおり、その噴水池では古代ローマの海の神であるやさしそうなネプチューンの周囲で、海の精たちがはしゃいでいる。屋敷の裏手にはさらなる庭園が見え、広い芝地が絵のように美しい池へと下りながら続いていた。池のなかには小さな島がいくつもあって、しだれ柳やたっぷりの緑におおわれている。白鳥などの水鳥がヒナを連れて泳いでいた。

小さく咳払いをする音が聞こえ、アデルは洒落たお仕着せ姿でじっと自分を待っていた使用人たちに向きなおった。そのとき、轟《とどろ》くようなひづめの音がして、夫が追いついたのだとわかった。何時間か霧雨が降っていたのだけれど、彼は妻と一緒に馬車に乗るのではなく、大きな黒い雄馬に乗るほうを選んだのだ。ちょっぴり傷ついたけれど、自分の新たな立場でうまくやる方法を旅のあいだずっと考えて過ごした。もしも事情がちがっていたら、などと嘆いても仕方ないし、エドモンドといずれは幸せになりたいと心底願っていた。結婚というのは、とても……永久的なものだ。上流階級の人の多くが、配偶者との生ぬるいつながりで満足しているのが、アデルには理解できなかった。特別ロマンティックなわけではないけれど、結婚には母が父と経験したような温もりと情熱が欲しかった――いいえ、必要だった。

エドモンドが前庭に颯爽と入ってきて、馬が完全に止まる前に飛び下りた。アデルはあえぎながら前に進み出た。この人は頭がどうかしてしまったの？　首の骨を折っていたかもしれないのに。

彼は黒い帽子を脱ぎ、霧雨で湿った髪を乱暴にかき上げた。何度か太腿に帽子を打ちつけたあと、アデルのほうへ向かってきた。とても大きくて力の強そうな犬が池の横から飛び出してくると、エドモンドはひざをついて迎え、その頭をわしわしとなでた。嘘でしょう。犬はウルフハウンドとマスチフ犬のミックスのようで……まさに悪魔そのものといった感じだった。こんなに大きな犬ははじめて見るけれど、犬のおかげで奇跡が起こった。公爵がにこやかな顔をしていたのだ。エドモンドはうれしそうに犬の耳を掻いてやっており、おそろしい犬は実際にごろごろと喉を鳴らしているようにアデルには思えた。

エドモンドが立ち上がって近づいてきた。

「アデライン」まぶたで灰色の目が半ば隠れていた。

アデルは浅くお辞儀をした。「エドモンド」

「こいつは私の相棒のマクシマスだ」

アデルは立ちすくんでいた。

なんとかそばへ行って、犬の鼻を軽くなでた。「こんにちは、マクシマス。会えてとてもうれしいわ」

マクシマスが名前を聞き留めてワンと鳴き、小首を傾げた。

エドモンドの唇につかの間笑みが浮かんだ。彼の差し出した腕をアデルはありがたく受けた。並んでいる使用人たちのほうへふたりで向かうと、やさしそうな笑顔の家政婦が進み出た。見まちがいでないならば、家政婦の温もりのある茶色の目には涙が光っていた。

「だんなさま、奥方さま」深くひざを折って家政婦がお辞儀をした。

「ウルヴァートン公爵夫人となった妻のアデラインを紹介しよう」淡々とした声だった。

わたしはなにを期待していたの？　誇らしげに紹介してくれること？　わたしと結婚したのは、そうせざるをえない状況に追いこまれたからなのに。彼はほんとうは、わたしなんかよりもうんと魅力的で縁故に恵まれたイーヴィ――レディ・イヴリンとの結婚を望んでいたのだから。

家政婦のミセス・フィールズはふっくらした魅力的な女性だった。使用人たちの紹介は家政婦が担ってくれたけれど、みんなの名前をとてもおぼえられなかった。彼らが公爵夫妻にお辞儀をすると、エドモンドは離れたところにいる人影のほうを向いた。

「来るんだ」

エドモンドが芝地に向かい、アデラインは横柄な態度をされて感じたいらだちを抑えこんでついていった。「散歩に同行してほしいとおっしゃっているのですか、公爵さま？」

彼の唇がひくついた。「私と来ていただけますか？　娘たちに会ってもらいたいんだ」

まあ。「喜んで」レディ・ローザとレディ・サラに会うと思ったら、落ち着かない気分になった。自分が父の再婚相手を嫌ったように、彼女たちも自分を嫌ったら？　先にさっぱりしたいと言うべき？　最後の宿をあとにしたのは何時間も前だったので、少しばかり疲れていた。今朝起きたときは、小粋に装うと決めたのに。黒い縞模様の薄青い散歩用ドレス、紺青色のペリース、羽根飾りのついたボンネットといういでたちだった。黙って小径を進むうち、不安がどんどん大きくなっていった。「レディ・サラとレディ・ローザは、あなたが結婚したのを知っているの？」

「いや」

アデルがはっと立ち止まると、彼が見下ろしてきた。

「お……お嬢さんたちに前もって話さなかったなんて信じられないわ」

「そういう話を手紙で伝えるなどありえない」

突然婚約したと父に告げられたとき、どれほど衝撃を受けてつらい思いをしたか、アデルは思い出した。喉が締めつけられるように感じる。「あの……お嬢さんたちのお母さまが亡くなって長いのですか？」

彼女の手の下でエドモンドの筋肉がこわばり、冷気が伝わってくるようだった。

「そんなことをうかがったのも、わたしの実母が亡くなってたったの十三カ月で、結婚するつもりだと父からマーガレットを紹介されたからなの。わたしはとても彼女に好意を抱けなかった。好意を抱くどころか、わたしが母の死をまだ悼んでいるというのに、幸せになった父に憤りを感じました。お嬢さんたちにそんなつらい思いをさせたくはありません」

亡くなった妻について話題にしてはならないと言われたのを忘れてはいなかったけれど、いまの質問をしたのには理由があったのだとわかってくれるはず。

「ほぼ三年になる」

まあ。「そうですか」震えがちな笑みを浮かべる。「では、行きましょうか」

風がアデルのボンネットを吹き飛ばしそうな勢いだった。片手でボンネットを押さえ、もう一方の手で公爵につかまり、芝地を横切る。少女のひとりが顔を上げ、純然たる喜びの表情になったのを見て、アデルは微笑んだ。きっと芝地を駆けてくると思ったのに、少女はほとんど身じろぎもせずに待っていた。喜びの表情は、幸せそうながらも用心深いものに変わっていた。

ふたりが近づくにつれて笑い声やさんざめきが小さくなっていき、ふたりの少女がみんなから離れた。背の高さから、どちらがローザでどちらがサラなのかわかった。ふたりとも炎のような髪とかわいらしい丸い顔をしている。ふたりの目は父親とそっくりだった——冷ややかな落ち着いた雰囲気まで酷似していた。

エドモンドとアデルが立ち止まると、大きいほうの少女が前に進み出てお辞儀をした。「お父さま、お帰りなさい」その顔には笑みが浮かんでいた。

エドモンドはアデルの腕をほどいてしゃがみこんだ。彼が娘を抱きしめず、娘も抱きつこうとしないのを、アデルは妙に感じた。「ローザ、誕生日おめでとう」

かわいらしい笑みが広がった。ああ、この子は美しい。

「ありがとうございます、お父さま」

ローザは不思議そうにアデルに視線を転じたが、なにも訊かなかった。

エドモンドはもうひとりの娘を引き寄せてから立ち上がり、ふたりを前に押し出した。彼自身は娘たちの後ろに立ち、それぞれの肩に手を置いた。

「おまえたち、アデラインを紹介しよう。新しいウルヴァートン公爵夫人だ」

ローザがはっと息を呑み、目を丸くした。「結婚したの、お父さま?」

「そうだ」

ローザは優雅なお辞儀をした。すでに淑女の物腰だった。「はじめまして、公爵夫人」どうにか聞き取れるくらいのささやき声だった。

「こんにちは」レディ・サラが恥ずかしそうに、けれどかわいらしく微笑みながら言った。「あなたがわたしの新しいお母さまになるの?」

アデルの心臓は激しく鼓動していた。手持ちのなかでいいドレスが汚れるのも気にせず、芝にひざをついた。「ごきげんよう、レディ・ローザ、レディ・サラ。ふたりに会えてとてもうれしいわ」サラに笑顔を向けて続ける。「あなたたちが望むなら、お友だちにも新しい母親にもなりたいわ。でも、まずはあなたたちの心の準備ができるまで、お友だちになれたらうれしい」

「わたしたち、望んでます」ローザが言ったけれど、用心深い態度だった。アデルが眉根を寄せると、ローザが続けた。「あなたに新しいお母さまになってもらいたいです。お父さまが結婚したのも、そのためだと思います。お誕生日になにが欲しいかと訊かれて……お母さまが欲しいと答えたから」その声には畏怖がこもっていて、エドモンドを見上げた目に涙が光っていた。「ありがとう、お父さま」
アデルは唾を飲みこんだ。わたしは誕生日のプレゼントだったのだ。とてもばかげていて便利なプレゼント。公爵はほんとうはわたしの評判を気にかけたわけではなかった。ただ、早急に妻を必要としていただけだ。相手はどんな女性でもよかったらしい。近づくなと警告してくるあからさまなよそよそしさ、冷たい扱いは、わたしがあまり美人でなく、持参金も縁故もないこととは無関係だった……。単に彼の側の事情で、娘たちのためだったのだ。

二時間後、アデルは家政婦のあとから階段を上っていた。ミセス・フィールズはぺちゃくちゃとおしゃべりをしていたけれど、アデルは傷心で話を聞くどころではなかった。ローザは近所のシェフィールド伯爵の娘三人とその家庭教師とともにお茶会をしていたのだった。エドモンドがブランケットに座ったので、アデルもくわわった。彼は冷ややかでよそよそしい態度で黙って座り、娘たちが遊ぶ姿を見るだけで満足しているようだった。それと……アデルを見て。気まずくて、涙と笑いのあいだで揺れた。ローザとサラはアデルにおずおずと接し、しょっちゅう触れてきて、風変わりな生き物であるかのように凝視してきた。アデルはまさにそんな風に感じた……陳列されているみたいに。いまいましいエドモンドは、ほとんどなにもしゃべらなかった。

少女たちはいまは夕食に出る仕度をしていた。アデルはふたたび対峙する前にどうしても入浴したかったし、少なくとも一時間は休みたかった。エドモンドは新たな馬を用意させ、なにも言わずに乗っていってしまった。よそよそしい態度に押し潰されまいとする。なんといっても、まだ結婚して一日しか経っていないのだから。

「急な知らせだったもので、これが精一杯でした、奥方さま」ミセス・フィールズが足を止め、申し訳なさそうに言った。

家政婦がドアを開け、優美でしっかり整った部屋が見えるとアデルは眉を寄せた。これが精一杯？　この部屋はレディにふさわしい。壁は壁紙で飾られ、淡黄色の背景の上を葉の格子が這っている。調度類やカーテンは薄緑色で、同じく淡黄色の模様が入っていた。その部屋だけで、アデルが実家で使っていた寝室よりも遥かに大きいうえ、同じ壁紙で飾られた化粧室まであった。「すばらしいわ、ありがとう」

家政婦の目が喜びで輝く。「だんなさまが戻られましたら、公爵夫人のお部屋をどうするかうかがいます」

アデルは凍りついた。「ここは公爵夫人の部屋ではないの？」

「はい、ちがいます、奥方さま」

心臓が早鐘を打つ。「どうしてわたしに公爵夫人の部屋が用意されていないの?」

ミセス・フィールズが顔を赤くする。「お部屋を掃除する指示がなかったのです、奥方さま。だんなさまからは、お部屋を一室用意するように、という指示が送られてきただけでして」

「きっと公爵夫人の部屋という意味だったのよ、ミセス・フィールズ」アデルはやさしく言った。「メイドたちにわたしの荷物をそこへ移させて、お風呂の用意をしてもらえるかしら」

家政婦が警戒心もあらわになった。「準備ができておりませんのですが」

ミセス・フィールズは目を合わせようとせず、アデルは不意に好奇心に焼かれた。

「そのお部屋へ案内してちょうだい」

唇をきつく結んでうなずいたミセス・フィールズは、廊下を先へと進んだ。左へ曲がり、少し行ったところで立ち止まる。鍵束をじゃらじゃらと鳴らし、ひとつを真鍮のドアに挿しこんで開けた。

ミセス・フィールズが下がり、アデルが部屋に入れるようにした。アデルはなかに入ってよろめいた。なにもかもが白いシーツでおおわれていたのだ。天井には蜘蛛の巣が張り、埃が積もっていて、左側の壁半分を占める窓は灰でおおわれているみたいに見えた。アデルはなにを目にしているのかわからなかった。「なんてこと、公爵夫人の部屋を最後に掃除して空気を入れ換えたのはいつ？」

「ほぼ三年前です、奥方さま」

アデルは信じられないとばかりの目をミセス・フィールズに向けた。「前の公爵夫人が亡くなってから、だれもこの部屋に入っていないということ？」

「はい、奥方さま」

アデルはことばを失った。「公爵さまのお部屋はここととつながっているの？」

「はい、奥方さま」

眉をひそめた。ふつうの夫婦関係にはならないということ？　高貴な身分の夫婦がどのように暮らしているのかは知らなかったけれど、両親の部屋はつながっていたし、父と継母になってもそれは変わっていない。「なるほど」

「出ていけ」

冷酷な命令が鞭の音のように響き、アデルはびくりとした。くるりとドアのほうをふり向くと、戸口のミセス・フィールズの背後でエドモンドがうろついていた。いいえ、うろついているというよりは、顔の険しいしわを際立たせ、冷たい怒りで目をぎらつかせて立っている、というほうがぴったりだ。アデルはこみ上げてくる恐怖を抑えこみ、安心させる笑みを家政婦に向けた。ミセス・フィールズはいまにもくずおれそうに見えたのだ。

「もう行ってもいいわ、ミセス・フィールズ」

家政婦はうなずき、それからすばやくお辞儀をしてそそくさと立ち去った。アデルは静かに部屋を出て、ドアをそっと閉めた。

「お願いですからミセス・フィールズを怒らないでください。公爵夫人の部屋を見せてほしいとわたしがお願いしたんです」

アデルを凝視する彼の灰色の目が、刻一刻とよそよそしくなっていった。彼はとても……〝威圧的〟ということばが浮かんだけれど、不安な気持ちを出すつもりはなかった。ふたりは神の前で婚姻の誓いを立てたのだから、アデルとしては自分たちの状況をできるだけ幸せなものにすると決意していた。

「出しゃばったりしてごめんなさい。割り当てられたのが公爵夫人の部屋ではないと知って驚いてしまって。ミセス・フィールズは、このお部屋を掃除して空気を入れ換えるべきかどうか判断できないみたいで」

エドモンドが硬い笑みを浮かべた。「この部屋は閉めたままにしておく。おぼえておいてほしい」

そのことばにはかなり傷ついた。
つっけんどんな会釈をすると、彼はくるりと向きを変えてきびきびと立ち去った。

12

そのあと、エドモンドはどこかへ行った。アデルは荷ほどきをし、夕食に出る勇気をかき集めて過ごした。侍女としてつけられたメグは、自分で荷ほどきをしているアデルに仰天した。彼女はくすりと笑った。実家では上級メイドはひとりしかおらず、継母のマーガレットが独占していた。アデルはなんでも自分でやることを学び、そんなちょっとした自立をだいじにした。何着かのドレスを衣装だんすに入れる仕事で心がなだめられ、逆立った神経を鎮めてくれた。

優雅に設えられた大食堂へ行くと、オランダガラシのスープ、猟獣肉のパイ、子羊のカツレツ、チキン・イタリエンヌ、マッシュルームのフリッター、ローストビーフ、焼きカワカマス、アーティチョークの蕾というすばらしい夕食が出され、そのあとで薔薇水の香りがついたアイスクリーム、かわいい形のゼリー、フルーツ・コンポート、ジェノヴァ・ケーキのデザートが供された。

エドモンドとの会話はぎこちなく、アデルは今夜こそ彼は結婚を完了するだろうかと考えてどきどきしていた。できるだけ手早く食事をすませ、断りを言って部屋に下がった。それから薔薇の花びら水で香りをつけた風呂に入り、ブラシで髪を何百回も梳かしてから、着古した白い綿の寝間着に身を包んだ。

ふかふかのマットレスの端にちょこんと座り、下唇を噛んでドアを見つめるうちに不安が募っていった。自分がどの部屋にいるかエドモンドが知らない可能性に思い至り、メグに書きつけを届けさせてあった。それが十五分以上前だ。

時間が這うように過ぎ、アデルはため息とともに壁一面を占める大きな窓のところへ行った。星々と月が地所をこの世のものとは思えない輝きでおおっていた。庭はなだらかに起伏する芝地に溶けこむように配されており、芝地にはオーク、ニレ、イトスギ、柳が点在していて、東屋《あずまや》は美しい花のつく蔓植物におおわれていた。これほど美しい光景は見たことがなかった。

明日、新たにできた娘たちときちんと過ごしたあとにでも庭を探索してみよう。そこで、顔をしかめて下唇をさらにきつく噛んだ。慎重に進めなくてはならないだろう。はじめて会ったとき、継母はあまり友好的ではなかった。それどころか、父の再婚相手はアデルがそばにいるといつも少しばかりいらだった雰囲気をまとっていた。明日サラとローザと話すことを考えてもアデルはいらだちなど欠片も感じなかったけれど、今日のふたりはとても他人行儀に思えた。

ドアをノックする音がして、心臓が喉までせり上がった。さっとふり向いて部屋着をきつく合わせる。「どうぞ」

ドアが開き、琥珀色の酒が入ったグラスを手に公爵が入ってきた。彼は食事をしたときの服のままで、親指と人差し指でアデルの書きつけを持ち上げ、嘲るように片方の眉を上げた。「呼ばれたので来たが、アデライン」

「こちらからあなたの部屋に行くのかどうかわからなくて」アデルはおずおずと返した。

エドモンドの目には明らかに心騒がせるものが浮かんだ。「なんの目的で?」

「わたしはすべてを知っているわけではないかもしれないけれど、エドモンド、妻としての務めには、あなたの寝室で過ごすこともふくまれているはずでは?」頬を赤らめまいとし、自信たっぷりに見えるように必死になる。

彼の唇がかすかによじれた。「なるほど……では、きみは妻としての務めを果たす準備ができているんだな? その務めが具体的になんなのか、知っているとは思わなかったよ」乾いた口調で、表情は謎めいていた。

「わたしは人生のほとんどを田舎で暮らしてきました。だから、見当はつきます」冗談っぽく言ったものの、彼からなんの反応もなかったので笑顔が揺れた。あのよそよそしさをどうしたら崩せる？　崩そうとしないほうがいい？「こんなに早く仲の悪い夫婦になるの？」そっとたずねる。

エドモンドは体をこわばらせたあと、手で顔をごしごしとやった。「すまない、アデライン」申し訳なさそうな声だった。「ちょっとばかり無骨にふるまっているな」

アデルは片方の眉をつり上げた。「ちょっとばかり？」

彼が微笑むと、アデルははっとのけぞった。この人はハンサムすぎる。

「既婚者でいるのは……自分が真剣に決めたことではあるのだが、思っていた以上の疑念に襲われてしまってね」

まあ。正直に告白されて、アデルの心が温もった。「疑念を感じるのはふつうだと思います。結婚の専門家ではないですけど」遠慮がちに微笑む。「それに、わたしたちがこうなるなんて、だれにもわからなかったわけですし」

「ふうむ」エドモンドは曖昧につぶやき、酒を飲んだ。ただ、彼の目は……頭のてっぺんからつま先まで、アデルをゆっくりと熱をこめて貪った。彼はなにを考えているの？

ついに目が合うと、アデルの心臓がひっくり返った。エドモンドの目のなかに見えた生々しい欲求の色は、こわいと同時に刺激的でもあった。「べ……ベッドに入りましょうか？」なにがどうなるかをよくわかっていたわけではないけれど、上掛けの下での行為とだけは知っていた。実家のメイドたちがくすくす笑いながら小声で話していたのを聞いたのだ。

いやになるほど官能的な笑みが彼の唇に浮かんだけれど、目は用心深いままだった。

「その考えには非常に魅力的なものがあるものの、きみには時間が必要だと思う。急ぐ必要はない」

予想外の返事だった。「配慮いただいてありがたいですけど、先延ばしにすれば不安が増すだけです」

「ミスター・アトウッドを思って嘆き悲しむものだとばかり思っていたが」

アデルはあえいだ。エドモンドは呆れるほど不躾だった。紳士なら、妻がほかの男性を愛しているなどとほのめかしもしないものだ。そうでしょう？　それ以上に驚いたのは、エドモンドと結婚してからこっち、自分がミスター・アトウッドをこれっぽっちも思い出していないことだった。あんなに好きだと思っていたのに、彼はロマンティックな想いを少しも抱いていなかったと思ったら、胸が痛んだ。「過去のことです」

エドモンドは酒を飲み干し、さらに部屋のなかへと進んだ。彼女の書きつけをサイド・テーブルに置き、グラスで押さえた。それからアデルのそばへぶらぶらと来た。その動きがとても優雅でありながら男性的でもあったので、アデルはうっとりと見とれた。体がかっと熱くなり、胸がざわついた。なじみのない感覚だったけれど、不快というわけではなかった。

エドモンドは彼女の頬に触れ、親指の腹で唇をなぞった。「そうなのかい？」

アデルはごくりと唾を飲んだ。「ええ」

「ほんの数日前は彼と結婚するつもりだったじゃないか。彼を愛していると確信していたから、そのベッドと人生に潜りこむという極端な方法を取った。それなのに、きみの若きミスター・アトウッドを結局は愛してはいなかったと言っているのかな？」

やわらかな痛みが胸を切った。ミスター・アトウッドのことはほんとうに好きだった。笑い合い、からかい合えるただひとりの男性だった。慎み深いキスだって何度か交わした。とはいえ、彼と必死で結婚しようとしたのは、父からヴェイル卿と結婚するよう強く迫られたせいだったのは認める。父があれほど野心に燃えていなければ、ミスター・アトウッドとの絆が強くなるまで待っていたはずだ。「ミスター・アトウッドには愛情と敬意を抱いていました。彼が心変わりをしても、その気持ちは消えていませんが、いまのわたしはあなたのものです」

エドモンドの唇が皮肉っぽくゆがみ、アデルはそれを見たくないと思った。

「時間は必要ありません」彼女は言い募った。「さっさとすませてしまいたいです」

床入りについて継母がくれた唯一の助言は、〝痛みに身がまえるとよけいに痛くなるの。公爵がよく気づく人なら、それは刺激的なものになるわ〟だった。またもや謎いた〝それ〟だ。不安を抱きながら待つよりも、床入りではなにがどうなるのかをちゃんと知っておきたかった。エドモンドの腕のなかで以前感じたものが前奏のようなものならば、不快なものになりうるなんて理解できなかったけれど。

彼の顔を陰がよぎり、暗い目がアデルを見つめた。「休みなさい。明日の朝、私たちの結婚の状況を話そう」

わたしたちの結婚の状況？「いま話していただきたいわ」

「だめだ」

「そんなおそろしいことを言われたとあっては、今夜は一睡もできないわ。答えていただけるまで、あなたのお部屋までだってついていきます」

傲慢そうな眉がくいっと上げられた。アデルの厚かましいもの言いに対するものだろう。

「私たちの結婚は完全なものにはならない」

アデルは彼の自制心をほんとうにすばらしいと思ったけれど、必要ではなかった。「時間の猶予をあたえてくださってありがとうございます」彼女はたじろいだ。「いまのは誤解を生む言い方でしたね。明日まで待つ必要はありません。わたしは準備が――」

「今夜のことだけを言ったのではない」

アデルは困惑した。彼の顔を探ってみる。エドモンドは冷ややかでよそよそしい態度だった。「よくわからないのですけど」小さな声で言った。

彼は胸のところで腕を組み、ドアにもたれた。後悔にも似たものがその目をよぎった。「きみは別の男を愛しているのだから、喜んでくれると思ったのだが」

「ミスター・アトウッドを愛してはいません！　それが理由であなたが――」

「だとしても、先延ばしにするのが最善だ。二、三日前まではおたがいのことをなにも知らなかった。よく知り合ってから、もっと親密な段階に進んでも問題はないだろう。私の屋敷も富も称号もきみのものだ。いまはそれで満足してほしい」

アデルは彼をじっと見つめた。貴族の結婚生活はこれがふつうなの？　不意に、母の教えがあればよかったのに、と強烈に感じた。ああ、お母さまがここにいてくださったらよかったのに。「待てば、わたしたちのあいだの距離がさらに広がると思いますけど」おだやかな声で言う。

目の前に立つこの厳格な男性をほとんど知らないのだから、待つと言われて喜ぶべきだった。けれど、もしそれに同意したら、彼の心を勝ち取る戦いがもっと熾烈なものになり、ふたりのあいだの距離を縮めるのは不可能になってしまう、と直感した。

そこでぎくりとする。彼の心を勝ち取る戦いですって？　いったいいつ、この冷酷で腹立たしい男性に愛してもらいたいと思ったのだろう？　心の結びつきがなくたって、幸せな結婚生活を送ることはできるわよね？

まさか……ありえない。たしかに結婚生活についてはよく知らないけれど、愛がなければ、社交シーズンで見かけた何組もの貴族夫婦と同じになってしまうとわかっていた。冷たい関係で、夫婦のどちらもが心痛や孤独を癒やすために外に恋人を求めていた。アデルにはそんな関係は耐えられなかった。

「私はこの結婚に深い関係を求めていない」彼の単調な声が、心騒がす沈黙を貫いた。

つらい現実が頭に染みてきた。「わたしがあなたに慣れる時間をあたえてくれているのではない……のね？」

「そうだ」

「何年経っても、この結婚が完全なものにならない可能性があると言っているの？」

「そうだ」

アデルがいきなり笑い出した。「そんなばかげた話ははじめて聞いたわ。どうしてなのですか？」

エドモンドはこれまで以上に用心深いようすになった。

「結婚生活についてはなにもわからなくても、床入りしなければ跡継ぎができないことくらい知っています」それに、継母や上流社会によれば、爵位を持つ男性はだれもが跡継ぎを必要としている。

「跡継ぎはもういる」

アデルは目を丸くした。「なんですって？」

「ちゃんと聞こえたはずだが、奥方どの」

「跡継ぎが？」

「そうだ。思慮深い母は、父が亡くなる前にもうひとり男児を産んだ。私の弟ジャクソンはいまは外交団で外国へ行っているが、推定相続人であり、そのままでいてもらいたいと思っている」

アデルは凍りついた。衝撃は体を満たす怒りに追いやられた。「わたしと結婚する前からそう考えていたんですか？」

エドモンドの顔を影がよぎった。「そうだ」

「わたしが自分の子どもを持ちたがるかもしれないとは考えもしなかったの？」怒りで喉が締めつけられるようだった。

「私がきみを妻候補に選んだのではなく、きみが私のベッドに入りこんできたんじゃないか。私が立ち去っていたら、きみは体面を失って破滅していたところだ」

「だからといって、あなたにそんなことを言われる筋合いはありません。は……母親になる機会を否定されて公爵夫人になるよりも、ミスター・アトウッドかほかのだれかと恥辱にまみれて田舎で暮らしたがるかもしれないとは思わなかったのですか？」うなるように言ったけれど、胸がどきどきしていた。結婚したばかりなのに、もうこんなに激しい喧嘩をしているのが信じられなかった。これではこの先の結婚生活が思いやられる。涙のせいで声が詰まったのがいやだった。

「上流社会にうわさが広まったら、だれもきみと結婚しようとはしなかっただろう」思いやりの欠片もない口調だった。「きみと結婚した私は、多大な犠牲を払ったわけだ」

アデルはあえいだ。「あなたは血も涙もない獣だわ」

「きみを死なせるよりは、血も涙もない獣でいるほうがいい」彼がついに感情をあらわにして噛みついた。

わたしを死なせる？

エドモンドはもたれていたドアから体を起こし、髪を掻きむしった。そして、ドアノブを握った。

「勝手に立ち去らないで！」

「明日の朝、気持ちが落ち着いたら続きを話そう」エドモンドはドアを開けた。

「ちょっと待って。たったいまの話を聞いたあとで、わたしが眠れると思います？」

「私はしっかり休めるが」まるで、アデルが休めようが休めまいが気にもならない、とばかりの言い草だ。

それから、腹立たしくていまいましいエドモンドは立ち去った。

アデルは小さくうなって彼を追いかけた。ゆったりした寝間着が足首の周囲で揺れる。「あなたはわたしに対してずっと粗野で……無礼に接してきたわ。わたしに話しかけられたくないみたいだったけど、今度は親密な関係を築かないと言う。そんな結婚生活はだれにとっても好ましくないはずだわ」

エドモンドは長い脚ですぐさま公爵の部屋に着いた。アデルが足を速める。

ドアを開けた彼がためらった。「うっ」彼の背中にぶつかったアデルの漏らした声だ。

ふたりともふらつき、エドモンドがアデルを守ろうと体をよじってドア枠に背中を打ちつけた。アデルはとっさに両手で彼の首にしがみつき、彼の鼓動を体に感じた。

アデルは彼の顔を見た。「勝手に立ち去らないで、エドモンド」

荒れ狂う感情に満ちた目がアデルをにらむ。

「わたしを死なせるってどういう意味なのか、話して」

エドモンドが体をこわばらせ、アデルは彼のうなじにまわした手に力をこめた。

エドモンドの態度がさらに冷ややかになった。「妻はきみより遙かに体が大きかったのに、それでも命を落とした」

「妻がお産で死んだ」

アデルは血が出るほどきつく下唇を嚙んだ。「お気の毒に」ざらついた声になった。

〝錯乱公爵が奥さんを殺した〟ひどいうわさ話を思い出す。どうして上流社会は彼を責めたりできるの？　そう訊きたかったのに、そのことばは喉につかえた。「わたしが同じ運命をたどるとはかぎらないわ。それを心配しているのなら」アデルは小さな声で言った。

エドモンドがたじろいだ。それから目を閉じ、頭をのけぞらせて壁にもたせかけ、筋張った喉をさらした。その動きにつられ、彼のうなじに手をまわしていたアデルはつま先立ちになった。彼はなにを考えているの？

「エドモンド、わたし――」

彼がぱっと目を開けると、生々しい苦悩が見えてアデルはことばを失った。心臓が早鐘を打ち、まるで彼の意志がのしかかってきて、彼を解放しろと迫っているかのようだった。アデルは彼のうなじからゆっくりと手を離し、体の脇で拳に握った。

エドモンドの目のなかで苦悩が膨れ上がり、こぼれ出してアデルの感覚を押し潰した。手足が震える。まるで、彼の荒れ狂う痛みが感じられるかのようだった。ありえない。

あとになって思い返してみても、アデルはなにに取り憑かれたのかわからなかった。エドモンドの目から悲しみを拭い取りたかったからかもしれないし、単純に慰めたかっただけかもしれず、あるいはただ彼にキスをしたかっただけかもしれない。いずれにしても、アデルは背伸びをして彼に唇を押しつけた。

つかの間感じた彼の唇は、呆然とするほどすばらしかった。アデルは永遠とも思えるあいだ固まってしまった。エドモンドの味、エドモンドの香り……。衝撃に襲われる。ほんのかすかにでも酔いは残っていなかったので、自分の反応にはぎょっとするどころの騒ぎではなかった。反応の激しさに、頭がどうかしてしまいそうだ。ああ、神さま。そのとき、エドモンドが大きな両のてのひらで彼女の頬を包み、唇を開いた。罪深いほど魅惑的だった。

彼が親指でアデルの唇を開かせる。そして、支配的なのにやさしい、無慈悲なほど官能的な口づけをした。彼女は思わず反応していた。力なくもたれてあえぐと、彼がそれを呑みこんだ。口づけはさらにわがもの顔になり、もっと口を開けと彼の舌が駆り立てた。アデルはうめき声とともに降伏し、彼がその機をすかさずとらえた。

天国みたいにすばらしい。

暗い嵐のような快感がアデルの全身を満たす。エドモンドの手が顎をなで、鎖骨へ移り、胸の脇へと下り、背中にまわって臀部へ行き……ぎゅっとつかんだ。それは、無垢なアデルを慮ったふるまいではなく、抱擁された彼女は震えた。

引き寄せられ、ズボン越しに腹部に当たる硬いものを感じたアデルは、彼の口に向かってあえいだ。

「私の腰に脚を巻きつけて」エドモンドが唇を引き剝がし、ざらついた小声で言った。

アデルは言われたとおりにしようとしたが、寝間着がからみついてしまった。エドモンドが小さく悪態をついて彼女をかき抱き、部屋の中央にある大きなベッドへと急いだ。なにが起きているの？　彼はついさっき言ったことを無視するつもり？

そんな問いを愚かにも口にする前に、彼がまた唇を重ねてきて、体重を自分の腕で支えながら大きくて豪華なベッドに倒れこんだ。

まあ！　アデルの胸が不安と興奮で高鳴った。うっとりする口づけを受けて、頭がまともに働かない。キスがこんなにすばらしいものだったなんて。エドモンドの髪に手を差し入れ、しっかりキスを返す。ふたりの歯がぶつかると、エドモンドは唇を離して少しつらそうなふくみ笑いをした。

「焦らないで」小声で言い、唇でアデルの頬を下へとたどり、首まで来るとそこをついばんだ。下腹部で炎が燃えさかる感じがしたけれど、それはふつうではなく、淫らで、すばらしく淑女らしからぬものにちがいなかった。

アデルは息を吸った。体のなかで爆発したこの混沌とした飢餓感と、頭をもたげようとしている不安感を抑えこもうとしたのだ。

寝間着をつかんで腰までまくり上げた彼のふるまいは、抑制が効いていた。エドモンドの親指が彼女の太腿の内側を這い、脚のあいだでうずいている場所に衝撃が走った。

アデルは荒い息になった。エドモンドは彼女の首筋に顔を埋めたまま、体をこわばらせていた。彼はなにを考えているの？

困惑が募ってきたせいで、涙がまぶたをちくちくと刺した。話をしようと唇を開いたとき、もっとも秘めた場所を包まれた。痛いくらいの勢いで息が漏れたあと、アデルは身じろぎもしなくなった。

エドモンドも凍りついていると気づくのに、しばらくかかった。それに、胸骨に打ちつけている激しい鼓動が自分のものだけでないことにも。

彼の手が動き、一本の指がびっくりするほど濡れている場所にすべりこんだ。

エドモンドがうめき、アデルが唾を飲む。すると、彼が激しい悪態をついてさっと離れた。「つい自制心を失ってしまってすまない。二度とこんなことにはならないと約束する」部屋から出ていこうとする。

アデルは失望にぐさりとやられた。「ここはあなたのお部屋でしょう？」

エドモンドは足を止めたが、ふり向こうとはしなかった。「今夜はここで寝てくれてもいいし、自分の部屋に戻ってもいい。きみの好きにしてくれ」

彼女の頰が熱くなる。エドモンドはあまりにもそっけなかった。そして、部屋を出ていってしまった。

ベッドからよろよろと出たアデルは、分厚くてやわらかな絨毯の上に震えながら立った。そこは深みのある色や黒っぽい調度類で整えられた、男らしく快適そうな部屋だったけれど、アデルの荒れ狂う感情をなだめてはくれなかった。激しい胸の鼓動を懸命に鎮める。息を吸うと、エドモンドの香りが肺のなかにどっと流れこんできた。それ以上一秒たりともその部屋にいられなくて、急いで出て自分の部屋へと足早に向かった。這うようにベッドに入り、枕の山のなかに埋もれた。

なにがどうなったの？　いらだちのため息をつき、アデルはごろりとあおむけになって天蓋を見つめた。空っぽでなんの気力もなかった。これがわたしの結婚生活？　公爵の命令を受け入れるべきか、この先どうなるかを見定めるべきか？　エドモンドがいずれ愛してくれると強く期待するのは意味がない。ただ、彼があたえてくれるつもりのない愛を勝ち取ろうともがくつもりはないけれど、子どもを持てないままでいるつもりはない。

エドモンドがどんな悪魔に苦しんでいるのかを理解する必要がある。けれど、彼が自分を近づかせてくれないのもわかっていた。とはいえ……たったいま荒々しいまでの反応を示したのだから、わたしに欲望を抱いているにちがいない。こちらはいずれ彼を愛するようになるだろうから、彼のほうもわたしを愛してくれるよう努力するべき？　あんな腹立たしい人を愛したりして、どうして時間をむだにするのだろう？

彼の空虚な目。

どんな人だって、あんなに孤独でさみしそうでいていいわけがない。

持っているとも思っていなかった意志の力でそんな思いを払いのけ、上掛けを顎まで引き上げて目を閉じた。どうすればいいかはそのうちわかるだろう。しくじらないよう祈るだけだ。いまでは妻で……母親なのだから、時計の針を戻すことはできないのだ。

これについては、ぜったいに失敗しない。社交シーズンではしくじり、愚かなふるまいのせいで娘の鑑《かがみ》にはなり損ねたけれど、母親として……それにエドモンドの妻として公爵夫人として、ぜったいに成功してみせる。ベッドに横になって暖炉の熾火が消えていくのを見つめているうち、ついに眠りに落ちた。

13

あれはぜったいにスコッチのせいではなく、彼女そのもののせいだった。これまでエドモンドは、グラッドストン卿を訪問した晩に酒を飲んだりしていなければ、アデルがベッドに潜りこんできてもあんな展開にはならなかったはずだ、という考えにしがみついてきた。それが完全なるまちがいだったとわかるのは、気持ちのよいものではなかった。関心がないのは愛だけではない……彼女の香りと味で得た、衝撃を受けるほどの快感からも離れていたかった。

彼女を味わいたいという狂気を止められなかった自分は、とんでもない愚か者だ。ただのキスであれほどの快感を得たのはいつ以来だろう？　ひざ丈ズボン《ブリーチズ》が恥ずかしくなるほどきつくなり、癪に障る彼女は体を離すのではなくつま先立ちになり、こちらのうなじに腕をまわして手を髪に差し入れてきた。探索をするその手が明らかに無垢な女性のものだったので、こちらは身を引くことができた。ほんとうは、彼女を貪れ、長いあいだ拒んできた欲求を満足させろ、と体中が叫んでいたのだが。

助かった。こちらが体を離すと、彼女から小さな不平の声が漏れ、目には落胆の色が浮かんだ。彼女はほかの男を愛しているんじゃなかったのか？　気持ちが別のところにあるのに、どうして私のキスを熱烈に欲しがる？

アデラインのなにが私に自制心の手綱をゆるめさせたのだろう？　危うく彼女を自分のものにするところだった。しかも、最初の妻との結婚初夜に見せた思いやりの欠片もなく。

メアリアンと結婚したのは十八歳のときだったが、すでに恋人は何人かいた。メアリアンは内気な乙女で、寝間着を脱ぐことを納得してもらうまで一時間ほどもかかったのだった。ついに愛を交わしたときも暗がりのなかで、愛撫で気持ちを伝え、なだめることばをささやきながらだった。あまりに時間をかけて進めたため、額には汗が浮き、腕は震えていた。

最初の一週間は、メアリアンが恥ずかしさを克服できなかったので、ずっとそんな感じだった。エドモンドの唇に苦笑いが浮かぶ。アデラインから呼び出しの書きつけを受け取ったとき、いまだに別の男を愛している彼女に結婚生活を強要するつもりはないと伝えて、気を楽にしてやろうと思っていたのだった。それなのに、内なる欲望を引き出され、それを彼女のなかに解き放ちたいという思いに焼き尽くされてしまった。

最悪だ。

エドモンドは図書室のドアを力任せに開け、思っていた以上に乱暴に閉めた。どうしてあんなにあっという間に目も当てられない状況になってしまったのか、頭が混乱していていまだにわからなかった。おまけに、彼女がこの腕のなかに飛びこんできた瞬間に、床入りの危険性が頭から飛んでいってしまった。もし自制心を完全になくして体を重ねてしまい、彼女が身ごもっていたらどうするのだ?

こみ上げてくるいやな感覚を呑み下し、サイドボードへ大股で行ってブランデーをグラスに注いだ。三口で炎のような酒を飲み干す。効果はあった。不快な感覚が酒の熱に取って代わられた。

エドモンドは暖炉そばの袖つき安楽椅子のところへ行き、その豪華な椅子に身を沈めた。自分たちの状況を分析し、体のなかでふつふつと湧いてくる荒々しい感情をなんとかする方法を見つけなくては。メアリアンが亡くなったときに自制心と自我の意識を失ったあと、きびしい思いで手に入れた冷静沈着さを誇りに思っていた。

私は再婚した。事実。

これ以上子どもを必要としていない。事実。

私の後妻は夫婦関係を望んでいるようだ。悲惨な事実。

それに、私は彼女の味も感触も頭から追い払えずにいる。不愉快な事実。

こちらはほとんど触れていないというのに、彼女はひどく濡れていた。心そそる事実。

エドモンドは手で顔をごしごしとこすり、苦々しげに笑った。アデラインが体面を失って破滅しようと放っておいて、レディ・イヴリンと結婚すべきだったのだ。レディ・イヴリンなら、妻としての務めを果たさなくていいと言われたら大喜びしただろう。だが、アデラインは私を求めた。熱く積極的な反応に危うく魅せられるところだった。下半身がうずき、エドモンドはうめき声を漏らした。

ドアをノックする音がして、時計に目をやる。真夜中を過ぎていた。「なんだ?」

入ってきたのは彼の母で先代公爵夫人のハリエット・ロチェスターだった。プルシアンブルーのシルクのドレスに薄青色のサテンの長手袋を合わせ、頭には同じ色のターバンをつけていて、最新流行のいでたちだ。慎み深いボディスには、白いシルクの薔薇と銀糸の刺繍が施されている。銀糸の刺繍はドレス前面を下へ向かい、やはり白いシルクの薔薇が一定の間隔で施された裾へと続いていた。耳と首にはダイヤモンドの装飾品をつけている。四十八歳の母は魅力たっぷりのままで、いまでも男性から追いかけられている。

親子でそっくりの灰色の目が、薄暗い部屋でもすぐさま息子に据えられた。

「早いご帰宅ですね、マダム」

「とんでもないうわさ話を耳にしたせいで、レディ・ウォルコットの夜会を早めに辞するはめになったのですよ」言いながら、部屋の奥へと入ってくる。

くそっ。母は私の手紙を受け取っていないのだ。「きっと母上がお話しくださるんでしょう。で、私はそれを聞かねばならないのですよね」

ハリエットが彼をにらみつけた。「あなたがウィルトシャーへ行って、愛人を妻にしたというううわさで舞踏室は持ちきりでしたよ」冷ややかに言う。

「単なるうわさだから、安心してください」

母が見るからに安堵して体の力を抜いた。

「愛人を妻にはしていません。そもそも、愛人を持ったことがありませんから」

母がすっと背筋を伸ばした。「でも、結婚はしたの？」

あまりにぎょっとした母のようすを見て、エドモンドは微笑んでしまった。

「なぜ笑うの？」小さな声で言い、彼の向かいのソファに腰を下ろした。「いい前兆なのか悪い前兆なのか、判断がつかないわ」そう言いながらも期待に満ちた表情をしていたので、エドモンドの胸が痛んだ。

「たしかに、サー・アーチボルド・ヘイズのお嬢さんと結婚しました。ヘイズ家はサマセット出身の准男爵です」

喜びが浮かんだ母の顔は、すぐに渋面になった。「サー・アーチボルド……サー・アーチボルド」ぶつぶつと言う。「サマセットのヘイズ家なんて知らないと思うわ」

「そうでしょうとも。彼らは母上と同じ輪に入れるほど高貴な身分ではありませんから」

「では、そのお嬢さんには縁故がないのね？」

エドモンドはうなるような声を発しただけだった。

「わたくしが作ってあげた一覧表はどうなったのですか？　あそこに書いた若いレディたちは、財産面でも縁故面でもとても好ましい方たちなのよ。どうしてあのなかから選ばず、無名の……お嬢さんを公爵夫人にしたのか、理解できないわ」

エドモンドは机を指で打った。「状況が状況だったので、急いでアデライン・ヘイズと結婚するのが最善だったのです」

「なんてことなの」ハリエットの手が喉もとへと上がった。「では、体面を傷つけるような状況だったというひどいうわさはほんとうだったの？　あなたがそんなことをするなんて思ってもいませんでしたよ、エドモンド、ほら……」母が暖炉へと目をそらした。

メアリアンが亡くなっているのに。

不思議だが、亡き妻のことを母がうっかり口にしたときにいつも感じた胸を締めつけるような苦痛はなかった。「彼女の名前を口にしても大丈夫ですよ、母上」

あえぐ母を見て、エドモンドは理解した。メアリアンの葬儀以来、彼女の話をだれにもさせてこなかったのだと。

「その若いお嬢さんについて聞かせてちょうだい」ついに母がおずおずと言った。

エドモンドはさっと立ち上がり、池を見下ろす窓辺へ行ってカーテンを開けた。そよ風で小さく波打つ水面に、月光が反射していた。屋敷内に残る明かりが池できらめき、夜行性の虫を食べるためにマスがときおり顔を出した。「お話しするようなことはありません。出会ったばかりなので」

「では、結婚することになった経緯だけでも教えてちょうだい」

「レディ・イヴリンとの結婚の条件を詰めるために、グラッドストン卿を訪問しました。彼女は私と結婚したがらず、友人が私の部屋に入るよう仕向けたのです」

「そして、ミス・ヘイズがそのとんでもない計画に乗ったと？」

ふたりの計画を思い出して、不意におもしろみを感じた。「アデラインは、別の男の部屋に忍びこんだつもりだったのです」

「まあ」エドモンドの母の声は消え入りそうだった。「そんな言い訳は信じられなくってよ。それなのに、あなたはその女性を妻に迎え入れたの？」

「そうしなければ、彼女は破滅でしたからね。それに、私は妻を必要としていましたから」平然とした口調だった。

母はこれまででいちばん長く無言でいた。エドモンドとしては窓枠に両手を置いて水面できらめく月光を眺め、暖炉で薪が爆ぜる音を聞いている状態に満足だった。自分のなかにおだやかさがあるのを感じて驚く。もう長いあいだ感じていなかったというのに。

「あなたが高潔で良識のある人だというのは知っているけれど、エドモンド、ほとんど知りもしない、たいした魅力のない若い女性と結婚するなんて、どうにも信じられないわ」

「レディ・グラッドストンによれば、アデラインは性格がおだやかで、知性があり、礼儀作法がきちんとしているらしいです。少なくとも、私の部屋に忍びこんでくるまではそうだったようですよ」彼は苦笑気味に言った。

「それで、そんな……ふしだらなふるまいをしたミス・ヘイズをあなたはどう思ったの？」

「崇拝されるべき女性だと」

母が小さくあえいでも彼はふり向かず、自分のことばを分析した。

「彼女はもったいぶった女性ではありません。勇気とたっぷりの大胆さを持ち合わせています。頭上にぶらさがった鋭い刃のように破滅が迫っていても、私との結婚に抵抗したのです。私の爵位にも財産にもまるで惹かれなかったことが、なによりも彼女の性格を表わしていると思いました」エドモンドは先刻目に炎を宿したアデラインを思い出した。決意と怒りで頬を染めた姿は、愛らしい存在から魅惑的な存在に変わった。「彼女は美しく、大胆で、魅力もないわけではありません。私の顎に届くか届かないかくらいの身長で、髪は見たこともないほど豊かで美しい漆黒で、目は……誠実ですばらしいのです」

子どもたちに対するアデラインのようすを思い出す。彼女自身が不安と動揺でいっぱいだろうに、娘たちを喜ばせようと懸命だった。

「彼女はやさしく思いやりがあり、用心深くいるべきところでおそれ知らずになります……私には彼女の芯の強さがわかります。私と結婚しなかったとしても、彼女なら上流社会に軽蔑されて粉々に砕けたりしなかったでしょう」

それなのに私は、軽はずみにも彼女を傷つけてしまった。アデラインを知りたいという気持ちが湧き起こったものの、どうやって心を通わせればいいのか見当もつかない。そもそも、彼女と心を通わせたいのかどうかもわからないが、惹きつけられているのはたしかだ。いつまで彼女を避けていられるだろう？

ウィルトシャーからハンプシャーに移動するときは、彼女と一緒の馬車ではなく馬に乗ってうまくいった。娘たちにアデラインを紹介したあとは、ローザのお茶会が終わってほっとしたのだった。アデラインをベッドへ連れていく場面で頭がいっぱいになった。欲望のままにふるまってしまわないため、馬で遠出した。ひょっとしたら、官能的な彼女のそばにいて免疫力をつけたほうがいいのかもしれない。離れていても、ちらりと彼女が見えるたびに触れられたい、キスされたいという捨て鉢な欲望に溺れるようだったからだ。

母はなにも言わなかった。ふり向くと、驚嘆の表情を浮かべていて、もし見まちがいでなければ、頰が涙で濡れていた。とはいえ、暖炉からのかすかな明かりしかなかったので、たしかなことはわからなかったが。

「すてきな人みたいね」母がついに言った。「知り合いに紹介するのが待ちきれないわ」

「母上が後ろ盾になってくだされば喜ぶでしょう。どうも彼女は社交術に欠けていると思いこんでいるらしいのです」

「あら、それは正しいと思いますよ。准男爵の娘と公爵夫人では、雲泥の差がありますもの」

それに関しては、エドモンドはなにも言わなかった。

「いずれ彼女を愛せると思って？」

「私の知らないなにかが進行中なのでしょうか？」

母が片方の眉をつり上げた。「新たな公爵夫人はもうあなたに愛を告白したのかしら？」衝撃とおもしろがっているような気持ちがにじんだ口調だった。「あなたが失うことを嫌っているのは知っているけれど、彼女にあまり冷たくしないようにね。これを機にあなたはまた幸せになれるかもしれないのだから」

母は私の人生に首を突っこむのをやめる気はないのだろうか？　こちらから頼むまでもなく、結婚相手の候補名簿を作って書き物机の引き出しにしまっていたのだった。

「私は幸せです」

「ちがうわ、エドモンド。あなたはただ生きているだけ。そのふたつは全然ちがいますよ。あなたのお父さまは十八年前に亡くなり、悲しいけれどわたくしはあなたのためだけに生きてきました。ようやくゆっくりと目覚めつつある状況になったいま、そのちがいを痛感しているわ」

「だれかとの出会いでもありましたか？」父の他界後、頑なに心を守ってきた母の気持ちをとらえたのはだれだろう。母と自分には、母が思っている以上に共通点があった。

「敷地内の別宅を使えるようにして使用人を置き、今月末までにわたくしはそこへ移りましょう」そう言って立ち上がる。「お休み、エドモンド」

「お休みなさい、母上」

掛け金のカチリという音がして母が出ていったとわかると、エドモンドは妻に意識を向けた。彼女には公爵夫人の部屋を訪れる権利があるのに、ぜったいに入るなときつく命じてしまった。だが、あの部屋にいる彼女を見たとき、なにも考えずにとっさに反応してしまったのだ。メアリアンが亡くなって以来、その部屋をほとんど訪れられなかった。部屋に入るたびに、大量の血と、金属臭の記憶が全身を満たしたからだ。

跡継ぎが欲しいと言ったのはあなたでしょう、どうしてわたしが命を危険にさらさないといけないの、という彼女のむせび泣きが忘れられない。

そろそろあの部屋をばらばらにして、新しい公爵夫人のために作りなおしてもいいころ合いだ。

胸がずきりとした。アデラインに対して本能的な反応をしてしまったのは喜べないが、もっと歩み寄って歓迎するべきだ。人生が幸運に恵まれたら、この先四十年以上は夫婦として過ごすことになるのだから、ずっと彼女を無視していられるわけもなかった。

エドモンドは陰鬱なふくみ笑いをした。彼女と出会ってほんの数日なのに、もう将来について考えることになろうとは、想像もしていなかった。ずいぶん長いあいだ、荒涼とした人生を過ごしてきて、悲しみの国での暮らしに満足していた。子どもたちの要望を知ったことで、同じところをぐるぐるまわっていた日々に別れを告げるはめになり、どうやら今度は新たな公爵夫人のせいで魂の別の部分が目覚めつつあるようだった。

警戒すべきなのかどうか……それとも、胸のなかで大きくなりつつあるこの奇妙な気持ちをただ抱きしめればいいのか、わからなかった。

アデルは脚にからまった上掛けを蹴った。その晩のできごとが頭をよぎってたじろぐ。夫とどんな顔をして会えばいいのだろう？　胸がどぎまぎしたのがいやで、うめいた。質問や疑念がありすぎた。エドモンドが立ち去ったあと、すぐに眠れたのは奇跡だった。彼のよそよそしさの壁とどう向き合えばいいのだろう？　こんなことになるとは想像もしていなかった。結婚について想像はしていたけれど、公爵夫人の立場になりたいなどという野心は持っていなかったから。

ドアをそっとノックする音がした。

「はい？」期待感が声にこもりすぎてしまった。

使用人がさっと入ってきて、せわしなくお辞儀をした。記憶にまちがいがなければ、彼女はプルーデンスという名前だったはずだ。

「おはようございます、奥方さま。お風呂をご用意して朝食をトレイで運んでまいりますか？」

炉棚の時計をちらりと見ると、もう午前半ばだった。嘘でしょう！　前の晩に舞踏会に出席した場合をのぞき、こんなに遅くまで寝ていたことなどなかったのに。エドモンドから隠れて部屋にこもっていたいのは山々だったけれど、彼のそばにいる状態に慣れる必要があった。昨夜のことは天啓だった。

「お風呂はうれしいわ、プルーデンス。でも、お食事は階下でただくわね」

メイドはうなずいて続き部屋の浴室へ消え、湯を入れる音が聞こえてきた。ロゼット・パークでは最新設備が整っていて、お湯のバケツを持った使用人に螺旋階段を上がらせずにすむのがうれしかった。

一時間後、紺青色のデイ・ドレスに身を包んで長手袋をつけ、髪を優美なシニヨンに結った自分の姿にアデルは満足した。またノックの音がしたが、今度はアデルが返事をする前にエドモンドが入ってきた。彼女は慌てて立ち上がり、化粧台から離れて夫と向き合った。彼に全身を眺めまわされて、まるで曲線の隅々まで実際に触れられているような感じがした。体が熱くなったけれど、それを懸命に抑えこもうとする。プルーデンスがいるというのに、あんな風に欲求むき出しのまなざしで見つめるなんて、どういうつもりなのだろう？

そのとき、エドモンドが視線を上げ、崇拝の念がすべて翳った。

アデルは心を乱されまいと懸命になった。「なんでしょう、公爵さま？」

あからさまに冷たい口調を聞いて、彼が片方の眉をつり上げる。「堅苦しい間柄に逆戻りかな？」

アデルは唇に笑みを浮かべた。「そんなつもりはないわ……エドモンド」

彼から傲然と一瞥され、メイドのプルーデンスは用心深く目を伏せて急いで部屋を出た。

「ゆうべのひどい態度を謝りにきたんだ」

驚いたアデルはゆっくりと目を瞬いた。「ありがとうございます」

「きみが使えるよう、公爵夫人の部屋を掃除して空気を入れ換えるよう指示しておいた」

「あ……ありがとう、エドモンド」先ほど彼がひどく腹を立てた理由がわかっていたから、いましてくれていることがとてもありがたく感じられた。何年も閉めきっていた公爵夫人の部屋を使えるようにすると決めたのは、なにがきっかけだったのだろう。わたしとのつながりを、もっとはっきりしたものにしたがっているの？

「公爵夫人の部屋はきみのものだから、好きに装飾してかまわない。ただひとつだけ、もとからある調度類はすべて処分してほしい」

エドモンドが不機嫌な顔になっていくのを見て、アデルは彼が努力してくれているのをわかっていると示したくて慌てて礼を言った。「わかりました」

「それから、ひと月に三百ギニーをきみのこづかいにする。足りなければそう言ってくれ。母が応接間できみと会えるのをいまかいまかと待っている。母は、きみのドレスを公爵夫人にふさわしいものにすると意気ごんでいるんだ。すでに仕立て屋何人かに声をかけてある。仕立て代と屋敷の装飾費の請求書はすべて私にまわしてほしい」

アデルが無言でいると、消えていた渋面が彼の顔に完全に戻ってきた。「それでかまわないだろうか？」

「とても気前よくしていただいて、驚いているんです。毎月三百ギニーもいただいたら、どうしていいのかわかりません」

「たいした金額じゃないよ、アデライン」

まあ。アデルは赤面をこらえようとがんばった。父からはときどき一ポンドをもらっていただけで、継母はそれでも太っ腹すぎると思っていた。

自分がなにをしようとしているかよく考えもせず、アデルはエドモンドに近づいてつま先立ちになり、頰にそっとキスをした。「わたしのことを考えてくださって、ありがとうございます」

彼が凍りついた。「ほんとうにたいしたことではない」ぶっきらぼうな口調だ。

アデルは下がった。「いいえ、たいしたことです。あなたほど配慮が行き届いたり親切だったりする貴族は多くはありませんもの」

エドモンドは疑わしげに片方の眉を上げたけれど、そのままなにも言わずに軽く会釈して部屋を出ていった。昨夜アデルが感じた不安は消え、小さな希望が胸のなかで芽生えはじめた。結婚の誓いを完了する件について、彼がなにも言わなかったのはかまわない。態度を和らげてくれたのだから、エドモンドもこのふつうでない結婚をうまくいかせようという気持ちになったにちがいない。

14

義母である先代公爵夫人ハリエットとの顔合わせはすばらしくうまくいき、アデルはいまだに呆然としていた。縁故もなければ持参金もなかったため、冷ややかに見下す態度を取られるものと覚悟していたのに、感じよく温かく接してもらえた。

仕立て屋がやってきて、一緒になって生地やデザインにうっとりして二時間近くも過ごすうち、アデルの不安は消えた。何枚ものドレス——モーニング・ドレス、ディ・ドレス、旅行用ドレス、舞踏会用ドレス、コルセット、ペチコート、さまざまな下着——が注文されてもたじろぎはしなかった。人生の大半をサマセットで過ごした自分が、どれほど垢抜けていないかよくわかっていたからだ。せめてエドモンドが誇らしく思ってくれる公爵夫人に、娘たちや将来できるかもしれない子どもたちが手本にしたがる母親に、見えるようにしたかった。

きらびやかな舞踏会、晩餐会、ハウス・パーティなどを開き、いくつもの慈善事業を後援することになるだろう。公爵の政治的立場は自由主義らしく、上流階級の多くの部分で改革が求められているのもあって、政治的なパーティも開くよう期待されそうだ。これまでにエドモンドの書いた記事が載った『コベットの週刊政治録』、『ジェントルマンズ・マガジン』、『王立地理学会会報』の購読契約を指示しておこうとすでに決めていた。

義母のハリエットは自分を威圧的に思わないでほしいと謝罪し、アデルは無理のない範囲での指導はありがたいと答えた。はじめのうち、アデルの率直さにハリエットは仰天したようだったが、やがてにっこり微笑んだ。

これまでのところ、エドモンドの家族に温かく迎え入れてもらえてアデルはほっとした。あとはエドモンド自身も温かく迎え入れてくれればいいのだけれど。勉強部屋へ行き、ノックをしてからノブをまわしてドアを開けた。全員がふり向き、アデルは笑顔になった。勉強部屋は大きく、極彩色のインド象や虎といった珍しい動物で陽気に飾られている。机がひとつに椅子が数脚、大きな本棚、スタンドつき地球儀、黒板、戸棚があり、一角には揺り木馬もあった。

「ごきげんよう」控えめな声でアデルは言った。

家庭教師が眉根を寄せた。「なにかご用でしょうか、奥方さま?」

絶望的なまでに胸がどきどきした。新たにできた子どもたちは、その表情からするにアデルにどう接すればいいかわからないらしい。昨日一緒に過ごしたから、少しは継娘《むすめ》たちの不安が消えていればいいと思っていたのだけれど。継母のひどい扱いが唐突にありがたく思われた。かつてそういう扱いを受けていなければ、同じ立場の継娘たちに対して押すべきときと引き下がるときがわからなかっただろう。「レディ・サラとレディ・ローザに午後の挨拶をしようと思って」

家庭教師は顔をしかめた。彼は背が低くて丸々と太っており、生真面目そうだ。「どうぞ、奥方さま」口ではそう言ったものの、アデルによる中断を喜んでいないのは明らかだった。

「こんにちは」アデルは部屋のなかへと入りながら、継娘たちに声をかける。

サラとローザは立ち上がり、ひざを折って優雅なお辞儀をした。アデルはうれしくなった。

「もしよかったら、今日の昼食を一緒にしないかと思って」

ふたりは意思の疎通をするみたいにたっぷりと見つめ合い、それからアデルに向きなおった。

「喜んでご一緒します」ローザがおずおずと微笑んだ。

アデルはよかったという笑顔を向けた。「ミセス・フィールズに屋敷を案内してもらう予定になっているの。一時間後くらいに小さいほうの応接間に戻るようにするわ。

それでいいかしら、レディ・サラ、レディ・ローザ？」

「はい！」ふたりが声を揃えて言った。

アデルは家庭教師に会釈して勉強部屋を出ると、安堵の息をついた。願っていた以上にうまくいった。

そのあとは階下でミセス・フィールズと落ち合い、ロゼット・パークを案内してもらった。ふたつの翼棟があり、部屋数は百を超える屋敷を一時間でまわったため、疲れたうえにすべてがかすんだ。

結局屋敷をすべて案内してもらう時間はなく、途中で切り上げてサラとローザに合流するために応接間へ急いだ。だだっ広い玄関ホールを通っているとき、継娘にそっくりながら年齢がもっと上で非常に美しい女性の絵を、従僕がはずしているのに気づいた。

「なにをしているの？」

従僕が手を止めた。「この肖像画を下ろして歩廊室《ギャラリー》にかけるように言われたのです」

アデルは喉が締めつけられるのを感じた。帰宅して、笑顔の母の肖像画がはずされて代わりに冷ややかで傲慢そうな美女の絵がかけられているのを目にした日のことを、いまでもはっきりおぼえている。母の絵は小さい部屋に移され、玄関ホールの暖炉を飾ったのは継母の肖像画だったのだ。幸せそうな父と継母をどれだけ恨んだか。

背後で鋭く息を呑む音がした。ふり返らなくても、継娘のどちらかだとわかる。衣ずれの音からして、玄関ホールには継娘がふたりともいるのだろうと推測する。「そうね、肖像画は下ろしてちょうだい――」

くぐもった泣き声がした。

「そして、額縁を丹念にきれいにしてから戻してね。その絵を下ろすように言ったのがだれだか知らないけれど、きっとそのつもりだったのだと思うわ」

従僕がアデルの背後をちらりと見てから彼女の顔に視線を戻した。その目に深い安堵が現われたのを見て、アデルは驚いた。それでも、従僕はまだためらっている。

「では、奥方さまの肖像画はどこにかければよろしいのですか？」

わたしの肖像画？

アデルの困惑が従僕に伝わったらしい。「画家のサー・トマス・ローレンスが今週後半にこちらにいらして、奥方さまの肖像画を描く予定になっているとうかがっております」

まあ。アデルですらサー・トマスの名前を知っていた。たしか、王妃や摂政の宮の肖像画まで描いた人だ。そのサー・トマスがわたしの絵を描きにくるですって？　あなたは公爵夫人になったのだもの、と自分にしっかり言い聞かせる。顔に笑みを貼りつけて言った。「それなら、並べて飾る場所を作ればいいわ」

従僕はきりりと会釈し、肖像画を持って立ち去った。アデルは気を取りなおして継娘たちをふり向いた。「ずいぶん早くお勉強を終えたのね。朝のお散歩がまだなのだけど、一緒に歩かない？」

「お散歩ですか？」ローザが顔をしかめた。

アデルがうなずく。「いつも一日をはじめる前に新鮮な空気を吸って運動するの。サマセットの田舎にいたときは、かなり長い散歩をしたものよ。今日はせっかくのいいお天気に恵まれたのだから、お散歩しないなんてもったいないわ」

継娘はふたりとも警戒気味に微笑んだ。

「あと数分したら歴史の授業がはじまるので、勉強部屋へ戻らないといけないんです」ローザの顔は散歩に行きたいと言っていた。

「そう……でも、家庭教師のミスター・ダヴェンポートは、その授業の時間をわたしが使っても気になさらないと思うわ」

ふたりの顔がぱっと明るくなったのを見て、アデルは正しい決断をしたのだとわかった。

「いらっしゃい」

ふたりがさっと近づいてきて、両側からそれぞれ手をつないできたので、アデルの胸が締めつけられた。ドアに近づくと、謹厳な執事のミスター・ジェンキンスが開けてくれた。

「ピクニックの籠を手早く用意して芝地に持ってきてくれるようミセス・フィールズに伝えてくれるかしら」アデルは執事に言った。

「かしこまりました、奥方さま」

三人は屋敷を出て、芝生の上を歩きながらすがすがしい空気を吸いこんだ。

「こんなに早い時刻に外に出るのははじめてなんです」

「嘘でしょう」すでに午後二時を過ぎていた。朝寝坊にくわえて公爵未亡人との顔合わせがなければ、アデルはもっと早く散歩をしていたところだ。

「朝食がすむと、勉強部屋へ行きます」ローザが言った。「外に出るのは授業がすべて終わってからだけど、長い散歩はしないんです」

「じゃあ、それをなんとかしないとね？」

サラが目を丸くし、勢いこんでうなずいた。広大な地所をおしゃべりしたり笑ったりしながら歩くのがとても自然に感じられ、知り合って間がないのではなく、もう何週間も一緒に暮らしているみたいだった。

池に出たので、石のベンチに腰を下ろした。

「わたしたちのお母さまは天国にいらっしゃるの」サラがいきなりささやいた。

アデルはやさしく微笑んだ。「わたしの母もよ」

継娘たちがはっとする。

「お母さま同士でお友だちになっていると思います？」

「きっとなっているわ」

サラの顔がくしゃっとなった。「天国なんてないけれど、お母さまが安らかに眠っているのはまちがいないってお祖母《ばあ》さまは言うの」

従僕ふたりがブランケットとピクニック用の籠を持ってきて、ブランケットを敷いて料理を出したあと静かに立ち去った。アデルと継娘はすぐさまブランケットに座った。

「昼食はご一緒できないと思います……ミスター・ダヴェンポートはわたしたちが三時までに戻ると思っているでしょうから」

アデルはウインクをした。「新しくできた娘たちと親しくなるためにわたしが今日一日を使っても、ミスター・ダヴェンポートは理解してくれると思うわよ」

サラとローザがはっきりとうめいたのを聞いて、ふたりがどれほどかまってもらいたがっていたかがようやく頭にしみこんだ。ロゼット・パークにはふたりの祖母だっているのに、どうしてだろう？

リンゴをかじったあと、アデルは言った。「みんなが天国の存在を信じているわけではないけれど、わたしはあると思っているの」

「天国に行ったことがあるんですか？」ブドウを食べながらローザがたずねる。

「行ったことはないけれど、だからといって存在しないということにはならないのよ。わたしは母が天国にいると信じることにしたの……わたしたちがこうしているあいだにも、幸せで笑っていて、あなたたちのお母さまとお友だちになっているにちがいないわ」

サラがほっとした表情になってうなずいた。

「どんなお母さまだったんですか？」ローザが気恥ずかしげに訊いた。「わたしたちのお母さまは、歌を歌ったりピアノを弾いたりするのが大好きだったの」

アデルは脚を伸ばし、肘をついて体重を支えた。「すばらしい才能だわ。わたしの母はとっても型破りな人で、歌を歌うと犬たちが吠えて文句を言ったものよ」

継娘たちがくすくすと笑い、アデルはにやりとした。「しかも、母は毎朝ひどい訛りで歌ったの」

「お母さまはフランス人だったのですか？」ローザが小声でたずねた。

アデルはウインクをした。「アメリカ人よ」

ローザとサラは目を丸くし、思案顔でアデルを見た。

「アメリカ人は野蛮だってミセス・ギャロウェイは言ってました」

アデルは眉根を寄せた。「ミセス・ギャロウェイって？」

「家庭教師だった人です。サラを叩いたので、お父さまがクビにしたの」

「わたしたちが先生のベッドにカエルを何匹も入れたから……それで先生に叩かれたの」サラがうふふと笑う。

ふたりが過去の経験で傷を負っていないとわかり、アデルはほっとした。「あなたたちはなぜそんなにおそろしいことをしたの？」

「先生が嫌いだったから」サラとローザが異口同音に答える。

「すっごく意地悪だったの」そう言うサラの下唇は震えていた。

「いらっしゃい」アデルは言い、サラが勢いよくひざに乗ってくると「ううっ」と声を漏らした。

「今日はいやな思い出の日じゃないわ。お食事をして、お勉強をして、楽しみましょう」

ローザはアデルのそばに来たものの、抱きついてはこなかった。

「じゃあ、最初のお勉強ね……アメリカインディアンのお話をしてあげましょう。彼らを野蛮人と呼ぶ人たちもいるって知ってるかしら？」

継娘ふたりが息を呑み、アデルにとってすばらしい午後となった。

15

エドモンドは、ロゼット・パークの東にある大きな池に向かって大股で歩いた。足もとにはいつものようにマクシマスを従えている。日中がうだるように暑かったので、夜がひんやりした愛撫で包んでくれてありがたかった。夕食はぼんやりと過ぎ去り、アデラインとは最低限のことばしか交わさなかった。

おかしみが湧いてくる。彼女は夕食時間のほとんどずっと、こちらをにらみつけていた。アデラインを無視しようとしたのではなく、彼女からあたえられるものを受け取りたくてたまらない気持ちを持てあましていたのだ。彼女の微笑み、機転、会話。それに、躍起になってこちらにさせようとしているキス。

困った女性だ。

夜の過ごし方はアデラインと母に任せ、自分はふたりと一緒に居間で読書するのを断った。それが一時間以上前のことだ。その間、娘たちの寝室へ行き、寝る前の本を読んでやり、お休みのキスをした。

マクシマスのどっしりした体がぶつかってきて、エドモンドはなでてやった。しばらくすると池のそばに立つイトスギのところまで来たので、石のベンチに座った。マクシマスが足もとに寝そべる。

物音を聞き留めて体をよじると、妻が反対方向の小山を下ってくるところだった。自分の思いが彼女を呼び寄せたのだろうかと眉をひそめる。彼女はなにをしているのだ？　エドモンドがじっと見ていると、アデラインは堤を駆け下りて水際で立ち止まった。夜空を見上げた顔には笑みが浮かんでいた。

アデラインがいるせいで、彼の肌がちくちくした。もし床入りをすませたら、ここまで彼女を意識するだろうか、とほんの一瞬考えた。彼女が服を脱ぎはじめた。エドモンドがはっと閉じた目をふたたび開けると、夕食に着ていた薄黄色のハイウエストのドレスを脱いでいるところだった。ドレスは小さなため息とともに彼女の足もとにたまった。白いシュミーズがそよ風に吹かれて体にまとわりつく。丸みを帯びた臀部、つんと上を向いた胸、そして形のよい太腿がくっきりしたシルエットとなって浮かび上がった。

くそっ。

アデラインはつま先を池に浸け、小さくきゃっと言って引っこめた。それからにやりとし、後ろに下がり、池に向かって走った。エドモンドは水のなかに飛びこむ彼女を信じられない思いで見つめた。いまは夏ではあるが、水は冷たいはずだ。こんなおふざけは、もっと若かったころの自分か弟のジャクソンがするならわかるが、若い女性がするなどありえなかった。

すぐに水面に顔を出した彼女が笑った。かすれた、とても女性らしい笑い声だった。エドモンドが前に出ると、その音を聞きつけたアデラインがふり向き、美しい顔に驚愕の表情を浮かべた。

彼女はイトスギのある暗がりを覗きこんだ。「だれかいるの？」

おだやかな憧れの念がエドモンドを満たした。アデラインをこわがらせて逃げ出させたくはなかった……このままここにいてほしかった。欲望を抑えこもうとするのではなく、近づいていった。そのとき、いまいましい愛犬が彼女のほうへとだっと駆け出した。

アデラインは目を丸くしたものの、堤のほうへ泳いできて池から上がった。すばらしく官能的な光景を目の当たりにして、エドモンドの分身がびくっと反応して硬くなった。欲望に殴られて頭がくらくらし、血が滞った。濡れたシュミーズが体に貼りついて、想像をたくましくせずともアデラインの曲線があらわになっていた。離れていても、シュミーズを持ち上げる胸の頂や、脚のつけ根の黒っぽい巻き毛が見えるような気がした。月光を浴びた彼女の肌はなめらかな象牙のように輝き、漆黒の髪が目を見張るほどの対比を見せていた。

くそっ、彼女から目が離せない。

アデラインの優美な手がマクシマスをなでており、ふだんは獰猛な犬は彼女の足もとで溶けて水たまりになったも同然だった。かすれた楽しそうな笑い声が漂った。

「あなたってば体の大きな子犬ちゃんだわね」やさしい声だ。

エドモンドは眉をひそめた。彼女は私の犬を……犬を……。ぴったりのことばが出てこず、ぴしゃりと口を閉じる。ただ、自分の犬がうらやましかった。

「あなたの飼い主はどこ？」

マクシマスはそのことばを理解したかのように、エドモンドのほうに顔を向けてワンと吠えた。アデラインが顔を上げ、暗くなったイトスギの林のほうを見た。

「そこにいるの、エドモンド？」

「ああ」ぎこちない沈黙のあと返事をし、陰のなかから出て彼女のほうへ向かった。

アデラインの顔が歓迎の笑みで明るくなる。彼女はぶるっと震えた。「これはよくある無分別な行動でした。外套とかブランケットを持ってくるなんて思いつかなくて。

ただ月が明るく出ていて、池の水面が美しくきらめいているのを目にして、衝動的に行動してしまったの」そう言ってかわいらしくくすりと笑った。

エドモンドは前に進み出て、上着を脱いで彼女に差し出した。

アデラインは心許なげに微笑んだ。「びしょ濡れになってしまうわ」

「かまわない」

彼女は眉間にしわを寄せて凝視してきた。「なかに戻ろうと思います。あなたのおじゃまをしてしまったみたいだから」

「私に気をつかわないでほしい。この池は充分大きいからね」

「ありがとうございます」アデラインは差し出された上着を受け取り、急いで袖を通した。

「ああ、暖かいわ」考えこむようにエドモンドを見る。「寒くないですか？」

「それほどでもない」

沈黙が落ちる。アデラインの存在になぜか心が落ち着いた。彼女がじっと動かないからだとエドモンドは気づいた。ただ周囲を見まわし、月光を浴びた地所を堪能しているのだ。エドモンドは顔をしかめた。メアリアンだったら近所の人の話や最新流行についてしゃべり通し、自分はそれに耳を傾けていただろう。

「マクシマスは美しい犬ですね」

なんと返事をすればいいのだ？　エドモンドはどっちつかずにうなった。

「彼にきょうだいはいるのかしら？」

エドモンドは目を瞬いた。「彼とは？」

「マクシマスよ」

「いや。私が見つけたんだ」

アデラインが彼を見た。エドモンドの上着を着た彼女は小さく見え、ばかみたいにかわいらしかった。「どこで？」

エドモンドは吐息になった。彼女はどうあっても私を会話に引きこむつもりで、私は……会話をしたい気分だった。常に話し相手が自分自身だけというのは、ときどき無性にさみしく感じるのだ。「何年か前に嵐が来て、村の橋が数台の馬車もろとも流された。川から人を救い出しているとき、倒木に乗って流されていくこいつが視野に入った。そして、家に連れ帰った。そのときはまだ子犬だった」

アデラインがにっこりした。「こんなに大きいのに子犬時代があったなんて不思議だわ。すばらしい犬なのに、だれも自分の飼い犬だと名乗り出なかったの？」

「がりがりに痩せて、蚤だらけだったからな。名乗り出る人間なんていなかっただろう」

上着のポケットに手を入れたアデラインは、顔をしかめてポケット瓶を出した。

「あら、液体状の勇気ね」苦笑気味に言う。

「ウイスキーだ」

アデラインはそのことばを舌で転がしてみた。「グラッドストン家でのあの晩、緊張がすごかったからシェリー酒を三杯飲んだの」

彼女の舌にぴりっとした甘さがあったのをエドモンドは思い出した。急にアデラインについて知りたい気持ちが湧いてきた。「どうしてそんなに大胆なことをしたんだい？」

アデラインが彼を見て、大きく微笑んだ。「だれかさんがわたしについて知りたがっているみたいね」

エドモンドは目を瞬いた。

アデラインはポケット瓶の蓋をまわし開けてごくりと飲み、咳きこんで涙目になった。「くそったれ！」

レディらしからぬ悪態を聞いて、エドモンドは思わず微笑んでしまった。「だれも飲めとは言っていないが」

「シェリー酒みたいに体が温まると思ったから」アデラインがにやりとする。「たしかに温まったわ」

それから、飲み仲間であるかのようにエドモンドにポケット瓶を差し出してきた。今夜はなにもかもが非現実的になりつつあった。それでも、ポケット瓶を受け取ってウイスキーを飲み、腹部に落ち着いた温もりが血管を通って広がっていく感覚を歓迎した。

「ヴェイル伯爵からキスを無理強いされました」アデラインがいきなり話し出した。「ハートフォードシャーの彼のお屋敷で、彼のお姉さまの主催した夜会だったわ。家族全員で参加しなくてはだめだと継母が譲らなかったの。お庭で伯爵にドレスを破られ、腕と唇にあざができました」

エドモンドは冷たい怒りを腹部に感じて驚いた。ヴェイル伯爵について知っているすべてを思い出し、自分の公爵夫人に手を触れた過ちを理解させてやろうとその場で決意した。その当時に自分がアデラインを知らなかったことは関係ない。

「当然ながら伯爵はわたしに求婚してきたわ。父はノーと言うのではなく、伯爵の求婚によってわたしの名誉が回復されると継母と一緒になって考えたの」アデラインはふんと鼻を鳴らした。「なにがわたしの名誉よ……おそろしくて唾棄すべきふるまいに出たのは伯爵のほうだというのに。ぜったいに伯爵と結婚なんてできなかった。それに、ミスター・アトウッドがすでに何度か求婚してくれていたの。ミスター・アトウッドの部屋にいるところを見つかれば、父にも道理がわかると思ったのよ。あなたのベッドに入ることになるなんて、思ってもいなかった」うれしそうな笑みを浮かべる。

なぜ彼女がうれしそうなのか、エドモンドにはまるでわからなかった。その愚行のせいで、好きな男と別れるはめになったのではないのか？

エドモンドは曖昧にうなったが、アデラインに対して不埒なふるまいをしたヴェイル卿には後悔させてやる、と心の内で誓った。彼がポケット瓶を返すと、アデラインは唇をとがらせた。

「さっき飲んだわ。レディらしからぬわたしの反応を見て、ぎょっとしたんじゃないのですか？」

「ウイスキーを少しばかりたしなむのは、男だけの楽しみであるべきではないと思う」

アデラインの唇がゆがんだ笑みを浮かべると、彼は不本意ながら魅了された。

「すごく啓蒙的ね。非難されるものとばかり思っていたのに」

「私自身が上流社会の規範に従う人間だったためしがないからね」

「変わっていますね。公爵さまはみんなまじめなのだと思っていたのに」

「なにがふさわしいとかふさわしくないとか、私にはどうでもいい」エドモンドはぴしゃりと言った。

アデラインがにっこり笑ってポケット瓶を受け取り、ごくりと飲んでその強烈さに身震いした。「星がきれいだわ」ため息に乗せて言う。「空を見上げて宇宙の不思議に驚嘆する人はそう多くないって知ってました？　社交シーズンを三年経験して、たまに男女問わず考えを訊いてみたりしたんです。みんな、わたしが最新のうわさ話をしないので当惑していたわ。わたしを変人だと思ったみたい」

私はどうしてこんなに彼女に釘づけになっているのだ？

「父は空を崇めていた」なぜそんなことを言った？　父の話はほとんどしないというのに。いつもは気持ちや考えは抑制の壁で守っているのだ。それは父から教わった方法で、いまでは考えずとも自然にできることを誇りに思っていた。本心を明かすのはひと握りの人間にだけだった。ウエストフォール、弟、それにめったにないこととはいえ母親。いまは、妻の公爵夫人と話をしたい、それもこういう親密な話をしたい、というわけのわからない衝動を感じていた。

「ほんとうに？」

「ああ」

「お父さまはとても趣味のよい方みたいですね」

「きみに気に入られたと知ったら、父も喜んだだろう」おもしろがりつつ、いらだちも感じた。

「昔から星座を学びたいと思っていたの」

エドモンドは、亡くなるほんの何カ月か前の父に教えてもらったことを思い出して、胸がずきりとするのを感じた。とっさに、自分が教えようかとアデラインに申し出そうになる。

「メシエ星表を読んだけれど、特定の星座の見つけ方がわからなくて」

エドモンドの父は、メシエ星表を読んだというだけで新たな公爵夫人を大いに気に入っただろう。

「望遠鏡を持っている」エドモンドは自分がそう言っているのを聞いた。

アデラインがうれしそうにあえいだ。「すばらしいわ。ぜひ教えてくださいな。星座の探し方をご存じなんでしょう？」

どうしてこんなことになったのだろう？　一時間後、エドモンドは石のベンチに公爵夫人と並んで座り、ウイスキーのポケット瓶は空になり、アデラインの頬はかわいらしく染まり、エドモンドが書斎から急いで持ってきた望遠鏡を覗いて星を観察する合間に彼女の口からやわらかな吐息が漏れた。なにがどうなっているのか、エドモンドには見当もつかなかったが、アデラインと一緒に過ごすのは気に入った。ここ最近は、ただ座ってだれかと話をする時間がほとんどなかった。この三年というもの、母と使用人をのぞけば女性との親交はまったくなかった。空虚で意味のないおしゃべりを忌み嫌って、社交シーズンを避けてきた。だが、公爵夫人とは白熱した議論をしたわけでも、地所について話し合ったわけでもない。ただ、ごく平凡な日々のすばらしい思いを語り合っただけだ。

〝天国についてどう思います?〟

〝お父さまはどんな風に亡くなったの?〟エドモンドが話すと、アデラインは気持ちをこめて悔やみを言ってくれた。

〝全部の星座を知っているの?〟

〝わたしが好きな星座は、カシオペア座、牡牛座、射手座よ〟

〝パイが好き〟

〝針仕事は嫌いで、ピアノを弾くわ〟

〝あなたはとてもハンサムで、それはとても不公平だと思うの〟

〝結婚の誓いを完了してくれないなんて腹立たしい〟

〝それに、手紙を寄こして赦しを請い、また友だちになりたいと言うなんて、ミスター・ジェイムズ・アトウッドは図々しい〟

最後の話を聞いたとき、冷たい怒りを感じてエドモンドは驚いた。「それで、きみのミスター・アトウッドにはなんと返事をしたんだい？」

アデラインは咳払いをした。「あの、彼はいまではわたしの、、、ミスター・アトウッドではありません。でも、変わらずお友だちでいましょうとは伝えました」顔を上げた彼女の美しい目が見開かれる。「いまのことばを聞いて、あなたの表情がすごく不愉快そうになったわ」

彼女があからさまに警戒気味になったので、エドモンドはおかしくなった。「そうかい？」

アデラインが指で顎をとんとんとやった。「うーん、わたしが思うに、ミスター・アトウッドとお友だちのままでいると言ったのがお気に召さないのではないかしら、公爵さま。でも、ものすごく慎重な友情になると断言しておきますわ。わたしを見捨てたやり方はたしかにひどかったけれど、彼を悪くは思えないんです」唇をぎゅっと結んでから続ける。「あの、ほんのちょっぴり嫉妬したなんてことはあります？」

その考えにたじろぐほどの衝撃を受けた。嫉妬だって？「私はそういったものを感じない」

アデラインが目玉をぐるりとまわしたので、エドモンドは面食らった。彼女は、エドモンドがこれまで出会ったどんな若い淑女ともちがった。そのちがいは、非常にすがすがしかった。

「ちょっとだけ酔っているみたいだわ」そっとふくみ笑いをしたあと、大きく息を吐いた。エドモンドのほうに顔をめぐらせた彼女の目の奥に笑いと……欲望が潜んでいた。

彼は散乱した思いをかき集め、くすくす笑っている妻が立ち上がるのに手を貸し、芝生を横切って屋敷に向かった。マクシマスはうれしそうについてきて、アデラインが歌い出すと吠えはじめた。エドモンドはひどく調子はずれの歌にたじろいだものの、歌うのはやめないでほしかった。執事がまだ部屋に下がっていなかったのでほっとし、屋敷に入るとアデラインをさっと抱き上げて螺旋階段をゆっくりと上った。アデラインが彼の腕をつついてたくましさに感嘆の声をあげたときも、執事は無表情を保った。体のほかの部分も全部硬いのかと彼女がたずねたときは、さすがの執事もむせた。

神さま、お助けを。

アデラインに笑顔で見上げられ、エドモンドの胸のなかでなにかがよじれた。

ああ、私はこの女性が好きだ。

少ししてアデラインの部屋まで来ると、彼は呼び鈴を鳴らして侍女を呼んだ。侍女はエドモンドを見てはっと驚いたが、すぐに歌を歌っている女主人を化粧室へ連れていった。エドモンドは妻の部屋を出たが、胸は不規則にどきどきしていて、たったいまなにが起きたのかと訝った。

16

鈴の音のような笑い声が聞こえてきて、エドモンドは顔を上げた。書斎のオーク材の机から離れるなと自分に言い聞かせたが、楽しそうな声にどうしても引きつけられてしまった。ロゼット・パークは長いあいだ意気消沈して静まり返っていた。まるで、生き返る正しい時期が来るのを待っていたかのように。その変化は、新たな公爵夫人を連れ帰ってから今日までの二週間でゆっくりと起きた。娘たちは以前よりくつろいでいるようだし、新鮮な薔薇などの花が屋敷に飾られるようになり、夕食は変化に富んで華やかになり、使用人たちですらが満足度を増しているように思われた。エドモンドの母はアデラインを気に入り、すばらしい縁組みになってよかったわねと彼に言ったほどだった。彼は困惑に頭をふり、袖つき安楽椅子から立ち上がると、妻と子どもたちの姿がよく見える窓辺へ行った。

夜遅くに池のところで会って以来、エドモンドはゆっくりとアデラインに魅了されていった。いまでは彼女から目を離せないほどだ。頭のてっぺんで結ったお団子から髪がほつれ、アデラインの美しい顔を縁取っていた。しなやかで優美な体をした彼女は、子どもたちと一緒になって駆けていった。この数日は上流階級の世界で窮屈な思いをしていたようだが、そうでないときのアデラインはまるで公爵夫人らしからぬ態度で、そんな彼女を子どもたちは大好きになったようだ。彼女のうれしそうな笑い声が響き、エドモンドは意志に反してさらに窓に近づいてしまった。

彼女たちはなにをしているのだ？

エドモンドは目を瞬いた。妻が茂みから飛び出してきて、ばたりとうつぶせに転んだのだ。草の上で。彼女は起き上がってひざ立ちになり、茂みを覗きこんだ。エドモンドの視線がアデラインの丸い臀部に落ちる。くそっ。彼女はちょうどいい具合に体を反らしていた。そのままの姿勢の彼女を愛している自分が頭に浮かぶ。アデラインの吐息を味わい、哀れっぽく訴える声を聞き、濡れているのを感じ……。うめき声が漏れそうになる。

アデラインは笑いをこらえるように片手を口に当て、エドモンドは息を殺した。彼女が笑いをうまくこらえ、楽しそうなようすを見せないでいてくれるよう願った。

私は愚か者だ。数々の務めに対処するのも忘れ、窓辺に立って妻を見つめ、笑顔を……笑い声を……こちらをちらりと見てくれるのを待っているなんて。周囲の思いこみとは裏腹に、公爵領は勝手に機能するわけではない。それなのに、足が動かなかった。アデラインから離れているのは純然たる地獄だった。彼女とは毎晩一緒に食事をし、前夜などは雨が降ったためにチェスまでしたが、そのあとはそれぞれの寝室に下がった。彼女のせいで、汗まみれでからみ合う手脚、くしゃくしゃのシーツ、興奮した叫び声の夢を毎晩見た。だが、それはただの渇望ではなかった。アデラインを好きになっていたのだ。彼女の機転や快活さ、よそよそしくされてもめげない強さなど、彼女のすべてが心から好きだった。エドモンドは自分の冷ややかさを本気でなんとかしたいと思っていたが、どこからはじめればいいのかわからずにいた。

床入りをすませるまでは、法的に夫婦とは認められないのはわかっていた。昨夜はもう少しで彼女の部屋に入るところだった。機械的に手早くすませてしまおうと考えた。だが、キスをしたときの情熱に顔を赤らめた彼女を思い出して、できなかったのだった。アデラインにはもっときちんとしたものがふさわしい。だが、そういう親密さがどこへ向かうかと思ったら……。

「公爵閣下？」

秘書のミスター・ドブソンをふり向く。こちらの指示を彼が待っているのを忘れていた。法廷弁護士の資格を持つ将来有望な青年ミスター・ドブソンを雇ったのは、政治見解と鋭い知性が決め手だった。彼とは複数の動議を作り、上院での演説原稿を作成した。

ああ、くそったれめ。

ミスター・ドブソンは、エドモンドが正気を失ったと思っているにちがいない。

「一時間後に再開しよう」

言われた相手は眉根を寄せたが、うなずいて承諾を示し、部屋を出ていった。

楽しげな笑い声がまた聞こえ、サラが全速力で角を曲がってきてなにかを叫んだが、エドモンドには聞き取れなかった。子どもたちが遊ぶのを見ているうち、自分もくわわりたくなってきた。差配人たちから送られてきたものが大半の書類の山をちらりと見る。返事をしたためなければならない書簡が何通もあり、家令からはケルウィッチ城改修の必要があると言われていた。サフォークの地所では排水溝を作らねばならない。教区の救済に頼らざるをえない孤児たちの職業訓練と教育について書こうと思っていた記事に時間を割ければ幸運というものだろう。

娘たちがアデラインを見つけ、金切り声をあげながら飛びかかった。エドモンドとしては、三人にお転婆娘のようなふるまいをやめないでほしかった。笑い声が小さくなり、妻が娘たちになにかを言った。娘たちが熱心にうなずく。アデラインがやさしく微笑みながらサラの頬をなでた光景に、エドモンドの胸が締めつけられた。

娘たちに親切で辛抱強く接してくれる若い女性をエドモンドに差し向けたのは、神の御業《みわざ》と言うしかなかった。それ以外に説明がつかない。娘たちが頭をのけぞらせて笑う姿に、ガラス窓に鼻を押しつけんばかりにして見入った。アデラインはどうやってやってのけたのだ？

メアリアンが亡くなったあと、自分の一部を失ったエドモンドは何週間もひどい泥酔状態に陥り、そのあとは苦痛から自分を守るために冷ややかなよそよそしさをまとった。ようやく再浮上したときには、娘たちから見知らぬ人間のように扱われ、関係を修復する方法がわからず途方に暮れた。悲しむ娘たちを放ったらかしにしてしまった自分が赦せなかった。アデラインはどうしてああもやすやすと娘たちの心をつかめたのだろう？

娘たちが離れていくと、アデラインは立ち上がってドレスから草を払い、急いで屋敷のなかに入った。彼女の姿が見えなくなり、エドモンドは窓から顔を離した。自分を止められずに書斎を出ると、図書室へ向かう彼女がちらりと見えた。そのあとを追いながら、アデラインの顔を間近で見て、香りを嗅ぎ、娘たちに向けた笑みを自分にも向けてほしいと思っている自分に嫌気が差した。

情けなくも自ら転落の道を進んでいるのはわかっていたが、どうにも止められなかった。

アデルは、ロゼット・パークでいちばんみごとな部屋だと思っている図書室にするりと入った。マホガニー材の書棚が壁沿いに並び、二階を超えて丸天井までの高さがある。本の出し入れをするための梯子があり、もっと上部の本用には階段まであった。かがみこんで適当に一冊を選び、愛おしげに革装をなでる。

ドアの開く音がした。ふり向かなくても、エドモンドだとわかる。彼を意識して血が騒いだし、胸の鼓動が速くなった。

「毎日ここで何時間が過ごしているね。読書が好きなのかい？」

アデルは顔も上げずに返事をした。「とっても。読書以上にすばらしい娯楽はないと思っているの。あなたの図書室は驚くほどすばらしいわ、エドモンド」

「私たちの図書室だ」エドモンドの声はぶっきらぼうだった。

いまのことばを聞いて、アデルは彼を見た。エドモンドはさりげないようすでドアにもたれていたけれど、髪が乱れていてもハンサムすぎてアデルの息が詰まった。彼の髪に手を差し入れて引き寄せ、唇を重ねたくてたまらなかった。「乗馬をしてらしたの？」

「だいぶ前にね」

アデルはそれ以上なにを言えばいいのかわからずにうなずいたけれど、自分を探して図書室に来てくれたのがうれしかった。ロゼット・パークに落ち着きはじめ、近隣の人たちの訪問を受けたりしたこの一週間でばったり彼と会ったときは、無意味で陳腐なことばしか交わしていなかった。池のそばで交わした会話がそうだったように。けれど、アデルとしてはもう少し深みのある話がしたかった。エドモンドがふたりの会話を軽いものに保っているのは、彼が築いた友情の壁をそのままにしておきたいからではないか、と思っていた。エドモンドの友だちでいるという考えは気に入っていたけれど、彼の妻にもなりたかった。でも、彼のほうはまったくその気がないようだった。計り知れないこの男性に対し、もっと大胆にふるまわなければならないのかもしれない。エドモンドについて知るのが、彼の母親や、ときには継娘たちからというのが気に入らなかった。

彼が図書室のなかへと足を進めた。「乗馬はお気に入りの娯楽のひとつなんだ。風を受け、少しのあいだ心配ごとを忘れられるから……」

「わたしが本を読んだり泳いだりするのが好きなのも、同じ理由からですわ」

「ほかに好きなものは？」

アデルは反応を示すまいとしたけれど、ちょっとした挨拶を交わす以上の関心を示してもらって、ぞくぞくするほどうれしかった。「あなたのキス。読書よりも刺激的だと思うわ」

エドモンドは大きく息を吸いこみ、ゆっくりと吐いた。「ずいぶん挑発的なんだね、奥方どの」

「結婚の務めを果たしてもらうために、妻としてはできるかぎりのことをして夫を誘惑しなければいけませんもの」

彼の目がおもしろそうにきらめいたあと、顔に笑みが浮かんだ。あら、まあ。

エドモンドはまさに官能を放っていた。

「きみが相手なら、それは務めではない」言ったあとで、そんなことを認めるつもりなどなかったかのように顔をしかめた。

アデルは喜びではち切れそうになった。公爵を誘惑するには彼の壁に突撃するのではなく、少しずつ触れたり、ほのめかしたり、キスをしたりして、ベッドから離れていようとする彼の決意を弱めていかなくてはならないのが明らかだった。エドモンドが自分からその気になる可能性もあったけれど、何カ月も何年も先になるかもしれず……ひょっとしたら一生その気になってくれない可能性だってあるのだ。「務めでないなら、なにかしら？」喉を鳴らすような甘え声を出す。

こちらを見る彼の顔つきは……一心で飢えていて、手応えがあった。欲求が目覚め、胸が張って頂がうずいたので恥ずかしくなった。エドモンドが視線を彼女の胸へと下げ、ノミで削ったような頬に赤みが差した。

思わぬ反応に頬が熱くなり、アデルはくるりと本の壁のほうを向いた。彼に触れられてもいないのに！　自分の体の反応と、彼に会えて喜んでいることに困惑していた。

「ローザとサラに本を読んであげるのですけど、あなたもご一緒されます？」つま先立ちになり、ダニエル・デフォーの『ロビンソン・クルーソー』を選び、エドモンドの反応を待った。

熱が届いてアデルを愛撫した。エドモンドの発する熱だった。彼が近づいてきたのに気づかなかった。背中にがっしりとした彼の胸を感じる。直感的にもたれかかり、喜びのあえぎが出そうになる。

「今日はやめておこう」額のあたりにエドモンドの息が当たった。「勉強部屋からサラとローザの笑い声が聞こえたよ」

「すばらしいお嬢さんたちだわ」

エドモンドが微笑むのが感じられた。

「きみの思いやりのおかげだ。きみが来てから、娘たちは前よりずいぶん幸せそうになった」

「わたしはなにもしていないわ。あの子たち、あなたからもらったもののことをすごくよく話しているの」

「よくないと思っているんだね」

「そうではないわ……。でも、あの子たちがわたしとの時間を楽しんでいるのは、わたしが実際にあの子たちと一緒に過ごしているからだと思うの。子どもたちだって、ときにはおとなとの時間を楽しむのよ」

アデルは彼をふり向いた。

エドモンドが小首を傾げたが、その表情は謎めいていた。「それなら、なおさらきみに礼を言わないと」

「あの子たちに嫌われなかっただけでありがたいわ」

「時間を割き愛情をたっぷり注いでくれるきみが嫌われるなどありえない」

「会ったばかりのころは、ふたりを見て継妹にちょっと似ていると思って」

「きょうだいは何人いるんだい？」

アデルは片方の眉をつり上げた。「わたしについて知りたいの？」

「宿での私のひどいふるまいを思い出させようとしているのかな？」

「そうみたい」

エドモンドがくつくつと笑った。深みと温かみのあるすてきな声だった。彼がふとまじめになる。「実はそうなんだ、奥さん。いまはきみにとても興味がある」

アデルの胸がぶるっと震えた。「ヘレナは十四歳で、ベアトリクスは十二歳よ。ふたりとも継母の最初の結婚の子どもなのだけど、実の妹みたいに思っているの。父と継母のあいだには三歳の息子もいるわ」アデルはにっこりした。「わたし、継母が大嫌いだったの」

「継母を紹介されたら、憤慨するのが娘たちの務めなんじゃないかな」エドモンドがもの憂げにからかった。

アデルは鼻にしわを寄せた。「そうね……でも、〝大嫌い〟ということばは強すぎたかもしれないわ。わたしと継母は馬が合わなかった。父から継母を紹介されたそのときから、自分は取るに足らない存在だと思わされてきた。父はわたしと母を同じように崇拝してくれた。でも、継母の登場と同時に、父のなかに残っていた愛情はすべて継母に行ってしまったようだった。それってわたしが父にはほとんど似ていなくて、母にそっくりだからからかしらと考えたこともあったの」

エドモンドが体をこわばらせた。彼の体が冷気に包みこまれる音が聞こえるようだった。「娘たちは母親のメアリアンに似ているんだ」ちょっとした沈黙のあと、彼が言った。

アデルは息を殺した。エドモンドが自分を信頼して打ち明けてくれたことに身が引き締まったした。

「目は私に似ているし、ふたりとも顎と頑固な性格が私にそっくりだと母は言うが」

「とてもかわいらしいお子さんたちだわ」エドモンドを抱きしめたい衝動を懸命にこらえた。彼はずいぶん親しみやすい態度だけれど、急いで近づきすぎるのはよくないとわかっていた。「ふたりは子犬を欲しがっているの。ご近所の伯爵が飼っているスパニエル犬が子犬を産んだらしくて、そのうちの二匹を飼えるかもしれないと有頂天になっているわ」

エドモンドがごくりと唾を飲む音が聞こえた。

「それなら飼わせてやろう」ぶっきらぼうな口調だった。

「あと、ふたりには女性の家庭教師が必要だわ」

「選ぶのを手伝ってくれるかい？」

「もちろんよ。もしそのほうがいいなら、継母に手伝ってもらえるよう頼んでもいいし。これまであなたが四人雇って……いまは女性の家庭教師がいない状態なのでしょう？」

エドモンドが唇をひくつかせた。「きみには借りができてばかりだな」

「そのうち回収させてもらうわ」

アデルはどうでもいい感じをさりげなく装おうとした。彼をとても欲している気持ちを見せるのは逆効果だ。結婚するにあたって自分はなにも持ってきていない事実だけでも耐えがたいのに、欲望を感じているのが自分だけだなんて……ぜったいに認められない。

「私はどうすればいいのかな？」

「キスしてくれてもぎょっとしたりしないと約束します」

「私をからかっているのかい、アデライン？」

「いまはちがうわ。あなたにキスされるのは、とってもまじめなことよ」アデルはそっと言った。

自分がこれほど大胆に正直に答えるとは思ってもいなかった。エドモンドがそばにいるせいで、気づいていた以上に動揺しているらしい。けれど、それ以上に驚いたのは、彼の底なしの灰色の目のなかで、よそよそしさの下に抑えの効かない炎があるのを感じ取ったことだった。

そのとき、彼が近づいてきた。エドモンドがかがみこむと、顔のすぐ横に口が来て、耳たぶを息でくすぐられた。彼は腕をアデルの頭上に持っていき、彼女をうまく閉じこめた。彼に唇を重ねたいという思いが強くなる。この人はなにをしているの？　なにを考えているの？　彼はわたしにキスをしてくれる？　愛を交わしてくれる？　アデルは胸をどきどきさせながら待った。期待感が体を駆けめぐる。まぶたの重たげな目で彼がじっと見てくる。ああ、お願い……キスをして、意地悪なだんなさま。

けれど、彼はなにもしなかった。ふたりともなにもしゃべらなかった。一度でいいから抱きしめられたい、という強烈な思いが大波となって押し寄せ、ことばで懇願してしまわないように唇を噛んだ。エドモンドはすでにアデルの気持ちを知っていて、これ以上自分を望まないように懸命に務めている男性に情熱をあらわにするには自尊心がじゃまをした。

そのまま、エドモンドの熱に包まれながらしばらくじっとしていた。それから彼の腕の囲いから出て、子どもたちに本を読むために図書室をあとにしたけれど、心は前よりうんと軽くなっていた。

17

アデルはまた公爵の夢を見た。彼にキスをされ、寝間着をまくり上げられて秘めた場所に触れられる夢を。体がかっと熱くなり、下唇を嚙む。エドモンドを誘惑したかった。毎日彼と顔を合わせて忍耐力を試されており、自分が……短気だと知って驚いた。

見たこともないほど力強くて優美な馬に乗った彼がやってきた方向にちらりと目をやる。しっかりした手と太腿で大きな鹿毛を操るエドモンドは、とても男らしく自信たっぷりに見えた。雲間から射しこむ曙光に向けて顔を上げ、ひんやりした空気を吸いこむ。今朝は、継娘たちと一緒に装飾庭園のあるロゼット・パークの南端まで散歩したのだった。

鷲とおぼしき形に刈りこまれた低木の下で咲いている、ピンク色の花びらをなでる。

「わたしたち、これが好きなの」サラが言い、小さな象の群れみたいに刈りこまれた木々のところへ走っていった。そのデザインはほんとうに美しくて優美だった。

サラが小さな手でアデルの手を握ってきた。

「お母さん象がすごくやさしそうでしょ？」

アデルはにっこりした。「ほんとうね」

継娘たちはうれしそうにうなずき、さまざまな形をした木々のあいだを走りまわり、動物になったり植物になったりして、自分たちの好きなものやその理由をぺちゃくちゃおしゃべりした。サラとローザは離れていってしまい、アデルは芝地を走るふたりをしっかり見守った。

そろそろ家族を招いてもいいかもしれない。父はロゼット・パークの地所を気に入るだろう。ヘレナとベアトリクスもだ。ロゼット・パークに何日か滞在するよう、バースにいる家族に手紙を書いて招待しよう。結婚してまだ三週間ちょっとしか経っていなかったけれど、継妹と父が恋しかった。鼻をもぞもぞと動かし、継母も少しだけ恋しいかも、と認める。ひづめの音がして顔を上げた。エドモンド！　アデルが背筋を伸ばすと、彼がふつう駆け足《キャンター》まで馬の速度を落とし、それからするりと下馬した。手綱を放して優雅な足取りでアデルに近づいてくる。

黒っぽいブリーチズ、乗馬ブーツ、オープンネックのリネンのシャツ姿の彼は、髪が乱れてとてもくつろいで見えた。

「おはよう、アデライン」温かな笑みを浮かべて彼が言った。

「エドモンド」

彼がアデルの隣りに来た。

「今週はほとんど会いませんでしたね」小さな声で言った。

うなったエドモンドを彼女がちらりと見る。

「先週、郷紳《ジェントリ》のウェントワースの訪問を受けたあと、借地人のもとを訪れて修繕の監督をしたりしていたんだ」

ウェントワースは昨日アデルにも会いにきた。五十代の彼は陽気なハンサムで、先代公爵夫人に夢中のようだった。ハリエットが部屋に入ってくるたびに彼は顔を赤くし、視線をはずせなくなった。アデルは思い出して微笑んだ。ハリエットも彼に惹かれているようだった。

「狭い小屋に住んでいて、家族が増えた小作人が何人もいる。だが、高い賃料を払う余裕がなく、家令のミスター・トンプスンはその問題を私に報告しなかった」エドモンドの口調はつっけんどんだ。

彼は怒っているのだと気づき、アデルのなかですてきな気持ちが広がった。

「それで、あなたはどうしたの？」そう訊きはしたものの、見当はついていた。

「子どもが数人いる家族はすべて、最近改装した大きめの小屋に引っ越してもらった」

「同じ賃料で？」

「もちろんだ」

「寛大なのね、エドモンド。そこまで理解を示してくれる人は多くはないわ」

「多くの家族が戦争で男手を失ったし、負傷して戻ってきた男たちは思うように家族を養えない。イングランドは、祖国のために戦った者たちの面倒をきちんと見なくてはいけないのにそうしていない」

「ええ、兵士たちのための権利の改善や恩給を設ける件について、あなたが擁護している記事をいくつか読みました。格別に雄弁に語られていて、説得力があったわ。わたしたちはもっと努力すべきだし、帰還兵を支えている地元の運動を応援したいものね」

エドモンドがはっと立ち止まって、彼女をふり向いた。

「わたし、なにか変なことを言いました？」

彼が咳払いをする。「いや……ただ、私の活動に関心を示してくれたのがうれしかったんだ」

「あなたはわたしの夫ですもの。あなたがすることはなんでも関心があります。それに、村を訪問するときは、わたしも同行したいわ」

エドモンドの唇にすばらしい笑みが浮かび、アデルの腹部が変な具合になった。

「それなら、きみもかならず招待しよう。それに、きみが支援したい慈善事業について事務弁護士に知らせ、必要な金を渡すように手配しよう」

「ありがとうございます」

ふたりは無言のまま歩いた。アデルは、なぜ彼が自分のもとへ来たのかを知りたくてたまらなかった。

「昨日、勉強部屋を覗いてきた」エドモンドがぶっきらぼうに言った。

「あの子たちは何時間もその話ばかりしていましたわ。すごく重大なできごとだったみたい。あなたが勉強部屋に来たのははじめてだったか……」アデルは唇を噛んだ。

「非難の気配を聞き取った気がするのだが？」

「当たっているかもしれないわ」

エドモンドの唇に一瞬笑みが浮かんだ。「非難されても仕方ないんだろうな。娘たちはまだ幼いのに、母親を亡くすという不幸に見舞われただけでなく、悲しみに打ちのめされた私にかまってもらえなかったからね。父親としてこれ以上ないひどい罪を犯してしまった」

アデルは心の赴くままに彼の手をつかみ、指をからめようとした。エドモンドが乗馬用手袋をしていたのでうまくいかなかった。彼が手を離し、手袋をはずしててのひらを合わせてきたので、アデルははっと息を呑んだ。エドモンドは魅了されたみたいにつながれた手をつかの間見つめた。

アデルの胸が激しく速く鼓動した。なぜだか、手を触れ合っているだけのほうがキスよりも親密に思われた。指をからませ合い、並んで歩く。

「なにがあったの？」

前妻のことはぜったいに訊くなと冷ややかに命じられたのはおぼえていたけれど、エドモンドの壁が薄くなったみたいだったのであえて訊いてみた。

「何週間も酒で悲しみを紛らせ、偽りの平穏に浸った」

「父は……わたしの父も母の死を受け止められなかった。突然だったの。母は庭で薔薇の手入れをしているときに倒れて。そこにいたと思ったら……次の瞬間にはいなくなっていた。父は母を熱烈に愛していたの。珍しい恋愛結婚だった。継母と出会うまで、すっかり沈んでいたわ」アデルは夫を見た。「あなたは奥さまをとても愛していたのね」

握り合わせた手に、彼がつかの間力をこめた。「そうだ」

妻を愛する彼への崇拝の念が増したけれど、それを知ったせいでアデルの胸を奇妙な痛みが襲った。ふたりの絆はすばらしすぎて、エドモンドはほかの女性をけっして愛さないと誓ったのだ……アデルの父ですら継母を崇拝するようになったのに。

突風にボンネットを奪われそうになり、アデルは片手で押さえた。継娘たちはいまも遠くで駆けまわっており、うれしそうな笑い声が聞こえる気がした。

「娘たちから聞いたんだが、きみは劇場にもオペラにも行った経験がないそうだね」

いきなりエドモンドが言った。

アデルは眉根を寄せた。「ええ、そうですけど」

「求婚者とピクニックにも行ったことがないとか」

アデルは目をぱちくりした。「え……ええ」

「きみは社交シーズンを何年か経験したとレディ・グラッドストンはほのめかしていたが、それならなぜロンドンの娯楽を経験しなかったんだい？」

アデルは優雅とはかけ離れた肩のすくめ方をした。「求婚者はミスター・アトウッドだけでしたし、彼との交際は父が強く反対していましたから。ミスター・アトウッドにはボックス席代を払うなどの上流階級の経済力はなかったんじゃないかしら」

「わかった」

なにが〝わかった〟のだろう？　わたしがほかの若い淑女ほど洗練されていないことが？　花に囲まれた東屋まで来た。エドモンドが石のベンチへといざなってくれた。彼はアデルと向かい合うように座った。

「社交シーズンの残りをロンドンで楽しみたいかい？」

アデルは笑った。「いいえ。ロゼット・パークでとても満足しているわ」

ローザが角を曲がってきて、息を荒くしながら満面に笑みを浮かべていた。父親の姿を目にしてふらつく。

「ごきげんよう、お父さま」礼儀正しく挨拶する。

「やあ、ローザ」

彼女は探るようにアデルを見てから、視線を父親に戻した。それで、父親とアデルが一緒にいるところを子どもたちが見るのは、最初の顔合わせ以来なのだと気づいた。

「わたしたちと一緒に池にいらっしゃらないかと、お継母《かあ》さまを誘いにきたんです」

ローザがおずおずと言った。

彼女は警戒しているようだった。エドモンドにはそれがわからないのだろうか？　喉が詰まったようになり、アデルは思わず言っていた。「あなたたちがこちらに来ない、ロザリー？　サラと一緒に」

ローザはちらりと父親に目をやった。彼から誘われるのを待っているのだ。それなのに、エドモンドは無言のままだった。

「やめておきます」奇妙な笑みを浮かべてローザは言い、かがんでボールを拾い上げた。ちらりと父親を見る。「ごきげんよう、お父さま」

エドモンドがすてきな笑みを唇に浮かべた。「ロザリー。今日はなにをしたんだい？」

なんでもない質問なのに、ローザの顔に喜びがよぎったのを見て、アデルはエドモンドの髪を引っこ抜いてやりたくなった。ぎゃっという叫び声をあげさせられたら、気分がいいだろう。

「お継母《かあ》さまから地理を教わりました。それから外へ出てきて、羅針盤の動きを観察しました。とても興味深かったです」

エドモンドがボールに目をやって眉をつり上げると、ローザはかわいらしくふくみ笑いをして、肩をすくめた。「どうしてこうなったのかわからないんですけど、お父さま、ボール遊びはおもしろくて」

「見ていたよ」エドモンドの声は少しかすれていた。「おまえとサラが遊んでいるのを、いつも書斎から見ていたんだ」

アデルは目の隅で彼を見た。あからさまにならないよう気をつけて。

エドモンドは関節が白くなるほどきつくベンチの橋をつかんでいた。

遠くで甲高い笑い声や叫び声が聞こえ、ローザがそちらをふり向いた。

「サラを連れてなかに戻ります。お食事の前にきれいにしないと。お継母《かあ》さまとお祖母《ばあ》さまが小さいほうの食堂でわたしたちと一緒に食べると約束してくださったの。お父さまもご一緒してくださいます？」

「そうしよう」

ローザの口から安堵のため息がやわらかに漏れた。それからにっこり微笑むと、父親のそばへ駆けていき、頬にさっとキスをした。ローザはすぐに駆け去ろうとしたけれど、エドモンドが手を伸ばして娘をつかまえた。そして、ローザを引き寄せてきつく抱きしめた。

アデルは凍りついた。

生々しい苦痛の表情は、とても見ていられなかった。ローザはためらわずに父親に腕をまわしてきつくしがみついた。アデルは親子の時間をじゃましていると感じたけれど、ここで動けばその時間を台なしにするのではないかと不安だった。

「愛しているわ、お父さま」

「私も愛しているよ、パンプキンくん」そっけなく言う。「さあ、きれいにして着替えておいで。みんな揃って食事をして、そのあとは応接間でおまえのピアノを聴こう。今日、すばらしいピアノ演奏をしたと聞いたよ」

「ありがとう、お父さま」ローザの声には喜びがこもっていた。

ローザは妹のもとへ駆けていったが、忘れ物でもしたみたいにふとふり返り、アデルに手をふった。

アデルも笑顔で手をふり返した。

エドモンドが立ち上がり、離れていった。アデルは一緒に行っていいのかどうかわからず、その場にじっとしていた。彼が足を止める。

「来ないのかい？」尊大なようすで池に向かって手をふる。

アデルは立ち上がった。「一緒に散歩しようというお誘いかしら、公爵さま？」

エドモンドの唇が官能的にゆがんだ。「庭を一緒に歩いてくださいませんか、奥方どの？」

「あら、そうしてもかまいませんわ」

エドモンドはアデルがそばに来るのを待ってから、また歩き出した。ふたりとも無言のままだったけれど、アデルは感じのよい沈黙を破りたいとは思わなかった。庭を過ぎ、池のほうへと進む。雑木林の背後から小さく開けた場所に出た。イトスギの陰になっている石のベンチにエドモンドが座り、アデルはその隣りに腰を下ろした。しゃべりたくてたまらなかったけれど、なにを話せばいいのかわからなかった。二、三日前に、自分やはしゃぐ子どもたちに彼がうっかり本心を覗かせたのに気づいたのだった。彼もくわわりたいと思っている、生々しく、あからさまな渇望だった。そんな彼を目にするとは思ってもいなかったので、一瞬どきりとしたけれど、すぐにとんでもないことに気づいたのだった。

エドモンドは、自分の子どもたちに気持ちをさらけ出すのが不安なのだと。

「今日、あなたもご一緒してくだされればすばらしかったでしょうね」

彼はうなり声を発したけれど、アデルは尻ごみしなかった。

「ローザとサラはあなたを必要としています」

彼のまなざしは冷たい愛撫のようだった。「ふたりにはすべてをあたえている」

たしかにそうだ。愛するつもりもない妻すら迎えた。胸の内で花咲こうとする痛みを押しのけ、唇に笑みを浮かべた。「すべてではないわ、エドモンド。ふたりはあなたにまた一緒に遊んでもらいたがっているのよ」

エドモンドが暗い顔つきになり、両手をズボンのポケットに突っこんだ。迷子のような風情の彼を見て、アデルは胸が痛んだ。彼が笑うのを見たことがある？　楽しみのためだけになにかするところは？　彼はいつだって陰鬱で真剣に見えた。エドモンドのすべてを知りたいという強い気持ちが湧き上がった。

「遊ぶことはある？」

エドモンドが驚いた顔になる。「遊ぶ？」

「そう……ほら、はしゃいだり、笑ったり、めちゃくちゃに楽しんだり？」

「あるわけがないだろう」こわばった口調だ。

「なんて悲しいの」アデルはぼそりと言った。

彼が片方の眉をくいっとやる。「私は公爵なんだ……公爵は泥や草まみれになってはしゃいだりはしないものだ」

アデルはベンチから立ち上がって影の奥深くへと入り、彼がついてくると微笑んだ。

「それは残念だわ。あなたと一緒に草の上を転がるのは楽しいでしょうに」

翳った目に一心に見つめられ、アデルは彼に近寄った。「わたしと一緒に遊びましょう」小声で言う。

ふたりのあいだの空気が震え、アデルは音をたてて息を呑んだ。

「空想の暗闇から私を救わねばとでも思っているのかな、奥方どの？」

「空想の？　人を拒む冷たい壁は現実のものですけど」喜びと大胆不敵さに満ちた笑顔を彼に向ける。「そして、あなたは臆病者だわ」

エドモンドはにっこりし、アデルのドレスの裾をつかんでゆっくりと太腿までまくり上げた。アデルは身震いした。思いもよらないふるまいをされて、失神しそうだった。

「きみと遊ぶならこれしかない」かすれた声で言い、秘めた場所に手を当てた。

挑発的に触れられて、アデルの口から息がどっと漏れた。「それなら、遊んでちょうだい」熱い希望を胸の内に感じながら、夫を誘惑する。

「きみの誘惑がどれほどすごくても、私は弱さを見せないぞ」卑下するようなふくみ笑いをすると、両手を下げた。

アデルは本能的に背後にある石のテーブルに手を伸ばし、ゆっくりとその端に座ると、淫らなようすで両脚を開いた。体中が熱かったけれど、アデルは彼から視線をはずさなかった。

「きみは危険なゲームをしている」エドモンドが小さく言った。

そのとおりだった。そして、賭けているのは彼の心だ。

「そう？」

「ここは地所内なんだよ」

「上流社会の規範に従う人間だったためしがない、とあなたが言っていたのをはっきりとおぼえていますけど」アデルはかすれた声で言った。

片方の眉が尊大に上げられた。

「ここはかなり引っこんだ場所だわ。それに、暗いし」

エドモンドがくつくつと笑い、その声ににじんだ官能に彼女はうっとりした。

彼はアデルの太腿の内側を両のてのひらでなで上げた。ずきずきとうずいている芯に到達すると、指で巻き毛をかき分け、濡れているのを確認してしゅっと息を呑んだ。

「あなたが欲しくてうずいているの」恥ずかしさを欠片も感じず、アデルは打ち明けた。「あなたにキスをされて以来、その舌がわたしの体に邪な悦びをあたえてくれる場面ばかり想像してしまって」

エドモンドの顎の筋肉が引きつり、目が翳り、体がこわばった。「そうなのかい？」

「ええ」

「どれくらい邪なのかな？」

「あなたが触れるところを夢見たわ……いま触れているところに。毎晩」

沈黙が脈動した。

「あなたはわたしの夢を見た？」訊いたとたんに後悔し、冷たく拒絶されてもいいように身がまえた。

「昼も夜も、きみのなかにいるところを想像した」

アデルがあえぐと、エドモンドは低い声で笑い、その振動が太腿のあいだでうずいている部分を熱く直撃した。

「女性にこんなに紳士らしからぬ言い方をしたのははじめてだ。だが、きみはただの女性じゃない、だろう？」暗い官能に満ちた声だった。「きみは私の公爵夫人だ……だから、このふっくらした唇を舌で味わう場面を想像するのに、眠っている必要はないと打ち明けられる」濡れた体にエドモンドが指を一本入れてきたので、彼がどの唇のことを言っているのか疑いの余地もなかった。

でも、きっと聞きまちがいにちがいない。

「きみの脚が疲れて震えるまで、長く激しくきみを乗りこなす夢を見る……ゆったりした愛撫とキスできみの体を崇める夢も見る。きみを味わいたいという誘惑でずっと頭がおかしくなりそうだった」

はっきりと情景が浮かんで、悦びの衝撃が走る。長く激しく……わたしを乗りこなす。期待感とためらいがせめぎ合い、ついに崖から飛び降りる。アデルは彼の髪を握って引き寄せ、その目のなかに飢えが見えるようにした。「わたしもあなたを求めてうずいているのに、どうして抗うの？」

エドモンドは敗北のうめき声を発して彼女にすばらしい口づけをした。歯で下唇をついばまれ、アデルが吐息をつく。くぐもったうめき声とともに唇を開くと、舌が差し入れられて貪欲に貪られた。彼がキスを深め、ふたりの舌がからみ合う。

エドモンドは彼女をさらに抱き寄せ、大きな石のベンチに横たわらせた。頭がぼうっとしているせいで、硬いベンチも気にならなかった。

彼に触れられ、アデルの全身に火がついていく。彼はアデルの顎に沿ってキスをし、それから首筋をたどって深く息を吸った。ドレスとシュミーズをぐいっと引き下ろし、片方の胸を口にふくんだ。なんともいえない快感に彼女は貫かれた。体を弓なりに反らす。エドモンドはドレスをさらにまくり上げて脚を広げさせ、キスが下へと移っていった。

彼の息が秘めた場所のそばで漂い、アデルは仰天して震えた。まさか彼は……。そのまさかを彼にされ、くぐもった悲鳴をあげる。彼がわたしをなめている。

なんてこと！　男女のあいだに起きると思っていたすべてが、粉々に砕け散った。激しく動揺すべきなのだろうけれど、血管を勢いよく走るめちゃくちゃな欲求のことしか考えられなかった。

アデルは息を呑んで、そのまま吐けなくなった。エドモンドは彼女のたいせつな場所をなめ、広げ、唇でおおってやさしく吸った。邪だからこそ、これほどすてきなのだ。

快感のうめきが喉の奥深くから出た。

臀部が持ち上がり、緊張で太腿が震えた。われ知らず彼の髪に手を差し入れて引き寄せていた。もっと……。もっと彼が欲しかった。エドモンドの邪な舌で恍惚の縁まで追いやられたとき、狭い場所に指を二本すべりこまされた。官能的な痛みを感じて芯が燃え上がり、痛いのに快感が頂点に達し、至福に焼き尽くされてことばにならない叫び声をあげた。

エドモンドが震える内腿にそっとキスをして、ドレスを下ろした。彼が立たせてくれたけれど、ひざに力が入らずにアデルはまともに歩けなかった。彼にぶつかってしまい、気恥ずかしげに笑って顔を上げ、凍りついた。

エドモンドの頰が獰猛な欲求でこわばり、目はぎらついていたのだ。そのとき、彼が自制心を発揮していたことに気づいた。その戦いを感じられそうだった。

アデルが指先で彼の頰を軽くなでると、彼がその指先をつかんでそっと押しのけた。

「まるで苦痛を感じているみたい」

欲望をたたえた彼の目が挑んできた。アデルは彼の手から自分の手を引き抜き、一心なまなざしから目をそらさないまま、硬くなった下半身を包んだ……そして、本能的に握りしめた。

エドモンドが身震いした。ゆっくりと目を閉じていき、頭をのけぞらせる。ごくりと唾を飲むのに合わせ、彼の喉の筋肉が動いた。いまこの瞬間のエドモンドは、とても原始的に見えた。アデルに触れられたせいで、顔立ちが官能できつくなっている。

もう一度、今度は先ほどよりも強くつかむと、エドモンドから欲求の低いうめき声を引き出した。

「どうやって解き放つの？」アデルはそっとたずねた。自分は粉々に砕ける前に鋭い痛みのある場所で宙ぶらりんになっていたけれど、彼も同じならつらいはずだ。

「どうしたらあなたを悦ばせられるのか、教えて、エドモンド」

彼がついに頭を下げ、ぱっと目を開けた。まあ。

アデルは唾を飲んだ。その瞬間、エドモンドが自制心を発揮してくれていてほっとした。いま体を重ねたら、彼はやさしくはできないだろうと本能的に察知したからだ。

エドモンドは親指と人差し指でアデルのほつれ毛をつまみ、耳にかけてくれた。

「二度ときみの快楽を拒絶しないでおこう」

気分が高揚したけれど、アデルは彼がことばにしなかったことに注意を向けた。

「でも、あなたはわたしと一緒に悦びを得てくれないの？」

彼がアデルの頬を包んだ。「私の舌の愛撫を受けて、きみが赤くなり粉々になるのを見るだけで、とてつもない満足を感じた。いまでもきみの味がする」

アデルの胸がどきりとした。

「きみは情熱的で官能的だ、アデル。きみが快感を欲しているときに悦ばせてやらないのは罪だ」

アデルは彼にすり寄った。「いま快感を欲しているのだけど」

彼がくつくつと笑った。「ついさっき快感を得たばかりではないのかな？」

そのとおりだった。徹底的な悦びにすっかり骨抜きになった。でも、もっと先があるのでは？　まだそれを探索していない、と確信があった。「わたしはすべてが欲しいの、エドモンド」

彼の体がこわばる。「きみを危険にさらすつもりはない」

「わたしが危険にさらされるって、どうしてそんなに確信があるの？　女性はひとりひとりちがうのよ」

「妻が亡くなったあとも、産後の肥立ちが悪いせいで町では何十人という女性が命を落としている。医学は進歩したが、お産で死ぬ女性はまだ少なくない」

エドモンドの声は感情のこもらない淡々としたものだった。あまのじゃくかもしれないけれど、アデルとしては怒りや苦痛の感情を表わす人のほうがよかった。悲しみは和らげられ、苦しみは慰められるからだ。でも、この冷ややかさを打ち破るのは不可能に近かった。

「それなら、わたしを危険にさらさないで」アデルはそっと言った。

エドモンドが驚いて目を丸くする。

それからアデルと額を合わせた。「約束する。きみは若くて活気に満ちている。人生にたくさんのものを持っている。私が卑しい欲求を自制できないせいで、きみの人生が断ち切られるのは公平じゃない」

ああ、エドモンドったら。「妊娠を避ける手段はないの？」

「あるにはあるが、ぜったい確実ではないし、なかには不快なものもあるんだ」

「試してみたいわ」

「レディにふさわしい手段ではない」

アデルは片方の眉をつり上げた。「では、だれにだったらふさわしいの？」

「愛人だ」

淫らな女性……つまり、売春婦のうわさなら聞いた経験があった。彼は愛人を持つつもりなの？　上流階級では不義の関係はありふれていて、エドモンドのように富と権力を持っている男性はそうして当たり前とすら見なされている。アデルのなかで怒りがこみ上げてきた。「愛人がいるとほのめかしているの？　正直に言うけれど、わたしはいやよ」

つかの間、彼の唇に笑みが浮かんだ。「認めてくれるつもりはないんだね？」

「そうよ！」うなるように言う。

「そんな風にきみの面目を潰すつもりはないよ」本心からのことばだった。

こみ上げつつあった怒りが霧散し、アデルは彼の唇の端にキスをした。凍りついた彼を見て、ささやく。「だめ、もうわたしから離れないで。必要なときはいつでもわたしを悦ばせると約束してくれたでしょう。すばらしい悦びを体験してしまったのだから、しょっちゅうお願いすることになると思うわ。妻にも愛人にも喜んでなります。そうすれば、危険にさらすのではないかと心配せずに、わたしにいろんな邪なことができるでしょう」

彼は計り知れないまなざしをしていた。それから、温かな……熱いまなざしになり、アデルをきつく抱きしめて唇を奪った。
たったいま、なにもかもが楽しみになった。

18

〝危険にさらすのではないかと心配せずに、わたしにいろんな邪なことができるでしょう〟

エドモンドの頭のなかでいまも彼女のかすれ声の挑戦が響き、扇情的な想像力を煽っており、おかげで分身がずっと準備万端の状態だ。唇にはいまもアデラインの味が残っている。甘く、癖になりそうな味で、ついもっと欲しくなってしまう。いや、そんなことより、彼女が疲れて震えるまで愛を交わしたいなどと言った自分が信じられなかった。

エドモンドは手で顔をごしごしとこすった。正気を失いつつあった。メアリアンと結婚していた数年よりも、アデラインとの数週間のほうが性的に解き放たれていることに気づかざるをえなかった。アデラインは欲望を自制しないよう挑んできて、彼としては魂の奥底から噴き上げる渇望に屈服したくてたまらなかった。

〝あなたが跡継ぎを望まなければ、わたしが死の床につくこともなかったのに〟

つらそうなささやき声を思い出し、エドモンドは歯を食いしばった。自分が渇望に負け、アデラインが妊娠したら……。ため息が出た。この拷問にどれくらい耐えられるだろう？　複数の病院に多額の寄付をしてきたし、第一線で活躍する産科医たちと何時間も話し合ってきた。メアリアンの死を防ぐために自分にできたかもしれないことを見つけるのだと取り憑かれたようになり、出産時や産褥期の死は珍しくなく、医者や産婆もほとんどなにもわかっていない、と知ったときは衝撃を受けた。イングランドでは毎年数多くの女性がお産の床で亡くなっているらしいと知ってぞっとした。

アデラインにはどんどん好意を抱くようになっており、彼女を危険にさらすと思ったら……妻と愛を交わすことを考えるだけでも、自分勝手なろくでなしになるだろう。だが、妊娠を避ける方法ならある。そう思っただけで、ブリーチズの穿き心地が悪くなった。

再婚を思いついたとき、あまりじっくり考えなかった。目的に向かって突進しただけで、常に妻がそばにいる生活についてはまともに考えていなかった。

アデラインが妻になって二十四日だったが、すでに困った状態に陥っている。これほどの欲求のなかにどうしてはまりこんでしまったのか、わからなかった。だが、すべて自分の責任だ。結婚する前からその美しさと、きらめく瞳のなかの知性に惹かれているのはわかっていたのだから。

とはいえ、彼が感じた欲望は、惹かれる気持ちを遙かに上まわっている。アデラインを楽しませ、悦びをあたえたい。彼女が劇場にもオペラにも行った経験がないと娘たちが話したのは、ほんとうに偶然だった。エドモンドはロンドンの差し出すものすべてをアデラインに探索させてやりたかったし、彼女がそれを体験する相手には、自分がなりたかった。

池から出ると、冷たい夜気が骨の奥まで染みたが、いまいましい下半身もようやくわかってくれたようだった。濡れたままの体にシャツを羽織り、ブーツを無理やり履き、きびきびと屋敷に向かった。

議員仲間との打ち合わせや上院での会議のために、明日ロンドンへ向けて発つ予定になっている。アデラインは公爵夫人として上流社会を楽しむだろう。おそらく。エドモンドは一緒に行こうと誘うつもりでいた。急な話だと断られるかもしれないが。何週間か前には、上流社会やそれに付随する浮かれ騒ぎに関心のない女性を望んでいたのが思い出される。それなのに、いまはアデラインを浮かれ騒ぎのなかに戻す方法を考えているとは。だが、三度の社交シーズン中に彼女が楽しい時間を過ごさなかったのが気になって仕方なかった。

ほんとうに正気を失いつつあるようだ。

何時間かのち、アデルは眠っているふりをするのを諦め、暗い部屋で見えない天井を見上げた。日中に感じた炎がいまもまだ体に残っていた。夕食の雰囲気は沈んでいた。先代公爵夫人は唇に笑みを浮かべながら、アデルとエドモンドを何度かちらちらと見た。そして、ほんの少ししか食べていないのに席を立った。エドモンドとふたりきりで残されたアデルは、彼が部屋に誘ってくれますようにと念じた。頑固な彼は、礼儀正しく冷ややかな態度を崩さなかった。

よそよそしさが戻ってきたのを見るのはいやだった。怒りが体を駆けめぐる。遠くで雷がごろごろと鳴り、アデルは震えた。今夜雨が降り出し、明日の大半も雨になるだろう。外には出られず屋敷のなかで過ごすことになる。片脚をベッドから下ろし、はっと動きを止めた。こちらから誘惑しようとしても、エドモンドは拒絶するかもしれない。不安に襲われたけど、ベッドから起き上がって急いで部屋を出る。エドモンドの寝室の前で足を止める。不安な気持ちを抑えこみ、しっかりとノックをした。

返事はなかった。失望にちくちくと刺される。エドモンドはもう眠ってしまったの？　自室に戻ろうと向きを変えたところでためらう。雷雨のせいでノックの音が聞こえなかったのだったら？　ノブを試す。錠がかかっていなかったので驚いた。部屋に入ったものの、衝動的に彼に会おうとしたのを後悔した。ひどく原始的で淫らな光景が目に飛びこんできて、はっと凍りつく。

エドモンドが窓辺に立っていたのだ……全裸で。彼は……とんでもなく美しかった。その男らしさはぼうっとするほど官能的だった。アデルは彼の身がまえを、優美でいながら力強くもある体の線を目で貪るのをやめられなかった。肩も背中も太腿も筋肉が美しかった。ふくらはぎの曲線ですらがノミで彫ったようだった。彼女から見えるのはエドモンドの横顔だけで、彼は首を傾げており、たくましい喉が動いていたけれど声は出ていなかった。片手をガラス窓についていて、体がこわばっているのが見て取れた。

もう一方の手は……。視線を下げた彼女は、あえぎ声が出そうになるのを懸命にこらえた。頬が燃えるようになり、脚のつけ根がずきずきとうずき出した。エドモンドは……彼は……分身を握っていて、緩急をつけてなでていた。アデルは脚のつけ根のうずきをなだめようと、太腿をぎゅっと合わせた。彼を目にしただけでどうしてこんなに淫らな衝動が生じるのか、まるでわからなかった。

このまま留まってこれほど個人的な場面を見ているわけにはいかなかった。それに、彼は亡くなった奥さんのことを考えているにちがいない、という予感もあった。否定したくてしゅっと息を呑んでしまったけれど、彼の耳には届かなかったらしい。よかった。部屋を出ようと決めたのに、エドモンドの顔をちらりと見るというまちがいを犯してしまった。アデルはふらついた。彼の顔は孤独と渇望――荒涼さと苦悶――のしわが刻まれていたのだ。エドモンドがつらそうなうめき声を小さく漏らした。その表情から激しい感情に襲われているのだとわかった。その感情が、はじめに思ったような苦痛ではなく、快感だったのだと遅まきながら気づく。喉の奥から欲求に満ちた情けない声が出そうになったとき、エドモンドが屹立した分身を両手でこすり、祈りのように彼女の名前を口にした。

「アデライン」そのうめき声は彼の胸のなかで反響した。

わたしだった！　彼はわたしを思い浮かべていた！

下腹部に両手を押し当て、体中で噴き出している欲望を鎮めようとする。寝間着の下で胸の頂が硬くなり、脚のあいだはうずいたままだ。エドモンドに引きつけられ、足が勝手に近づいていった。唇が開いてあえぎ声が漏れた。彼がまたアデルの名前を口にして、より激しく分身をこすったのだ。

欲求のやわらかな音が漂い、エドモンドの分身を愛撫した。ふり返らずとも、アデラインが部屋にいるのがわかった。理由も経緯も気にならなかった。いや、理由ならわかっていた。エドモンドが――何年かぶりに――分身を手で包んで解放を求めているのも、彼女が飢えを感じているのと同じ理由だ。己をなでながら彼女を想像し……味わい、彼女のなかに入るところを想像した。先刻彼女のそばから離れたのは、これまでいちばん困難な行ないだった。彼女を抱いて、つらい渇望を和らげろと体が叫んでいるのを、必死で抑えこまなければならなかったのだ。

ついにエドモンドは気づいた。ふたりとも望んでいることを拒絶するとは、とんでもなく愚かだったと。彼女のなかで放たなくても抱くことはできたのに。とはいえ、そういう親密さを自分に許せば、なによりもおそれていることへとすべっていく坂道を進むはめになるだろうが。うっかり常識を失わないように常に気をつけていなければならない。これ以上アデラインから離れているのは無理だ、と認めていた。ふたりは夫婦で、その状態を解消できないのだ。そして、この飢えは何週間、何カ月、あるいは何年経とうとぜったいに消えはしない、とようやく理解した。

くるりとふり向き、ひざからくずおれそうになる。アデラインは体をしっかりおおう寝間着を着ていたが、それだけになおさら挑発的に感じられた。そこに隠れている官能美を知っているからだ。長いあいだ抑えこんできた渇望が勢いよく生き返り、すべての抵抗を燃やし尽くした。アデラインは現実の存在で、美しく……忘れがたかった。

アデラインが目を丸くし、いまもエドモンドの両手のなかにある分身へと視線を下げた。彼は結婚の誓いを完了するつもりになっていたが、それは務めだからではなくなっていた。アデラインに自分の印を刻むのは、生きた欲求だった。彼女の部屋へ行きかけたが、なんとかがまんしたのだった。渇望の熱に支配されているせいで、彼女にやさしくはできないだろう。

アデラインが部屋のなかへと足を進め、寝間着を脱ぎにかかった。

「着たままでいてくれ」きつい口調になってしまい、アデラインが傷ついたまなざしになって手を止めた。「きみを傷つけたくないんだ」嚙みつくような口調になった。また拒絶していると思われたらしいのがいやだった。

アデラインの唇が開き、さりげない誘いとなった。「少しは苦痛があるのは知っています」

そんなにそそる言い方をしなくてもいいじゃないか。「やさしくはできない、アデライン。きみは自制心の欠片もなく奪われるのではなく、崇められ、甘やかされ、慈しまれるべきなんだ」

ふたりの周囲で濃く激しい緊張が渦巻き、アデルの心臓は胸骨に激しく打ちつけていた。「あなたは何週間もまったく紳士らしくないやり方でわたしをからかい続けたわ。言っておきますけど、自制心なんて望んでいません。いまのままの……情熱的で自制心のないあなたがいいの」

エドモンドの顎が見るからにこわばった。「おいで」灰色の目が危険なほど翳った。その目が肉体の悦びを約束してきらめき、アデルを引き寄せた。そばに立つと、エドモンドの深く荒い息が耳もとで聞こえた。顔を上げると、ハンサムな顔が欲望で引きつっていた。彼が無言のままアデルの寝間着をつかんでまくり上げる。そして臀部を包んで抱き上げた。アデルはあえぎ、とっさに彼の体に脚を巻きつけた。たくましい腕にやすやすと抱えられて興奮する。ベッドへ運ばれるものと思ったのに、ソファに座った彼の体をまたがされた。両ひざをやわらかなソファにしっかりとつき、彼のうなじにまわした手を組み合わせた。

エドモンドに顎と喉にキスをされ、本能的に顔をそらした。

「辛抱強くはできない」

彼の声は、ビロードのささやきのように感じられた。「自制してほしいなんて思っていないわ、エドモンド」お願い、自制なんてしないで。充分待ったんだから。

激しくやさしく額にキスをされ、アデルは吐息をついた。

臀部をつかまれたそのようすから、彼が自制しているのを感じた。単純な愛撫だったけれど、アデルは引きつけられ、勇気づけられた。というのも、彼の腕が震えていて、こちらの胸に伝わってくる鼓動が速くなっているのを感じたからだ。彼もアデルと同じくらい激しく欲してくれている。

エドモンドが片手を秘めた場所へと移した。脚のつけ根の神経が集まっている場所へ。快感がアデルを襲う。軽いながらもしっかりとなで、押し、ときにはつままれた。そのすばらしい感覚に喉の奥からうめきが漏れる。わずかに体を持ち上げられたあと、秘めた場所に硬いものが押しつけられた。

彼を感じ、動揺しつつも驚嘆した。

けれど、エドモンドは強引に進めず、指でゆっくりと彼女の快感を高めていった。アデルの腹部で緊張が最高点に達し、額を彼の肩につけて震えた。

「エドモンド」アデルはあえいだ。彼が強く押してきて、アデルの身から出た熱いものが彼の手と分身を濡らしたのだ。

「きみには濡れてもらわないと……びしょ濡れになるくらい」

エドモンドの肩を噛むと、彼が太い声で低く熱く笑った。

それから、臀部をつかむ手に力がこめられた。エドモンドが激しく突き、障害物を越えて根元まで深く身を埋めると、アデルの口から小さな悲鳴が漏れた。彼を包みこむ筋肉が張り詰め、震えた。急に自分を満たした大きく長いものを受け入れようと葛藤しているのだ。息が荒く吐き出された。快感と苦痛がないまぜになった感覚が滝のように全身を襲い、アデルはぐずるような声を出さずにはいられなかった。

「しーっ」頬や首筋にキスをして、エドモンドがなだめた。「刺すような痛みはじきに消えるからね」

ずきずきする苦痛はただの刺すような痛み以上だと言おうとしたとき、エドモンドに首筋を甘噛みされ、その場所をなめられながら、秘めた場所を親指の腹で強めに愛撫された。

その感覚の激しさに、思わずエドモンドからさっと離れそうになる。

エドモンドが彼女の首に鼻を押しつけてきた。「大丈夫かい？」性的興奮のせいでざらついた声だった。

「ええ……痛みはすでに和らいできたわ」

彼の目がやさしさで燃える。「よかった」

すると、彼が腰を揺らした。前後にゆっくりと動き、難なく彼を受け入れられるよう押し広げていったのだ。

「私の肩をつかんで」

アデルはかすかにうめいて言われたとおりにした。エドモンドは快感に顔をゆがめながら、官能的な動きをくり返した。アデルは圧倒的な感覚を味わって叫んだ――同じくらいの至福と苦悶に同時に襲われたのだ。

「もっとお願い、エドモンド」動きを激しくしてもらおうとあえぐ。

エドモンドは彼女に腕をまわして完全に抱きしめ、唇を重ねた。彼の味がアデルの舌の上で爆発した――コーヒー、ブランデー、それに彼自身の味だ。口づけになだめられたおかげで、体の中心でずきずきしている痛みではなく、彼の強さに完全に守られた自分の弱さでもなく、エドモンドの味、香りに注意を向けられた。彼が舌と舌をからめ、なで、なめ、吸い、ため息もうめき声もすべて奪った。

彼の両手が寝間着の下に入りこみ、アデルの背中を官能的にさすったあと、前にまわってきた。胸を包み、頂をつまんで硬くした。彼女の口からうめき声が漏れ、もっと欲しいと懇願するのをこらえられなかった。

エドモンドは胸の頂から離した手を下げて臀部をつかんだ。ふたりの唇が情熱的なダンスを続けるなか、彼はアデルをすべるように上げてから激しく落とした。彼女はゆっくりと官能的な口づけを受けながらうめいた。大きく激しく動いている体とは対照的だった。

彼が片手を臀部から腹部へとまわし、内側から寝間着をつかんで引き裂いた。胸に冷たい夜気が触れる。エドモンドは彼女を前にかがませ胸を口にふくんだ。おかげでアデルは彼から完全に体を浮かせてしまいかけた。エドモンドの歯が敏感な胸の先をこすった。

胸の先を引っ張られたりなめられたりするたび、体の奥深くの芯でもそれを感じた。エドモンドにまたもや貫かれ、つらそうな声が彼女の口から漏れた。彼が何度も激しく深く突くたびに、アデルの腰がびくりと動き、叫び声が出た。

「私を乗りこなせ、奥方どの」低く野太い声で彼がうなる。

アデルは途切れ途切れの悲鳴をあげながら、奔放に反応した。欲求に爪を立てられ、太く長いものに体を引き伸ばされ、ときどき苦痛の気配を感じながら強烈な恍惚感に攻撃されて、わけがわからなくなっていた。

「アデライン」

しわがれ声で発せられた名前に続くことばはなかったけれど、エドモンドの手に力がこもると、彼と同じく緊張が高まるのを感じた。

生々しく美しく原始的なリズムで動くふたりの体は、汗まみれだった。目も眩むような感覚の波に襲われ、アデルは息もできないほど激しく爆発した。すぐさまエドモンドが彼女を持ち上げ、快感にうめきながらその腹部に熱いものを放った。

数分のあいだ、ふたりはそのまま抱きしめ合っていた。そのあと顔を上げたエドモンドを見て、そこに飢えがあるのに気づいて息ができなくなった。彼がアデルを起こし、ふたりでよろよろと数歩先のベッドへ倒れこみ、唇を重ね、彼女の太腿を開かせ、鋭くやさしく深く身を埋めた。

「私と一緒にロンドンへ行ってくれ」彼が息に乗せて言った。

「ロンドンへ？」

「そうだ。私は明日ロゼット・パークを発つ」

エドモンドが体を動かし、アデルは自分の奥深くにいる彼の感覚に悦びの震えを感じた。

「急すぎるわ」

「二、三日出発を遅らせよう。それならいいかい？」

アデルは唾を飲みこんだ。どうしてエドモンドがそんな気になったのかわからなかったけれど、ほんとうに一緒に来てほしいらしい。アデルの唇に笑みが浮かんだ。

「ええ、もちろんだわ」

「よかった」エドモンドがもう一度唇を重ねてきた。夜の残りは、アデルには至福しかなかった。

19

二日後、ハンプシャーを出発してから長く退屈な数時間の旅を経て、アデルはメイフェアのアッパーブルック・ストリートに建つ当世風の町屋敷に到着した。疲れていたけれど、部屋に下がるには興奮しすぎていた。社交シーズンでは舞踏会やお茶会にほとんど招待されなかったせいもあり、心待ちにしたことはなかった。けれど、エドモンドと一緒にそういった催し物に出かけるのだと思ったら、電気が走ったような興奮に満たされた。

「わくわくしてるんだね」エドモンドが小さく微笑んだ。

「少し。ずっと劇場やヴォクソール・ガーデンズに行ってみたいと思っていたの。ただ、うちは節約をしていたから、父と継母が出られる社交行事はかぎられていたし、わたしを招待してくれる紳士もいなかったから」

「彼らはばかだな……私としてはありがたいが。おかげできみに出会えたんだから」

エドモンドのことばは心からのものだった。

彼のお世辞を信じたわけではないけれど、にっこり微笑んだ。床入りを果たしてからというもの、何度か抱かれており、満足していた。それでも、いまだに彼の目のなかによそよそしさが垣間見えたし、こちらを見ている視線に気づくたび、彼は困惑を浮かべ眉間にしわを寄せるのだった。

馬車の扉が開けられ、エドモンドが軽快に飛び下りてアデルに手を貸した。大きな錬鉄製の門を通って敷地内に入ると、優美な町屋敷に感嘆した。

屋敷に入ると、執事と家政婦を紹介された。旅には侍女のメグも同行しており、すぐにアデルを部屋に通す指示が出された。家政婦のミセス・ブロムリーがリボンで束ねた豪華な書簡を渡してきた。

「奥方さま宛です」

アデルはうなずいて受け取り、エドモンドを従えて階段を上った。ふたりで彼の部屋に入ると、アデルの口からため息が漏れた。やっとふたりきりになれた。部屋の隅に置かれた書き物机のところへ行き、書簡の束を置く。

「これがなんだかわかります？」

「舞踏会、お茶会、ハウス・パーティへの招待状や、きみに後援してもらいたがっている慈善事業団体からの寄付を求める手紙だな」

ちらりとエドモンドを見ると、彼がわざと伏し目がちに服を脱いでいたので、アデルは赤くなった。

「冗談よね。だって、百通はありそうよ」アデルは声のかすれを咳払いで消そうとした。「結婚の経緯が経緯だったから、上流社会から避けられると思っていたのに」

「おいで、奥方どの」

アデルが眉をつり上げると、エドモンドがにっこりした。

「お願いだ」官能的な温もりのある声だ。

アデルがぶらぶらと近づくと、その動きを彼の目が追った。エドモンドは彼女のボンネットのリボンをほどき、ヘアピンを取って髪を背中に垂らした。ぐいっと引き寄せ、このうえないやさしさで臀部をつかんだ。けれど、口を開いたときの彼の物腰にはやさしさなどまったくなく、あるのは冷酷さだけだったので、アデルは震えた。

「上流社会はいつだってきみの——私たちの——うわさ話をするだろうが、きみはウルヴァートン公爵夫人なんだ。のけ者にはされない。輪のなかにだれを入れるかを決めるのはきみなんだ」

のけ者にはされない。

アデルは彼の抱擁から出て、机のところへ行って何通かを選んだ。最初の三通の封印を開けたあと、顔を上げる。「ディアウッド侯爵夫人の毎年恒例の舞踏会への招待状が来ている。舞踏会は今夜だわ」

「行きたいかい？」

「なんだか変な感じ。継母はみんなが楽しみにしているこういう催し物の招待状をいつも欲しがっていたのに、わたしがありあまるほど受け取るようになるなんて。バースにいる家族をここへ招こうかしら。父も継母も催し物に出席したがるでしょうし」

「きみが望むなら、かまわないよ」

アデルは彼に向かってにっと笑った。「裸じゃないの、エドモンド」

「きみもじきに同じ状態になるんだよ、奥方どの」

「今夜は舞踏会に出席するのに」

「おっと……では、あと三時間だな。罪深いきみのその唇を利用しない手はないと思っていたんだ」

「どういう風に？」

「こんな風にだ、アデライン」エドモンドはそう言って唇を重ねた。抑えられない欲望をふたたびかき立てられ、アデルはすべてを忘れた。

アデルは深緑色のドレスを着た。ボディスは、赤みの差したデコルテがちょうど見える程度にくれている。ハイウエストのエンパイア・ドレスは、まっすぐに優美な足首へと向かっている。髪はカールされ、頭のてっぺんでまとめられ、頬に後れ毛がかかるようになっている。装飾品は、とても美しいエメラルドとダイヤモンドのネックレスと、揃いのイヤリングだ。エドモンドがアデルのためにイングランド屈指の宝石職人に作らせた、驚くほど美しいアクセサリーだ。自分をこんなに美しいと感じたことはなかった。今夜、ウルヴァートン公爵夫人としてはじめて上流社会に顔を出すのだ。

階段を下り、夫を見てにっこりする。

エドモンドが崇拝のまなざしで大胆にじろじろと見てくる。「目も眩むほど美しいよ、アデライン」

「お世辞を言ってくださるなんてやさしいのね」アデルの声はかすれていた。

「お世辞じゃないさ。ほんとうに美しい。きみが私のベッドに入ってこなければ、こんな風に満足を感じることもなかったと思うとぞっとする。今夜の私はおおぜいの男たちからうらやまれるだろうな。放蕩者たちが数秒以上きみを見つめたら、この先何カ月も決闘が続くだろう」エドモンドが冗談を言う。

アデルは笑った。「わたしの髪は黒いし肌は青白すぎるから、流行の見た目でないのはわかっているけれど、あなたから目も眩むほど美しいと言ってもらうのは、いつだって歓迎するわ」

エドモンドの雰囲気がまじめになり、まなざしが所有欲に満ちたものになった。それに、アデルにはわからないなにかで熱く燃えてもいた。

「あなただってすごくすてきよ、公爵さま」

エドモンドは罪深かった。夜会服の仕立ては非の打ちどころがなかった。黒と白の装いをしており、とても優雅で複雑に結ばれたクラバットをつけている。黒っぽい髪は容赦ないほどに整えられていて、野性的な顔立ちの美しさや、鋭い鷲鼻を際立たせていた。

エドモンドが外套を着せかけてくれ、じきに馬車に乗っていた。

「覚悟しておいてほしい。きみは社交シーズンを三回経験して、ある程度のうわさ話に耐えてきただろうが、今夜はこれまでの経験など吹き飛んでしまうぞ」

アデルの胸がどきりとした。「そうなの？」

「王族に次ぐ身分だからな。へつらいと憎しみを同じくらい受けるだろう。世間が注目し、きみが食わせ者かかけがえのない人かを翌日のゴシップ紙に話したくてうずうずしている」彼がアデルを引き寄せる。「大丈夫、アデライン、きみはかけがえのない人だ。烏のなかの白鳥だ。きみはきみらしくいてくれればいい」

アデルは呆然と彼を見つめた。「ありがとう」

エドモンドから切羽詰まった激しいキスをされ、うめき声を漏らす。

「侯爵夫人の舞踏会に出るのはやめて、屋敷に戻ってすぐさま探索をしましょうよ」

「いまのキスは欲望をかき立てるのではなく、自信を持たせてあげるためのものだったのだが」

アデルはにやりとした。「自信に欠けているのがはっきりとわかったわ。もう少しキスをしてもらわないとだめかもしれない」

エドモンドが彼女をさらに引き寄せる。

「髪は乱さないでね」唇を重ねられる前にやさしく注意した。

馬車の移動はとても楽しい時間となり、目的地に到着したときにはアデルの唇はたっぷりキスをされて痛いほどで、体がうずいていた。エドモンドの物腰がぎこちないようすなので、彼も同じような状態なのだろう。

ふたりの馬車も、舞踏会に客たちを運んできたほかの馬車の列に並んだ。ようやく屋敷の正面まで来ると、馬車を降りてなかへと向かった。「権力の鏡を通して上流階級を見るのは興味深そう」自分たちの到着が告げられたとき、アデルは小声で言った。

ふたりが入っていくと、ちょっとしたさざ波が起こった。主催者側の並ぶ場所まで来ると、侯爵夫人が意気ごんで挨拶した。

「公爵さま、奥方さま」にこやかな笑みを浮かべている。

沈黙がすぐそばから広がり、客を迎える列の全員の目が向けられた。アデルにはなにもかもがばかげて感じられた。

〝王族に次ぐ身分だからな〟

社交行事にほとんど出席しない公爵を迎える立場になって、侯爵夫人は明らかに興奮していた。公爵がほかの客たちとことばを交わしてくれるのを期待して。

上流社会の人々が注意深く見守るなか、挨拶が交わされた。アデルとエドモンドは玄関広間で何人かと交わったあと、さらに混み合った舞踏室へと向かった。

「ウルヴァートンだわ……それに、彼の奥さまも」

すぐさまささやきがはじまり、舞踏室にこだましました。

「すごく美しいご夫婦ね」

数組の夫婦が近づいてきて、アデルの不安が溶けて消えた。会釈し、礼儀正しい質問に答え、ときどき笑うことまでした。その間ずっと、エドモンドは隣りにいて守ってくれた。ふと、舞踏室の隅からこちらを見ているイーヴィに気づいた。アデルはエドモンドに言った。「イーヴィと話してこなくては」

彼がアデルを見つめる。「私たちが失墜するよう手配してくれた礼を忘れずに言ってくれ」

アデルは笑った。

「私はバルコニーで外の空気を吸っている」

彼女がうなずくと、エドモンドは人混みの縁をぶらぶらと歩いてバルコニーへ出るドアへと向かった。友人のところへ行こうとふり向くと、目の前にイーヴィがいた。周囲の目を気にもせず、アデルは友人を抱きしめた。「ああ、イーヴィ、お手紙を書かなくてごめんなさい」

「いいの」涙目の笑みを浮かべる。「わたしに話しかけてくれるだけでもありがたいと思っているのよ」

「あ……あなたのしたことに怒ってはいないのよ、イーヴィ。それどころか、お礼を言いたいくらい」

友人の目が信じられないくらい丸くなった。

「エドモンドはまだわたしを愛してはいないけれど、結婚生活はうまくいっているし……多くの結婚に欠けている情熱があるの。ミセス・アトウッドになっていたとしたら、そんな刺激的な感情を持つことはなかったでしょうね」胸が痛んだけれど、アデルはそれを無視した。夫には情熱以上のものを望んでいた。彼の愛、彼の子ども……彼が無条件に受け入れてくれることを。

「まあ！」イーヴィがにっこりした。「ほっとしたわ。あなたを不幸にしたのではないかとずっと気が気ではなかったから」

アデルはくすりと笑った。「不幸だなんて。とっても満足しているのよ」

イーヴィがバルコニーへのドアをちらりと見た。その先ではエドモンドが手すりにもたれていた。きらめく上流社会、うわべのおしゃべり、舞踏会の騒々しさから距離をおく傲然とした公爵そのものだ。彼がここにいるのは妻のためだけであるのは明らかだった。アデルの心が喜びで温もった。

「じゃあ、親しくなったら彼はいい人になったわけね」イーヴィがやわらかな笑みを唇に浮かべた。

「ほんとうにそうなの。彼に対する気持ちがずいぶん肯定的なものになったわ」

どうやら恋に落ちつつあるみたいなの……。

「つまり、あの謹厳さの下には繊細な感情があるの？」

イーヴィがあまりに信じられないという口調だったので、アデルは笑った。

「残念ながら、よそよそしいのは変わらないけれど……他人をとても思いやる心を持っているし、わたしは詩的なことを言われるよりも情熱を向けられるほうがいいわ」彼の情熱たるや……。

「ウルヴァートン公爵さまが情熱的だなんて、正直なところ想像もできないわ。でも、彼はひとときもあなたから目を離していないわね。あなたに夢中なんだわ」

アデルが顔を赤くすると、イーヴィはさらに目を丸くした。それから、ふたりして笑った。けれど、友人の笑い声が心からのものではないことに、アデルは気づいた。

「あなた、ほんとうに元気なの、イーヴィ？」

ほんのつかの間、イーヴィのまなざしが絶望で翳った。彼女は顔を背けて言った。

「ウエストフォール侯爵さまに好きな人ができたらしいといううわさがあるの」

「ウエストフォール侯爵さまに？」

イーヴィが唾を飲む。「ええ。お相手はテヘラン子爵令嬢のミス・ホノリアですって」

「きっとなにかのまちがいよ。だって、ウエストフォール侯爵さまはぜったいに結婚しないと誓っているって、上流社会の人間ならだれでも知っているもの」

ふり向いたイーヴィの顔に悲嘆を見て、アデルは殴られたような衝撃を受けた。

「彼に訊いてみたの。そうしたら、彼女に求婚するつもりだと言われたわ」

「ああ、イーヴィ、かわいそうに。あなたはどうするの？」

優雅な肩がすくめられた。「いつもどおりに夜通しダンスをして、特定の侯爵さまについてはもう考えないわ」そう言い捨てて、さっと立ち去った。

「そろそろワルツがかかるらしい。踊ってもらいたい、奥方どの」背後から低い声がした。

アデルがにんまりする。「なんて野暮ったいの。奥さんとしかダンスをしないつもり？」

合図を受けたかのように、楽団が曲を奏ではじめ、アデルは彼の腕のなかに入った。

「こんな軽薄な楽しみを妻と分かち合わずに、だれと分かち合えと？」

「あまり恵まれていない若いお嬢さんたちがおおぜいいるのに、殿方たちは相手のいない女性を誘うほど礼儀正しくないのよ。どうして知っているかというと、イーヴィのお兄さまのレイヴンズウッド子爵からしかダンスに誘ってもらえなかった舞踏会をいくつも経験したからなの」

「今夜は軽んじられた若いレディすべての相手をするとしよう」

ふたりは優雅に舞踏室でくるくるとまわった。アデルは最高に幸せだった。

「錯乱公爵だわ」

エドモンドの表情からは、ひと組の男女が踊りながらそばを通ったときにささやかれたことばが聞こえたようには思えなかった。

「彼は何度も決闘をしたらしいぞ！」

「その話を聞かせてもらわないと」アデルはからかった。

エドモンドが尊大なようすで眉をつり上げる。「私が錯乱公爵と呼ばれている理由を知りたいのかい？」

「うーん……」

彼が顔を近づけてきて、ふたりの唇が軽く触れ合った。

仰天のあえぎ声が周囲でした。

「とんでもない人たちだわ」

「私が上流社会の型にはまらなかったからだよ、奥方どの。妻を愛していて、愛人は作らなかった。そして、妻を亡くしたとき、ロンドンへ行った。ジェントルマン・ジャクソンのボクシング・ジムで相手をしてくれる人間に向かって何カ月も怒りと苦痛のパンチをくり出した。負け知らずとなり、しばらくするとウエストフォール以外は私と一緒にリングに上がってくれなくなった。体も自尊心もぼろぼろにされるのがいやだったんだな。私はグラブをつけない素手での試合を望んだ。苦痛を感じると、内なる苦悶から気を散らせたからだ。いくらもしないうちに、彼らは私の罪悪感に気づき、正気を失ったのだと考えた」

「ああ、エドモンド、かわいそうに」

「過去の話だ」

「ほんとうにそうかしら？」

目が翳り、エドモンドは舞踏室のまん中で動きを止めた。アデルの頬を両手で包み、一心に見つめてくる。「努力しているんだ、奥方どの。すべてを手放したい……」

「あのふたりはなにをしているんだ？」

「公爵がキスをしようとしているんじゃないかしら」

「ここで？」

舞踏室で交わされるひそひそ声が大きくなってきて、アデルは笑いがこみ上げてくるのを感じた。「わたしたち、明日のゴシップ紙に載りそうよ」

エドモンドの目がおもしろそうにきらめく。「そのようだね」

そして、彼はアデルにキスをした。

20

もう何カ月も見ていなかった悪夢が、エドモンドが目覚めるのにつれてその狡猾な手をゆっくりとゆるめた。記憶はあいかわらず耐えがたいもので、こちらを切り裂こうとする冷たい鉤爪を持った人食い怪物のように暴れまわり、彼の心の平穏を奪った。

あと一週間もすれば、メアリアンの命日だ……。

〝エドモンド、お願い、わたしを助けて……わたしたちを助けて〟

〝このすべてはあなたのせいよ……〟苦しそうに非難されて、エドモンドははらわたを引き裂かれる思いをしたのだった。

〝あなたにあげたかったのは跡継ぎで……わたしの命じゃなかったのに！〟

メアリアンは苦痛と恐怖に苛まれてきついことばを投げつけ、エドモンドをまっぷたつに引き裂いた。頭がはっきりしたときにはエドモンドを慰めようとすらし、あんなことを言うつもりではなかったと謝った。だが、彼には真実がわかっていた。絶望のときにこそ、飾りがなく率直なことばが出るものだと。

ふたりとも捨て鉢だった――そして、生皮を剝ぐようなメアリアンの非難はどれも当たっていた。なにかがおかしいと気づかなかったエドモンドは、彼女を見殺しにしたも同然だった。サラのときは難産で、メアリアンは回復に何週間もかかった。跡継ぎの話をするたびに彼女が青ざめたことに、どうしてもっと気をつけ、心配しなかったのか。こちらから触れると、体をこわばらせたこともあった。官能的な反応というよりも、拒絶の反応だったのだ。塞ぎの虫にやられているのだと言われ、一年以上も妻のベッドを訪れなかった。サラを出産して二年経ったころ、彼や母親が跡継ぎを口にするたびにメアリアンのようすが変わると気づくべきだったのだ。

マットレスについた血。

血まみれのマットレスやシーツやタオルを燃やしたときのきついにおい。

医者の懸念をメアリアンが伝えてくれてさえいれば、無理やり跡継ぎをもうけようなどとはしなかったのに。

背後でやわらかな吐息の音がして、エドモンドはいまの公爵夫人をふり向いた。ゆうべは何度か彼女を抱いたが、精はなかに放たないよう気をつけた。

アデルがもぞもぞと動き、まつげが上がった。たったそれだけで、エドモンドは彼女のキスに、笑い声に、体に溺れたくなった。メアリアンのときはこれほど強い感情を抱いた経験がなく、そのせいで心が騒いだ。メアリアンを愛していたのはたしかだが、もの静かな感情だったたし、彼女の繊細さを意識したものだった。愛の交わし方ですらがちがった。

昨夜は枕の上にアデルをうつぶせにして、何時間にも感じられるくらい長く愛を交わした。大きな浴槽で戯れ、その浴槽のなかでも、さらには壁に押しつけた形でも彼女を抱いた。ああ。アデルのせいで未熟で必死の若造のようになり、情熱をこらえることも、彼女の感受性を気にかけることもしなかった。メアリアンと愛を交わすときはいつも上掛けの下だったし、一度図書室で誘惑しようとしたときには、とんでもないと拒絶された。それでも、営みは常に心地よいすばらしいものだった。

「どうしてそんなにこわい顔をしているの？」アデルの声は、眠気と……欲望のせいでかすれていた。

エドモンドは片手で顔をこすった。きみを亡き妻と比較していた、きみのほうが強烈な感情を呼び起こすという驚きの結論に達した、などと認めようものならベッドから押し出されてしまうだろう。そうなると、エドモンドは危険な状況に陥ってしまう。なぜなら、アデルを失ったら……。いや、そんなことは考えてもだめだ。毎回確実に体の外に精を放っていただろうか？　エドモンドはぎくりとした。長い夜のあいだ、おたがいに何度も相手を求めた。

エドモンドは上掛けをさっとめくった。

「なにをしているの？　寒いじゃないの！」

彼はアデルの臀部をつかんで引き寄せた。片足で太腿を開かせ、芯に指を突っこむと、アデルがあえいだ。

彼女の全身が赤くなる。「エドモンドったら！」

「いまだに赤くなれるなんて驚きだよ、奥方どの」

彼女は眉根を寄せて見上げてきた。

アデルの奥深くを指でなでたが……濡れて熱いのがわかっただけだった。よかった、精をなかに放ってはいなかった。

「なにをしているの？」アデルが目を狭めて詰問し、彼の手を払いのけた。

「きみのなかに放たなかったかどうかを確認しているんだ」

彼女は目を伏せたが、その前にそこに怒りがきらめくのをエドモンドは見た。

「私を見るんだ」

アデルが反抗的に唇をぎゅっと結ぶ。

「奥方どの」

怒りで顔が赤くなってかわいらしかった。アデルは彼を押しのけて離れようとしたが、引き戻した。そのとき、思っていた以上に力がこもってしまった。

「きゃっ」という声がアデルから漏れた。エドモンドの胸にぶつかったのだ。

彼の手はすぐさま温かな液体を浴びた。

ふたり揃って凍りつく。手荒に扱われて、アデルが興奮を感じたのだ。そして、そう思ったエドモンドの下半身がひくついた。

「手をどけて」アデルがうなるように言った。「恥ずかしいもの！」彼女の顔は頬紅を塗ったように赤くなっていた。

エドモンドは秘めた場所から手を離して彼女の顎に当て、目が合うように顔を上げさせた。怒りと、いらだちと、興奮と、奥深くには気恥ずかしさも見えた。「情熱を恥ずかしがることはない」

アデルが片方の眉を上げると、かわいらしい顔が尊大なものになった。「恥ずかしがってなどいません」

「よかった」エドモンドは彼女の眉に唇を押し当てた。

「でも、わたしのなかに精を放ったかどうかをたしかめたあなたには怒っているわ。子どもができたらそんなに困るの？」

エドモンドは彼女の髪に顔を埋めた。

「エドモンド？」

「メアリアンは出産で命を落とした」

「知っているわ」

「それなら、きみに対して危険を冒したくない気持ちを理解できるだろう」

「これはあなたが勝手に決めていいことではないわ。きちんと話し合わなければ」

エドモンドは体を離し、上半身を起こしてベッドの頭板にもたれた。「論理的な話し合いはもうすんでいる」

「わたしは健康よ。お産で命を落とすなんて考える必要はないわ」

「根拠は地面の下だ。根拠はきみの膣の硬さだ……」

アデルが息を呑み、にらみつけてきた。

「証拠はきみの腰の細さだ」

アデルは上掛けをかき寄せて四柱式ベッドのまん中に起き上がり、反抗的に顎を上げて見つめてきた。「メアリアンになにがあったのか話してちょうだい、お願い」

エドモンドが黙ったままでいると、アデルがますますにらんできた。

「前の奥さまについて訊いてはいけないのはわかっているけれど、もうそうも言っていられないってわかってもらえるわよね？　ずっとなにも言わずにきたけれど、これ以上は良心が許さないの。従順でいたら、わたしたちの幸せがだめになってしまう」

「きみの頼みを断ったら？」

「あなたの人生を悲惨なものにしてあげる」

エドモンドは眉をくいっと上げた。「きみにそんな力があるとは思えないのだが、マダム」

優雅な肩がすくめられた。「夜の営みをお断りします」

あまりに驚いてつかの間無言でいたあと、アデルのことばの重要性が完全にわかって全身がこわばった。「私を操ろうとしているのかな、奥方どの？」口調は危険なほどおだやかだった。これまでその声を聞いた者の多くは、ぎくりとして反論を引っこめた。

だが、公爵夫人はきっぱりとうなずいただけだった。「あなたがわたしと話をするように仕向けていると言ったほうが正確かしら。ゆうべ、五度めに引き寄せられたときに、気づいたの。あなたが結婚の務めを果たそうとしなかったのは……空威張りで、ほんとうはわたしに抗えないのだと」

エドモンドは不承不承ながら賞賛した。

すると、アデルがかわいらしくも官能的な微笑みを向けてきた。「たしかに、あなたの態度は誇らしげで断固としたものに戻ったわ。慰めになるかどうかわからないけれど、あなたをすばらしいと思っているし、あなたに触れてもらえなかったり……キスしてもらえないのはつらいのよ」かすれた声で言い、瞳は決意と欲求を正直に表わしていた。

「サラのときは難産で、二十四時間以上かかったんだ」エドモンドが突然言った。

アデルが期待と、彼にはまだ認めたくないもっとやさしいなにかの気持ちで目を丸くした。そのとき、彼女は虚勢を張っていたのだという思いが浮かんだ。エドモンドが心を開くと本心から思っていたわけではないのだ。私はほんとうにそこまで冷ややかでよそよそしかったのだろうか？　不意に、アデルと真の意味での会話をどれだけ望んでいたかに気づいた。たとえ受け入れてもらえなくても、彼女に考えを理解してもらいたかった。アデルから軽蔑されるのも憤慨されるのも望んでいないと気づき、エドモンドは仰天した。彼女からよく思われることが、いつの間に重要になったのだろう？

「サラが生まれて何週間か経ったころ、メアリアンはひどい塞ぎの虫のなかで暮らすようになった。何人もの医者に相談したが、出産という大仕事を経験したばかりの女性の多くがそうなると言われた。妻の気分を明るくしようと、できることはなんでもやったし、彼女も努力した。はじめての晩……はじめて妻をベッドに連れていこうとしたのは、サラが生まれて八カ月後だった。メアリアンは体をこわばらせたままで、私の愛撫にはほとんど反応しなかった。私は無理強いせず、また数カ月妻をひとりにした。だが、跡継ぎが欲しいと何度も口にしてしまったんだ。なんといっても、男は、特に公爵は、いまいましい跡継ぎと予備が必要なのだから」

温もりがあって気づかわしげな目にじっと見つめられる。

「私から誘惑しなくても彼女のほうからやってきて、親密さを取り戻した。いくらもしないうちに妻は妊娠した」エドモンドは何度か咳払いをしてから続けた。「なにがきっかけで妻が打ち明ける気になったのかわからないが、これ以上子どもを持たないようにと医者から言われたと話してくれた」

「まあ」アデルの表情豊かな目は同情で満ちていた。エドモンドに触れようとしたらしき手をすばやく引っこめた。

彼はがっかりした。疾風のごとき憤怒と罪悪感のなかで、錨の役割を果たしてくれるだろうアデルのやさしい手に触れられたかった――いや、どうしても触れてもらわなければならなかった。

「お医者さまはどうしてその話をあなたにしなかったの？」

エドモンドは頭板に頭をもたせかけ、天井を見つめた。「メアリアンの陣痛がはじまったとき、私はロンドンにいて上院で改革動議を論じていたんだ。サラが誕生した知らせを受けて、すぐにロゼット・パークへ戻った。ドクター・グリーヴズに会ったのはほぼ八週間後で、メアリアンの塞ぎの虫についてたずねたとき、理由はわからないが医者はメアリアンにした注意を私にしてくれなかった。すでに妻から聞いていると思ったのか、跡継ぎは持てないと私に言いたくなかったのか、いずれにしろ医者はなにも言わなかった」

アデルがベッドに入ってきて、エドモンドの脚をつついて開かせ、背中を彼の胸に預ける形で座った。彼は安堵の息を吐いた。彼女から触れられるのがとてもうれしかった。アデルは彼の腕を自分の体にまわし、手の甲にキスをした。彼は微笑んだ。エドモンドの公爵夫人は、傷ついた気持ちをキスで癒やそうとしてくれているのだ。アデルの髪に顔を近づけ、その香りを永遠に肺に留めておきたくて深く吸いこんだ。

「それからどうなったの？」アデルがやさしくたずねた。

「メアリアンから話を聞いたあとは、彼女のベッドには近づかず鷹のように鋭く注視した。ロゼット・パークに戻ってくるよう母に頼み、メアリアンのために一緒に医者からの助言をすべて実行した。症状は現われず、妻は健康で活気に満ちた輝きを放っていた。だが、妊娠七カ月のある朝、メアリアンはシーツが血まみれの状態で目覚めた」

エドモンドの手に重ねられた彼女の手がこわばった。

「いまでも血のにおいがして、妻が出産しようと必死になっている部屋の暑さを感じられるよ。あんなに大量の血を見たのも、あんなにひどい絶望を感じたのも、はじめてだった。メアリアンは危険をわかっていたのに、私とベッドをともにしてくれた。それもこれも、跡継ぎが欲しいと私がことあるごとに口にしたせいだ。妻の目から命が流れ出ていき、私を愛したことを深く後悔している気持ちが見えた」

アデルがたじろいだ。「あなたが責任を感じることはないわ、エドモンド。わたしはぜったいに――」

「やめてくれ！　私のせいじゃないなんて言わないでくれ。私は責任を負わなくてはならないんだ。もっと深く探るべきだった。なにかがおかしいとわかっているべきだった」

「あなたはまちがっているわ、公爵さま」おだやかな声だったが、譲らぬ芯が通っていた。「あなたひとりではなく、わたしも背負うべき責任だわ。あなたがわたしに子どもを持たせてくれないと決めたときに、そうなったの」

冷ややかな沈黙のなかで聞こえるのは、ふたりの息の音だけだった。

「きみが子どもを持てないまま幸せになれると信じるほど、私は愚かではない。だが、どうか心を大きく持って私にもう少し時間をくれないか。きみは二十一歳だ。あと二、三年の時間が欲しいだけなんだ」うまくすれば罪悪感と苦悶がただの妄想だと心でも理解できるようになり、将来に目を向けられるようになるかもしれない。

アデルが彼の関節に口づけた。「わかったわ、エドモンド」

どっと安堵に襲われ、エドモンドは彼女の頭に顎を乗せた。長いあいだそのままでいて、ふと気づくとアデルが彼の腕のなかで眠っていた。私の公爵夫人はほんとうに寛大だ。彼女にふさわしい人間になるよう努めよう。いつの日か、心の準備ができるだろう。

21

シアター・ロイヤル・ドルーリー・レーンにいる全員の目が、ウルヴァートン家のボックス席に向けられているように思われた。

「ウルヴァートン公爵夫人よ」

自分たちの爵位がささやかれるのに、アデルは心底うんざりしていた。けれど、エドモンドの予想は当たった。へつらいと陰口を同じくらい受けていた。ロンドンに来てから一週間ほどが経ち、夫とともにいくつかの舞踏会や数多くの音楽会に出席してきた。以前はアデルの存在を無視した若い淑女や紳士が、競って近づいてきた。アデルの髪型をまねする女性たちもいると気づいて驚いたし、舞踏会などで身につけた大胆な明るい色のドレスの注文が殺到しているといううわさもあった。あっという間に知り合いが増えつつあって、心が躍った。なかにはこの先もたいせつな存在になりそうな人たちもいた。

「あら、ウルヴァートンの到着だわ」レディ・ディアウッドが単眼鏡を目に当てて広間を見た。

アデルの心臓が飛び跳ねた。エドモンドは政治関係の会合に出席する予定があったため、先にひとりで来ていたのだった。彼が第二幕に間に合うよう来られるかどうか、わかっていなかった。アデルとしては、観にきたお芝居について話すほうがよかったのだが。報われない愛と復讐についての刺激的な物語だった。先日エドモンドと観たのとよく似たお芝居だったけれど、おもしろさは引けを取っていなかった。

「公爵があなたと一緒にいくつの行事に出席するだろうかと、上流社会はとてもそわそわしていてよ」侯爵夫人がいたずらっぽくウインクをした。

アデルはおだやかな笑顔で応え、ボックス席に従僕が届けてくれたシャンパンを飲んだ。

「あなたが彼を罠にはめたのはなかなか進取の気性に満ちていた、という人もいるわ。最高の夫候補を手に入れた大胆さを賞賛する若い淑女はすごく多いわね。公爵があなたにぴったりくっついているのがわかって、今週だけでも四回も事件があったのですよ」

アデルがなにか言う前に、カーテンが開いてエドモンドが入ってきた。彼が会釈すると、レディ・ディアウッドが立ち上がり、深くお辞儀をしてボックス席を出ていった。

アデルはにやりと笑った。「あなたが来ると、わたしのお友だちはかならずそそくさと逃げていってしまうみたい」

エドモンドが腰を下ろし、体をかがめてさっとアデルにキスをした。

「破廉恥な行ないをどうあっても続けるつもりなのね」

「そのとおり」彼がもの憂げに言う。「ごきげんいかがかな?」

アデルの肌がちくちくした。エドモンドは少しばかりよそよそしいみたいで、そういえば今朝、会合に出かける前もうち解けないようすだったと思い出す。

「ご心配にはおよびませんわ、公爵さま。ここに着いてから、一時たりともひとりで過ごしていませんから。最新のうわさ話を教わりましたし、お芝居がはじまる直前にはすごく驚くことが起きたの」

エドモンドが片方の眉をくいっと上げた。

「ヴェイル伯爵がこのボックス席に立ち寄られたのよ」

エドモンドは涼しい顔をしていたので、アデルの疑念は正しかったとわかった。

「最初は驚いたわ。彼のすねを蹴って今年一の醜聞を起こしてやろうかと思ったけれど、伯爵は紳士にあるまじきとんでもないふるまいをして申し訳なかったと大げさなくらい謝罪して、どうか赦してほしいと懇願したの」

「当然だな」

「あなたが彼に謝るよう言ってくれたの？」

「そうだ」

うれしさでアデルの体が温もる。「ありがとう、エドモンド」

彼がなにも言わないでいると、照明が落とされて俳優たちが舞台に出てきた。アデルの胸がいやな感じに早鐘を打った。

「エドモンド？」

ふり向いた彼の目は氷のようだった。

「会合はうまくいったの？」

「ああ」

アデルはうなずいた。

「明日、ロゼット・パークに戻ろう」

アデルの息が詰まった。継娘たちや本邸のうららかな美しさが恋しかったけれど、彼のことばで胸が痛んだ。「あと二週間ロンドンにいる予定だったのでは？」

「予定変更だ」

彼が妻に相談しようと思いもしなかったことがこたえた。感傷的な曲に乗せた歌声が大きくなってアデルの視線は舞台に引きつけられたけれど、その目はなにも観ていなかった。彼と手をつなぎ、指をからませた。

エドモンドが体をこわばらせたので、アデルは冷たいものが体を這うのを感じた。けれど、すぐに力が抜け、冷淡に感じたのは自分の勝手な想像だったのかしら、と反省した。


なにかがおかしかった。でこぼこの田舎道を飛ばす馬車のなかで、アデルはクッションの効いた座席の背もたれに頭をつけた。嵐が近づいており、御者は天候が荒れる前にロゼット・パークに到着しようと懸命だった。急ぎすぎて事故を起こさないでくれるといいのだけれど。カーテンを開けて空を見上げる。まだ午後半ばだけれど、空は明らかに暗くなっていた。エドモンドは馬で先を行っており、馬車から離れすぎないよう何度もふり返っていた。けれど、いまは険しい顔をまっすぐ前に向けていた。

やさしく、ときに激しく愛されたすばらしい夜を何度か過ごしたあとで、いきなりよそよそしくされるとは予想もしていなかった。ロンドンには三週間滞在する予定だったのに、突然ハンプシャーへ戻ることになったのも衝撃だった。なにがきっかけでエドモンドが予定を変更したのかわからなかったし、理由をたずねようにも、いまいましい彼は馬車と併走してくれなかった。

先刻は宿で停まりもしたのだけれど、そこで一泊するのではなく、馬を取り替え、そこまで走らせてきた馬は翌日ロゼット・パークまで運ばせる手配をしただけで、急いで食事をすませたあと、骨の折れる旅を再開したのだった。腹部で緊張がとぐろを巻き、胸の痛みが募っていくのがいやだった。

馬車がロゼット・パークの門をごろごろと通ると、安堵のため息が漏れた。継娘たちが恋しかった。馬車が停まり、扉が開けられる。エドモンドが手を貸して降ろしてくれたけれど、まるで他人だった。

「エドモンド、大丈夫？」

冷ややかな目が向けられた。エドモンドは微笑みを浮かべたけれど、目が笑っていないうわべだけのものだった。「大丈夫だよ、アデライン。七時の夕食に間に合うように戻ってくる」

「どこへ行くの？」

「乗馬だ」

アデラインは目を瞬き、さらに暗さを増した空をちらりと見た。空気も冷たくなっていて、アデラインは外套を引き寄せた。「乗馬なら何時間もしていたじゃないの」

「それなら、あともう少し乗ってくるまでだ」

そして、そっけなく会釈をしてエドモンドは離れ、馬にまたがり、新しい馬を厩へ入れろと大声で言った。アデルが屋敷への階段を上がる前に、彼が勢いよく地所を出ていくのが見えた。

彼女はなかに入り、急いで応接間へ向かった。彼が出ていった方角に面した窓辺へ、すぐさま行く。

「息子を追いかけるべきだと思うわ」

アデルはあえぎ声が出そうになるのをこらえ、くるりとふり向いた。「お義母《かあ》さま、いらっしゃるのに気づきませんでしたわ」

「それはそうでしょう。悪魔に追いかけられているみたいに、慌ててこの部屋に入ってきたのですから」

アデルは唇に笑みを浮かべ、それで内心で暴れまわる突然の動揺を隠せているよう祈った。「ローザとサラは元気ですか？」

「変わりはありませんよ。ふたりともシェフィールド伯爵のお宅にうかがっています。今日はあちらのお嬢さんのおひとりがお誕生日なので、孫たちは新しい家庭教師と一緒にお祝いに出かけたのよ」

「わたしたち、こちらに連絡する時間もないくらい急にロンドンをあとにしたので」ハリエットはやさしく微笑み、くつろいでいた長椅子から立ち上がった。「今日の息子は機嫌が悪く見えたでしょうね」

「その……はい、そうなんです。わたし、困惑してしまって」

ハリエットが息を吸いこんだ。「あの子が忘れたと思うなんて愚かだったわ。あなたと一緒にロンドンへ行ったとき、息子は前に進みつつあるのだと軽率にも信じてしまった」

アデルは眉をひそめた。「わたしにもわかることばで話してくださいな」

「今日はメアリアンの命日なのよ」

ああ、エドモンド。毎年母の命日が来るたび、アデルは明るい気持ちになれないのだった。父と継妹たちのために朗らかにふるまうよう努めたけれど、いつもとても苦労した。「そうでしたか」

「息子をひとりにしないほうがいいと思うの」

「でも……彼は馬に乗って出かけてしまいました」

「そうね。地所の東側の、装飾庭園を過ぎたところにあるコテージに行ったのだと思うわ。毎年……この日はそこで夜を過ごすの。最初に息子がそこへ行った年に聞いたのだけど、屋敷にいると……血のにおいがして、メアリアンのむせび泣きが聞こえるのですって」

アデルはたじろいだ。

「雨になる前に息子のところへ行ってちょうだい。あの子にはこれまで今日という日に慰めとなってくれる人がいなかったの。でも、あなたの存在がその慰めになるかもしれないわ」

そう言うと、ハリエットは本を持って応接間を出ていった。

アデルは心を決めかねて、その場に立ち尽くした。エドモンドを抱きしめ、苦しみから気をそらしてあげたい。でも、彼に拒まれたら？

〝血のにおいがして、メアリアンのむせび泣きが聞こえるのですって〟

そんな記憶は忘れられないほどつらいにちがいない。そのつらさを和らげられるなら、そばにいてあげたい。応接間から居間へ行き、〈狐と鵞鳥〉のゲームとトランプを取る。そして、馬を準備するよう伝えたあと、部屋で侍女に手伝ってもらって乗馬服とハーフブーツに着替えた。

三十分もしないうちに、アデルは手綱を放して馬を下りた。それほど遠い場所ではなかったので、天気が崩れかけていなければ歩いてもよかったくらいだ。まさにコテージへのちょっとした階段を上がっているとき、頬に最初の冷たい雨粒がかかった。エドモンドの馬は見ておらず、彼はほんとうにここにいるのだろうか、と不安をおぼえた。ドアをノックしても返答がない。ノブをまわし、なかに入る。

「出ていってくれ」小さいながらも趣味のよい設えのコテージにエドモンドの声が轟いた。

薄暗いなかにいる彼が見えた。ブーツを脱ぎ、シャツをはだけ、クリスタルのデカンターを片手に、もう一方の手にグラスを持って、大きな肘掛け椅子にだらりと座っていた。グラスを口もとへ運んで酒を飲むと、エドモンドの力強い喉が動いた。彼がグラスにおかわりを注ぐ。

「お義母《かあ》さまから聞いたわ」アデルは落ち着いた声で言い、外套と手袋を脱いだ。それから乗馬服の上着のボタンをはずしにかかる。「ここは寒いわ。火を熾《おこ》してくださる？」

エドモンドは目を険しくしておそろしげな表情を作った。それでも、立ち上がり、小さなテーブルに酒を置くと、暖炉のところへ行って驚くほど手慣れたようすで火を熾した。

「よかったら、ゲームを持ってきたのだけど――」

エドモンドが立ち上がり、彼女と向かい合った。「ゲームをする気分ではない、奥方どの」

彼と目を合わせたアデルは凍りついた。彼の顔は興奮と、これまで見たこともない感情で赤くなっていた。そのとき、彼の体をこわばらせている緊張、官能的なまでに残忍にゆがんだ唇、目のなかの暗い苦悩に気づいた。

「なにが必要なの？」アデルはそっとたずねた。

エドモンドの顎が引きつり、半眼のまなざしが彼女を刺し貫くようだった。「出ていったほうがいい」

「本心からそう言ってる？」

彼が唾を飲んだ拍子に喉が動き、目は原始的で少しばかりおそろしげなものできらめいた。

「話がしたい？」

「いや」

「だったら――？」

「セックスだ」彼が乱暴に言う。「私の望みはやることだ、奥方どの」

アデルはあえいだ。「わざとひどい言い方をしているのね」

彼が左の眉を傲然と上げた。

「心の内をわたしにさらけ出すのがそんなにこわいの、エドモンド？」

そのことばを侮辱と受け止めたらしく、エドモンドの目が怒りで燃え上がった。その瞬間、彼はアデルが昔動物園で見た傷ついた虎のようで、ほんの少しでも攻撃されたと思えば襲いかかってくるだろう、と気づいた。エドモンドには彼女を深く傷つける力がある。そんな考えを脇に追いやり、自分には彼を慰める力があるという本能を信じるようにする。母を思って泣いたとき、自分にはだれもいなかった。何日もひとりで部屋に閉じこもり、毎年の命日に新たにつらい思いをしたとき、アデルは悲しいほど孤独だった。エドモンドも同じだ。痛々しいほどひとりで苦痛を抱え……筋の通らない罪悪感を抱えてきたのだ。

アデルは乗馬用ボンネットを脱いで床に放った。それから、無言のままかがみこんでブーツのボタンをはずした。

「なにをしているんだ、マダム？」

「見ればわかるでしょう？　や、やりたいと言ったのはあなたよ」アデルの全身が赤くなった。

「きみが言うと、下品なことばも魅力的に聞こえるな」エドモンドの声はざらついていた。「屋敷に戻ったほうがいい」

「あなたにはわたしが必要だわ」

「私はだれも必要としていない」

「泣かせてくれる肩も、怒っているときに抱きしめてくれる腕もなかったのが問題だったのかもしれないわ、愛しい人」

エドモンドが衝撃を受けたまなざしになったので、アデルは眉をひそめた。それから凍りついた。

愛しい人……。

つらい思いで息を殺し、口をすべらせたことをエドモンドが指摘するのを待つ。彼はなにもせず、ただひたすら一心に見つめてくるだけだった。

「ベッドに入って私を待つんだ」

「お断りだわ、公爵さま」体で慰めるのはやぶさかではないけれど、彼の命令どおりにするつもりはなかった。

ぶらぶらと近づくと、彼が体をこわばらせた。雨が本格的に降りはじめており、エドモンドは左手の小さな窓に目をやって暗い外を見た。小石のような雨粒が窓ガラスを打つ。視線を戻してきた彼を見て、アデルは喉が締めつけられるようになった。

「風のなかに彼女の叫び声が聞こえる」

「なんて叫んでいるの？」

彼はすっと無表情になったけれど、その目のなかに苦痛と怒りの片鱗が覗き、アデルの口のなかがからからになった。

「彼女と息子を救えなかった私を非難している」

アデルはつま先立ちになり、彼にキスをした。エドモンドが震える。それでも、両手を体の脇で拳に握り、アデルに触れてこようとはしなかった。

アデルはゆっくりと唇を離した。エドモンドの引きつった表情は変わっていなかった。「いまはなんて言っているかしら？」

エドモンドが頭をふる。「きみに触れられると……それ以外のことは重要に思われなくなる」

アデルがまたキスをすると、彼は目を閉じて顔を傾けた。彼のたくましい首筋からがっちりした胸の筋肉までキスでたどる。

「今夜はわたしに浸って。思い出も苦痛もなく、ただ快感だけを得てちょうだい、エドモンド」

「きみを傷つけたくない」うなり声だ。

「どうしてわたしが傷つくと決めつけるの？」

エドモンドが大きく胸を膨らませて息を吸いこんだ。「酔っ払っているからだ」

アデルが目を丸くする。たしかに息は酒臭かったけれど、それ以外は泥酔の気配が感じられなかったからだ。

彼の胸に額をつける。「それなら、カード・ゲームをしましょう。母からピケットのやり方を教わって知っているから」

「なんて破廉恥なんだ」エドモンドがぼそりと言ったが、おもしろがっている口調だったので、アデルは喜んだ。

「ほんとうよね」笑顔で返す。

「そうできればと思うが、きみを手放せない。今夜は。きみに触れられ、きみの香りに包まれると、いろんなことを寄せつけずにいられるからだ」

アデルが顔を上げると、彼が唇を重ねてきた。その唇が頬へ移り、耳たぶを甘噛みした。エドモンドは彼女の薄いシュミゼットの襟ぐりをつかみ、一気に引き裂いた。

ああ。

濡れたキスを首筋から下へと羽根のように軽く落としていき、シュミーズの上から厚い唇で胸の頂をふくんで吸った。あまりに強烈な感覚にアデルの体がびくりとした。すべてが不鮮明になるなか、ふたりは残りの服を急いで脱ぎ捨てて裸になった。エドモンドが彼女を抱き上げてベッドへと運び、あまりやさしくはないやり方で落とした。けれど、アデルはやさしさなど求めていなかった。彼に触れられて熱い欲求が駆けめぐり、体はすでに彼を迎えるために濡れていた。

ふたりはシーツの上で体をからめ合い、気づくとアデルは彼の胸に唇を押しつけ、腹部へと下げ、そこにぶつかるように屹立した太く長い分身まで到達した。エドモンドを悦ばせて恍惚感を味わってもらいたくて、彼自身をつかんでなめた。

エドモンドが叫び、シーツを握りしめた。喜びにアデルの体が温もり、力がみなぎった。本能に導かれて根元からなめ上げ、ふっくらした先端を口にふくむ。エドモンドは気持ちよさそうになった。すてきな声だった。

もどかしくなったのか、彼はアデルの臀部をつかんで引き上げると組み敷いた。その荒々しさに彼女は興奮してうめいた。

エドモンドが体重で彼女を押さえつけ、腰を使って淫らに脚を広げさせた。そして、二本の指をなかへすべりこませた。ふっくら腫れて濡れた部位を指で巧みに愛撫され、アデルの全身が彼に所有されたくてうずいた。彼が指をどけて、分身をそこへ押し当てた。「すごく濡れているね、アデライン」

アデルは身震いし、腰を上げようとした。けれど、脚を大きく広げられ、エドモンドにしっかり組み敷かれていた。彼の肩をつかむしかできなかった。エドモンドは腕を突っ張って上半身を起こし、力強く、ほとんど暴力的といえるほど激しく根元まで体を埋めた。

「エドモンド！」

彼の顔には純然たる欲求が浮かんでいた。「ぴったりだ。すごくきつくて完璧だ」

エドモンドはかすかに体を起こし、両腕をアデルのひざの裏に入れて肩に担いだ。「自分がどれほど美しいかわかっているかい、アデライン？」低くざらついた声で彼がささやいた。

そして、何度も何度もアデルを貫き、ベッドが壁にぶつかった。渇望が暗く飢えた潮流となって押し寄せ、アデルは彼の頭をつかんで引き下ろし、ぶつけるようにして唇を重ねた。彼の舌が官能的にアデルの唇をなめ、口のなかに入ってきて、体の動きをまねた。エドモンドは骨盤がぶつかるほど腰の動きをさらに激しくし、アデルの快感を高めた。

ああ、なんてすばらしいの！

アデルは絶頂を迎えた。あえぎ、震え、これほどの恍惚感にはけっして消えてほしくないと思った。エドモンドは深くうめいてさらに何度か速く突くと、アデルをきつく抱きしめ、彼女の腕のなかで身震いをした。

ふたりの唇が離れ、その荒い息が窓に打ちつける雨音や暖炉で薪が爆ぜる音と混じり合った。コテージの外では風がうなり、空が急に明るくなって雷鳴が轟いたけれど、ふたりとも気づいていないようだった。

エドモンドが額を合わせると、髪の生え際から彼女に汗が伝わった。

「きみがあの晩、私の部屋に入ってこなければ、どうなっていただろうとおそろしくなるときがあるよ。きっと別の女性と結婚していただろうからね。こんなに女性を欲したことはないよ、アデライン」

アデルは息が詰まってしゃべれなかった。エドモンドが罪深いほどすてきな笑みを唇に浮かべた。

それから、彼女から離れてよろよろとベッドを出た。

「エドモンド！　ほんとうに酔っ払っているの？」

「たぶん」

近づいてきたエドモンドがハンカチを持っているのにアデルは気づいた。彼はアデルの両脚をつかんでベッドの端まで引っ張り、脚を広げさせてハンカチで拭った。エドモンドが顔をしかめて頭をふり、それからまたアデルの秘めた場所を見た。

「やわらかくてピンク色をしている」彼が小さく言って、その部分に指を這わせた。

淫らな熱がまた血を騒がせ、アデルはあえいだ。

「味わいたい」

アデルが返事をする間もなく、彼が顔を下げて舌を這わせた。

彼女は弱々しい叫び声をあげ、エドモンドにせっつかれてさらに脚を広げた。蕾を強く吸われる。アデルは息を切らした。エドモンドは緩急をつけて舌を動かし、おかげで彼女は激しい絶頂を迎えて震え、あえいだ。エドモンドは愛撫をやめず、アデルが快感で身もだえするまで吸い、なめた。

「甘い味がする……永遠にきみを貪っていられる」彼が体を起こしてアデルをひっくり返し、ひざを立てさせた。太く長いものをひと突きで入れられて、アデルの叫び声が部屋にこだました。

「きみの味にも、腕のなかのきみの感触にも、けっして満足できそうにない」

そのことばが愛撫となり、アデルの体を欲望が渦巻いた。

「きつくて引き伸ばされてるね」エドモンドがうなるように言ったかと思うと、アデルは経験したこともない荒々しさで奪われ、ひと突きされるごとに神々しさを感じ、ついには恍惚感のあまりの猛襲に粉々に砕け散った。

アデルの口から挑発的にそそのかすことばが出て、エドモンドが自制心を失ってベッドがうめいた。くぐもった叫び声とともにエドモンドも絶頂に達し、ベッドにくずおれるときにアデルを自分の体の上に抱き上げた。いくらもしないうちに、彼の胸が一定のリズムで上下しはじめた。アデルは彼にブランケットをかけてやり、小さなベッドで彼にすり寄った。

「愛しているわ、エドモンド」彼女はささやいた。

当然ながら、エドモンドから返事はなかった。彼はすっかり眠りこんでいた。どれくらいのあいだ、エドモンドに体をくっつけ、彼の呼吸に耳を澄ましていたか、わからなかった。体の向きを変えたとき、内腿に濡れて温かい彼の精を感じ、鼓動が速まった。どうしよう、まだ早すぎる。彼にはまだ心の準備ができていないのに。

アデルは震える足でベッドから出て、脚のあいだがうずいてたじろぎそうになるのをこらえた。急いで服を着る。エドモンドは身じろぎもしなかった。アデルは手早くトランプとゲームを集めた。破れたシュミゼットを乗馬服の上着で隠し、嵐の最後の雨粒に濡れないように外套を羽織り、コテージを出た。犬のマクシマスはいなかった。大雨に降られて暖かな厩に戻ったのだろうと思ったけれど、ドアの脇にいて、アデルを見ると尻尾をふった。

マクシマスがいたことに安堵したアデルは、きっぱりとした足取りでコテージから母屋へと歩きはじめた。乗馬服の裾に泥が跳ねようと気にもしなかった。エドモンドはとても情熱的で自然だった——愛撫もことばも、だいじにしたい、聞きたくてたまらない、すべてだった。彼はほんとうに酔っ払っていたけれど、意識を失うほどではなかったのではないかと心配だった。精を彼女のなかに放ってしまったと気づいたら、エドモンドはどうするだろう？

22

エドモンドは頭が割れるほどの痛みとともに目覚め、思わず悪態をついた。メアリアンと息子の命日を、またもや泥酔のなかでやり過ごしたのだ。酒でごまかすという考えが突然見下げ果てたものに思われ、二度と泥酔状態には陥らないとその場で誓う。

起き上がって、ふとためらう。熱いものととらえどころのないものが体のなかを這う感覚があった。なにかがいつもとちがう。必死で思い出そうとしたところ、ちらちらと浮かぶアデラインの姿で頭がいっぱいになった。

同情あふれる彼女の微笑み。

情熱で翳った荒れ狂う目。

情熱……。恍惚として口を開いたアデライン。こちらに向かって弓なりに反らされた体。分身を包む濡れた熱。

私の公爵夫人のにおいがするコテージ。

エドモンドは渋面になり、周囲を見まわした。ここに彼女がいたと示すものはなにもなかった。夢の断片に心をかき乱され、手で顔をこする。弛緩した分身に目をやる。

アデラインの夢を見て夢精したらしく、べたついていた。

くそっ。

自分はまるで経験のない若者のようだった。それでも、最悪の時が過ぎたのはありがたかった。アデラインにはきちんと説明しなくては。とはいえ、メアリアンが地中で朽ち果てているのに、自分は生きていて、健康で、後妻を愛しつつある状態に罪悪感を抱いてしまう、ということを説明するのはむずかしかった。

頭に響かないようにゆっくりと服を着る。数分後、コテージを出ると外は非常に陰鬱な雰囲気だった。昨日は雨が降りそうだったので、勝手に厩へ戻れるように彼の馬をつながずにおいたのだった。今日もまた雨になりそうだった。マクシマスが駆け寄ってきて、服に泥を跳ねかけてくれた。エドモンドはくつくつと笑って愛犬の首を抱き、少々乱暴に遊んでやった。母屋に向かっているとき、アデラインと娘たちが小径をぶらぶらと歩いているのを見て足の運びが遅くなった。

サラが彼に気づき、歓声をあげて走ってきた。エドモンドは娘を抱き上げ、自分が何度も父親にしてもらったように肩車した。サラは落ちないように彼の髪をつかんでくすくすと笑った。

「すっごく高いわ、お父さま」

ローザが笑いながら駆けてきて、彼に抱きついた。「さみしかったわ、お父さま」

「おまえたちに会えなくて、私もさみしかったよ」

「午後に育児室でお茶会をするのだけど、お父さまも来てくださる？」

エドモンドの喉が締めつけられた。もう何年も娘たちのお茶会に誘ってほしいと思っていたが、声をかけられたのははじめてだった。娘たちはいつもお茶会を開いていて、彼の母親や、ときにはアデラインも招待されているようだったが、エドモンドが誘われることはなかったのだ。娘たちが距離をおいている原因は自分にあるとわかってはいたものの、留守がちなせいで傷つけた娘たちの気持ちをどうやって癒やしてやればいいのかわからずにいたのだ。「今日の招待客に入れてもらって光栄です、レディ・サラ、レディ・ロザリー」

娘たちがくすくすと笑い、その美しい声音に胸が引きつれた。

アデラインがためらっているらしいのに気づき、エドモンドは眉根を寄せた。娘たちを引きつれて近づき、アデラインが持っている籠をちらりと見た。

「お天気はあまりよくなかったけれど、三人でお散歩をしたの」アデラインが籠を見せる。「ベリーを摘んだのよ」

アデラインはどうして警戒気味なのだろう？

「あんなに急にロンドンを発つことになって申し訳なかったね」

彼女の目が見開かれ、頬に赤みが差した。「それはなんとも思っていません。サラやローザや本邸が恋しかったので。もちろん、相談はしてほしかったけれど、あなたが急いだ理由はお義母《かあ》さまが説明してくださいましたわ」

エドモンドはうなずいた。「一緒に歩こうか？」

「ええ」

遠くに見える母屋に向かって歩き出す。

「きみは美しい」

アデラインがふり向き、目を丸くしたあと、エドモンドが待っていたものが現われた。ゆっくりとした笑みが唇に浮かんだのだ。その唇は、何度もくり返しキスをされたかのように、罪深いほどふっくらと腫れていた。

おそろしい瞬間、永遠とも思えるつかの間、エドモンドには見つめるしかできなかった。夢の断片が浮かびかける。「ゆうべは快適に過ごせたかい？」

「ええ、もちろんよ。あなたは？」

「ぐっすり眠れたよ」

ふたりはそれ以上なにも言わず、母屋に戻るまでおしゃべりは娘たちに任せた。すべて順調のはずなのに、エドモンドはなぜか胸騒ぎをおぼえた。

八週間後、アデラインは室内便器にかがみこみ、まっ青な顔で嘔吐していた。侍女のメグが髪を押さえ、額に冷たい布を当ててくれていた。

「大丈夫ですよ」公爵夫人がまた吐き気に襲われると、メグが小声で言った。

エドモンドはかわいそうでたまらなくなった。アデラインはつらい思いをしている。

「この吐き気は数週間でおさまります」

侍女のことばを聞いて、エドモンドは魂のなかでなにかが凍りつくのを感じた。これはただの病気ではない。冷静に頭を働かせる。朝食前にアデラインが嘔吐したのは二日めだし、昨夜は胸の先を吸われた彼女がたじろいだ。頂が大きくてうれしいと彼が言うと、アデラインは気まずそうに目をそらした。この症状がなにを意味するかはわかっていたが、筋が通らなかった。この何週間か、たとえ気にしないでと彼女にそそのかされても、かならず外で放つよう気をつけてきたのだ。

「身ごもっているのか？」エドモンドの声は危険なほどおだやかだった。

アデラインがぎくりと凍りつく。こんなに生気のない彼女ははじめてだった。そのとき、アデラインが目を合わせてきた。その目は生々しい狼狽に満ちていた。エドモンドのなかで苦く鋭い恐怖がこみ上げる。身ごもっている……。どうやって？「どうやって？」

アデラインにそっと手を握られた侍女が立ち上がった。彼女はさっとエドモンドにお辞儀をすると、逃げるように部屋を出ていった。

アデラインが立ち上がり、洗面器のところへ行って口をすすぎ、それから彼と対峙した。喉が動いたものの、彼女の口からことばは出てこなかった。それでも、その目に怒りがきらめいているのは見まちがいではなかった。

エドモンドは全身を冷たいものにおおわれた。「質問をしたのだが、奥方どの」

アデラインはきつく目を閉じた。「あなたがわたしに触れたのよ」それが裏切りの説明になるとばかりの、おだやかな声だった。

私が彼女に触れた？

〝お願い、やめないで、エドモンド……。あなたのせいで熱く燃えるわ。でも、とってもすてきな感じ〟

夢の潮流が頭のなかで起こった。熱、アデラインのなかに身を埋めた純然たる悦び、きつさ、濡れ具合、慰め……あれは現実だったのか。低いうなり声が喉の奥深くから出て、部屋に響いた。

「エドモンド」アデラインの声は小さく、震えていて、目は涙できらめいていた。「あなたが恐怖心を抱いているのは知っているし、理解もできる、でも、約束するわ――」

「どうやって？」その声はざらついていた。コテージでの夜はどういうわけか現実だったらしいと理解したものの、アデラインの口からはっきりと聞く必要があった。夢に何度も登場し、心の暗い隅では現実であったことを願ってしまうあの晩のできごとは、ほんとうにほんとうだったのか？　味わった情熱――あれほどの驚異、あれほどの官能を満喫した経験はなかった……あれが実際に起きてほしかった。欲望にとらわれ、自分の行動がもたらす結果を忘れるとは、なんと愚かだったのか。

アデラインが唾を飲もうとして喉が動いた。「あなたはがむしゃらに馬に乗っていってしまったけど、悲しみを抱えたあなたがひとりでいると思ったらわたしは耐えられなかった。だから、あなたを追って……あなたにキスをされて、わたしは……わたしたちは……」やましそうなまなざしになったが、彼女は断固として顔を上げた。「あなたはわたしを貪り、わたしはあなたの腕のなかで感じた快感に抗えなかった」

アデラインに目で挑まれて、彼は危うく折れそうになった。

沈黙が傷のようにずきずきとうずいた。

「なにか言って、エドモンド」

どういうわけか部屋に血の金属臭が入りこみ、エドモンドの鼻腔を満たした。血だらけだった。メアリアンは泣き続け、自分を助けて、ふたりの赤ちゃんを助けてと懇願し、エドモンドはどうすることもできず、役立たずにも立ち尽くし、何度もいきんで疲れ果て、失血で弱々しくなったメアリアンになにもしてやれなかった。メアリアンの目から希望が消えていき、恐怖だけが残るのを見ていた。エドモンドはなにもせず……ただ、自分の地獄と失敗にとらわれて、冷たい沈黙のなかで見つめていただけだった。

「エドモンド？」

アデラインのやわらかな声がして、エドモンドは暗くぼろぼろの縁から現実に引き戻された。

彼女が心配そうな目で一歩近づいてきた。「エドモンド、わたし――」

「出ていけ」

アデルは胸のまん中を殴られたように感じた。

「わたしの部屋を出ていけと言ったの？　それともロゼット・パークを？」体を切り

刻んでいる痛みとは裏腹に、おだやかな声が出た。

彼の目のなかでくすぶる怒りと軽蔑がおそろしかった。

「きみは嘘をついた」

〝彼女は私に嘘をついたんだ〟メアリアンのしたことを打ち明けてくれたとき、エドモンドは打ちひしがれたようすだった。

「ついていません」

「翌朝きみが用心深いようすだったわけがこれでわかったよ、マダム。黙ってごまかすのも嘘だ」

アデルは目を閉じた。「わざとじゃないの……コテージを抜け出して母屋に戻った。あとになってあなたはおぼえていないらしいと気づいたとき、非難されたくなかったから、一緒に過ごしたことは言わなかった。まさか身ごもるとは思ってもいなかったの」

「私が迫ったとき、どうして拒絶しなかったんだ？」エドモンドが声を荒らげた。

「そうしようとしたわ」

エドモンドがぎくりとした……激しく。「私は無理やりきみを抱いたのか？」

アデルの喉が上下する。この先に待っている悲しみを避けるため、強要されたのだと言うのは簡単だった。けれど、そんなことをしたらわたしは怪物になってしまう。

「それはちがうわ」そっと言った。

エドモンドが安堵の息をしゅっと漏らした。「あれから八週間になる。その間ずっと、身ごもった危険をわかっていたのに、きみはなにも言わなかった」

「正直に言って、話をどう持っていけばいいのかわからなかったのよ、エドモンド。それに、身ごもったとはっきりしたのは昨日のことだもの！」

「この屋敷で出産はさせない」

アデルはたじろいだ。そらすことのできない彼の目のなかに、絶対的な真理を見た。エドモンドはけっして譲歩しない。アデルが愛した情熱的な恋人は、空想の産物であったかのように溶け去り、冷ややかな公爵がまたもやそこにいた。「では、わたしは追放されるのね？」アデルの唇は震えていた。無理やり唇をきつく結び、泣くのをこらえた。

「どこで出産しようとかまわない。地所ならイングランドとスコットランドにいくつもある。どれでも選ぶといい」

アデルは彼をきつくにらみつけた。「残酷で理不尽だわ。家族にそばにいてもらう必要があるのに……あなたが必要なのに」ほら……粉々にされるかもしれないけれど、心の内をさらけ出したわよ。

「きみが死ぬのを見るつもりはない！」エドモンドがどなった。「きみを失う悲嘆をローザとサラに味わわせるつもりもない」

アデルの胸は早鐘を打ち、両手は震えていた。「なんて傲慢な人なの。あなたは権力も富も持っているけれど、エドモンド、だれが生き延びてだれが死ぬかは決められないのよ。メアリアンが亡くなったのはあなたのせいじゃないし、彼女自身のせいでもない。死は死にすぎず、避けることはできないもの。メアリアンの場合は、とても悲劇的な死だったのはたしかだけれど。わたしは身ごもっているのに——身ごもっているのはあなたの子どもなのに、継娘《むすめ》たちと離ればなれにしてどこかのわびしい場所に追放するつもりなの？」

エドモンドが威嚇するように近づいてきたけれど、アデルは踏ん張った。「メアリアンを妊娠させていなければ、彼女はいまもここにいたはずなんだ」衝撃的なまでに残酷なもの言いだった。「私が跡継ぎを望んだせいだ……いまとなってはどうでもいいことに思われるが、当時はそのせいで、命の危険があると知りながらもメアリアンは毎回私に応えるしかなかったんだ！」

そこまでの罪悪感を抱いて、彼はどうやっていままで生きてこられたのだろう？

アデルは自分の体を抱きしめ、すすり泣きをこらえた。「あなたのせいじゃないわ、エドモンド。これ以上身ごもってはだめだとお医者さまから言われていたとしても……それをあなたに話さないと決めたのはメアリアンなのだし、彼女がどうしてそうしたのか、わたしにはわかるわ。愚かだったからでも頑固だったからでもなく、息子を産みたかったからだし、あなたを愛していたからよ。メアリアンはあなたの望みを叶えてあげたかったの。そして、すべてがうまくいくよう願ったのよ」

残忍そうな冷笑をエドモンドが浮かべた。「きみも似たような願いを持っているのか、アデライン？　メアリアンや、毎年出産時に命を落とす何百という女性よりも細くて小柄なきみが？　死なないことを願っているのか？　きみに対する私の渇望のせいで早死にしないことを願っているのか？　そうなのか、アデライン？　ばかみたいに願っているのか？」徹底的な嘲笑に満ちた声は、氷のように冷たかった。

アデルはたじろいだけれど、それは彼が乱暴なことばづかいをしたからではなく、なにもかもを焼き尽くして灰にしてしまうほどの苦悩のまなざしを見たからだ。「ほんとうにごめんなさい、エドモンド」ひび割れた声だった。「あなたの抱いてきた苦しみや罪悪感は想像もできないけれど、わたしも同じ運命をたどるだろうというあなたの恐怖心に縛られることはできないわ」

エドモンドが彼女の腹部を長々と見つめた。「あの晩きみと過ごしたのは夢だと思った……すばらしくて、おそろしい夢だと」

おだやかなことばにアデルの胸がどきりとした。

「出産のとき、きみがひどい目に遭わないことを、息子か娘がひどい目に遭わないことを、全身全霊で祈っている。それ以外の結果になったら、私は生きていけない」

アデルの喉が詰まった。「わたしは無事に乗り越えるわ、約束します」

エドモンドの表情は揺らぎもしなかった。「きみもさっき言ったように、アデライン、きみは運命に責任を負えないし、それは私も同じだ。生き延びるか死ぬか、きみにはわからない。私にもわからない。だから、気まぐれな運命を試したくはないんだ。だが、これは私の過ちだから、きみを責めるつもりはない。きみと一緒にくつろぎ、笑ったり人生を楽しんだりすれば、こういうことになるのはわかっていた。きみと親密になったりしないという決意をしっかり守っていれば、出産のときにきみが生き延びるか死ぬかといった言い合いをしなくてもすんだんだ」

よそよそしいエドモンドの声を聞いて、アデルの体を不安が駆けめぐった。これは怒りや恐怖どころの騒ぎではない。「エドモンド、わたしは――」

「やめてくれ」冷たくおだやかに言われ、アデルはふらついた。「こんな過ちは二度と起こさない」

エドモンドがなにをしようとしているのか、アデルは不意に理解した。

永遠の別離。

涙が目に染みた。「いやよ」金切り声になる。「あなたの筋の通らない恐怖心のせいで、わたしたちが永遠に離ればなれになってしまうなんて、いや」

エドモンドの灰色の目は、まるで凍てつく火打ち石のようだった。「仕方ないんだ、奥方どの」

決定的な口調や表情を受け止める。エドモンドは冷たくて超然とした人だと思っていたけれど、いま目の前にいるのは氷の塊で……知らない人だった。アデルの望んでいたすべては、もう永遠に手の届かないところへ行ってしまうだろう。無事に出産できたとしても、エドモンドは二度と彼女の腕のなかに戻ってはこず、一緒に野原を乗馬することもなく、キスもしてくれず、緊張をゆるめることもなく、毎日少しずつ強まりつつあった絆を信じなくなるだろう。人を寄せつけない壁は完全なものになり、アデルには壊すことができなくなるだろう。

喪失感に胸をえぐられたアデルは、がくりとくずおれそうになった。立ったまま彼と向かい合っているには、耐えがたいほどの力が必要だった。「お産はロゼット・

パークでします」

「そうなのか、奥方どの？」冷ややかな口調だった。

「ええ。お義母《かあ》さまや継娘《むすめ》たちに囲まれていたいから」

「子どもが生まれたら連絡してくれ……もしきみがまだ生きていたら」

アデルはあえぎ、エドモンドは大股で部屋を出ていった。

23

エドモンドはさっと馬にまたがり、地所からがむしゃらに駆け去った。視界がまっ赤な血の色になり、生気のない妻と息子の姿が心をいっぱいにした。彼の荒れ狂う怒りに呼応して、雷鳴がおそろしげに轟いた。それとも、恐怖に呼応したのだろうか？アデラインも同じように横たわっているのが見えた。ふたりの赤ん坊はこの世界に出てきて最初の息を吸うことも叶わず、命が流れ出ていくときのアデラインの非難がましいまなざしがエドモンドを刺し貫く。

頭のなかで警告の音がやかましく鳴るまで、感情を消して馬を飛ばした。雨は激しくなるだろう。手綱を引いて速度を落とした。自分がどこに向かっていたのかに気づいて息が詰まった。コテージ。馬を降り、雨で水かさの増した川にかかる橋へと大股で向かう。どきどきしながらコテージに勢いよく入り、はっと立ち止まった。

まったく！

彼が立ち去ったときのままだった。シーツは乱れていた。息を吸いこむと、アデラインのかすかな香りが肺を満たした。こんなに時間が経っているのだから、彼女の香りがするなんて想像の産物にちがいない。奥へと進み、ベッドに目が吸い寄せられる。彼女の臀部を持ち上げて、やわらかで濡れた秘所を吸ったときの記憶が熱に浮かされた頭によみがえり、強烈な渇望に襲われた。アデラインは叫び、こちらの髪を握りしめ、すさまじい情熱のさなかにもっと要求してきた。彼女は激しく美しく、惜しみなくあたえてくれた体はきつく歓迎してくれた。ひざから力が抜け、部屋にひとつだけの袖つき安楽椅子にへたりこんだ。

あれはほんとうに夢などではなかったのか。

〝愛しているわ、エドモンド〟

あのことばも現実だったのだろうか？　エドモンドの心が凍りつく。アデラインはほんとうに身ごもっていて、そのせいで彼女を失うことになるだろう。明日太陽が昇るのが確実なように。これまで学んできたすべての事実が、思考の前面に押し寄せてきた。

ロンドンでは、千人に五十人が出産時に亡くなっている。その確率は安心できるものに思えた。だが、メアリアンは天に召されてしまった。今度はアデラインが、おそろしい運命のせいでそのうちのひとりになるかもしれない。

ちがう……おそろしい運命のせいではない。産褥熱、引きつけ、悪疫の感染、大量出血でだ。

ゆっくりと鼻で呼吸をして、早鐘を打つ胸を鎮めようとする。今夜のうちにロゼット・パークを発たなければ。アデラインの腹部が大きくなっていくのを見た挙げ句、メアリアンや父親を奪った死という怪物が彼女のもとも訪れ、その目から光が消えるのを見守るのは耐えられなかった。

太腿に前腕をつけてうつむき、心の周囲に容赦なく壁を築いていく。いま彼の魂を引き裂いている恐怖から考えて、妻とまちがいなく恋に落ちかけているのがわかったからだ。

私はなんて愚かだったのか。子どもたちが自分を頼りにしているのに、そんな感傷に耽るとは。罪悪感と苦痛だらけのおそろしい地獄へなど、二度と飛びこむようなまねはしない。

顔を上げると、あたりはすでに暗くなっていた。袖つき安楽椅子で何時間も過ごしてしまったようだ。雨が打ちつけ、雷がコテージを揺さぶったのに、ほとんど気づきもしなかった。立ち上がったとき、妻に対する愛情が呼び起こされるのを感じなかった。ただ彼女が生きているのをありがたく思い、自分と同じくらい娘たちをだいじにしてくれるやさしい女性であるのを感謝する気持ちがあるだけだった。エドモンドが望むのはそれだけだった。九カ月後だろうと数年後だろうと、すばらしいアデラインが亡くなればつらい思いをするだろう。だが、苦悶で日常生活も送れなくなり、生気のない目に取り憑かれ、助けてほしいという涙ながらの懇願に愚弄され、子どもや彼女を殺すのかと非難するむせび泣きにばらばらになることはない。なぜなら……私は彼女を愛していないし、愛するつもりもないからだ。

夫がロゼット・パークを出ていってから六週間が経った。彼はロンドンへ行ったのだとアデルは考えていた。階下からうれしそうな声が聞こえてきて、笑顔を浮かべようとする。どうやらサラとローザは、父親からまた手紙を受け取ったようだ。馬に乗った使者が毎朝やってきて、ふたりに長い手紙を届けた。贈り物の包みや、本が届くときもあった。アデルにはなにも届かなかった。継娘《むすめ》たちが自分に宛てられた手紙を読ませてくれて、エドモンドがロンドンで目にしたことや、なにをしたかを綴っているとわかった。けれど、アデルについて一度もなにもたずねていなかった。アデルは愚か者のように毎日継娘《むすめ》宛の手紙を読ませてもらった。なにかないかと、すがる思いで。
コテージでのことをエドモンドがおぼえていないとわかったときに、なぜなにがあったかを話さなかったのだろう？　後悔が胸をふさいだ。とはいえ、それが重要だったわけではないと悟ったのだけど。エドモンドが憎んでいるのは彼女が話さなかったことではなく、身ごもったという事実そのものだからだ。そしてそれは、ふたりが荒々しく体を重ねたことを当のはじめから彼が知っていたとしても変わらなかっただろう。彼は昔の彼に戻ってしまい、アデルは彼なしの結婚生活に満足するしかないのだ。いまは、いずれやってくる孤独については考えられなかった。いまは、継娘《むすめ》たちに集中し、毎朝目覚めるたびに味わう破壊的な苦痛については考えないようにする。

浴槽から立ち上がると、侍女のメグがタオルでやさしく拭いてくれた。アデルは機械的に化粧台の前に座り、髪を梳かしてもらう。それから白い簡素なデイ・ドレスとエメラルドグリーンの前開きコート《ルダンゴート》を着て、ボンネットをかぶった。今朝は散歩に出て、気持ちを上向けよう。

少しのち、アデルは庭を散歩しており、百合と薔薇の香りを胸いっぱいに吸っていた。運動は体にいいとドクター・グリーヴズから言われていたし、そろそろ毎日運動を心がけるころ合いだ。

風がボンネットを揺らしていたし、空気はすがすがしかった。散歩のあとは、何通かだけ受け取った手紙に対処しよう。近くの村や町には、あまり重要視されていない資金不足の慈善事業が複数あり、アデルはその後援者となっていた。ロゼット・パークにいちばん近い村には、きちんとした学校も、書店や図書館もないと知って愕然としたのだった。村の子どもたちは、いわゆる教育を受けるために何マイルもの距離を通学しているけれど、大半はそれすらせず無学のままだ。いま、学校が建設中で、教区牧師と彼のやさしい奥さんが監督している。地元の店のひとつが二、三カ月先に空くことになり、アデルはそこを書店にするつもりで手に入れた。そんな風に積極的に活動していたけれど、夜になるとやはりエドモンドを想って胸を痛めた。それでも、とんでもない彼を頭から追い出そうと心を決めていた。

ハリエットが郷紳のウェントワース氏と散歩をしているのが遠目に見えた。アデルはにっこりした。だれにも見られていないと思ったとき、ふたりが愛情を育んでいるのがわかったからだ。

ハリエットがアデルに気づいて手をふってきた。数分後、彼女はひとりでアデルのそばまで来た。

「元気そうに動いている姿を見られてよかったわ。わたくしのばかで頑固な息子は戻ってきたかしら？」

アデルは驚いて笑った。「いいえ」

ハリエットはため息をつき、心地よい沈黙のなかアデルと手をつないできた。

「なぜあの子を追ってロンドンへ行かなかったの？　妻の居場所は夫のそばだし、悪阻が落ち着いてもう二週間になるでしょう。旅をしても大丈夫よ」

「エドモンドはわたしを愛していないんです」

ハリエットは凍りついたあと、アデルとしっかり向き合った。「あの子はあなたの歩く地面まで崇拝しているわ。あの子が逃げたのは恐怖のせいなのよ」

「そんなはずはありません。子どもができたと伝えたら彼はロンドンへ逃げて、六週間ものあいだ手紙の一通も寄こしてないのですもの。結婚したとき、わたしにはやがて彼を愛するようになる見こみくらいしか差し出すものがありませんでした。彼から愛されることはないと知りつつ、こちらから愛を捧げて、これまでにないくらい孤独になりました」

涙がこみ上げて、アデルは恥ずかしくなった。

「申し訳ありません。最近涙もろくなってしまって」乱暴に涙を拭う。「出会いのきっかけを彼から聞いていますか？　レディ・グラッドストンのハウス・パーティでわたしが彼の部屋に忍びこんだんです。偶然だったんですけど。わたしが結婚するために体面を汚そうとした相手は、ミスター・アトウッドだったんです。それなのに、醜聞を避けるために結婚しようとエドモンドは言ってくれました。そして、わたしがまだ返事もしていないのに、自分の愛は……妻とともに埋められていると言ったんです。彼は感心するほど徹底的にわたしのベッドを避けました。わたしが身ごもったのは、彼が酔っ払っていたからなんです」すすり泣きになった。「彼はわたしを望んでいません……だれもほんとうにわたしを望んでくれたことがないんです。だって、わたしには差し出せるものがなにもないから！」

感情を爆発させてしまってアデルは気恥ずかしくなった。エドモンドがわたしを愛している？　わたしが彼を愛しているように？　アデルはふらついた。

〝きみは美しい。甘い味がする……永遠にきみを貪っていられる〟

〝きみが私の部屋に入ってこなければ、どうなっていただろうとおそろしくなるときがあるよ。きっと別の女性と結婚していただろうからね。こんなに女性を欲したことはない、アデライン〟

彼が口にした熱く、ときにやさしいことばが、アデルの頭のなかを漂った。思い出して、胸をちくちくと刺していた痛みが少し和らいだ。和らぐべきではないのだろうけれど。

彼がほんとうにわたしを愛してくれているということはないのかしら？　単なる親愛の情しか感じていないなら、あれほどの恐怖心を抱くだろうか？

まあ！

ハリエットはアデルを長々と見つめた。「いらっしゃい。なかに戻って居間でお茶をいただきましょう」

アデルは芝のほうをちらりと見た。「ウェントワースさんを放っておいていいのですか？」

「待っていてくれるわ」義母が明るく笑う。「わたくしがじきに戻ってくるとわかっていますもの。それに、待っているあいだ、池で少し釣りを楽しむかもしれないし」

ふたりは母屋に入り、アデルがお茶とケーキを頼んだ。暖かい居間に行き、別々のソファに腰を下ろす。いくらもしないうちに、従僕がお茶とペストリーのトレイを持ってきた。

義母がアデルと向き合った。「もう何週間も前からお礼を言わなくてはと思っていたのですよ」やわらかな声だった。

アデルは驚いて目を上げた。「わたしはなにもしていませんけれど」

「あなたと結婚してから、息子はよく笑うようになったわ」あまりに切なそうな口調だったので、アデルは胸に痛みをおぼえた。

エドモンドが冷たくよそよそしいのは、自分に対してだけだと思っていた。彼は以前からずっとあんな風だったの？「エドモンドは笑わない人なんですか？」

「ほとんど笑わないわね」

最初の奥さんとでも？　アデルは知りたくてたまらなかった。「わたしの手柄ではないですけど、そう言ってくださってありがとうございます」

「息子は悲しみを忌み嫌っているの」そのことばにアデルは驚いた。

ハリエットは刺繍途中のクッションを手に取り、みごとな針運びで再開した。「何年も長男のなかに見られなかったものを目にできたわ。心の平穏よ。おかげで、かわいい息子のために希望と恐怖を同じくらい感じたわ」

男盛りで容赦なく権力を使うエドモンドを義母が〝かわいい息子〟と言うのを聞いて、アデルの唇に小さく笑みが浮かんだ。「わたしはまだそのかわいさを目にしていませんけれど」とはいえ、正直になるならば、甘くてすばらしいエドモンドの口づけほど天にも昇る快感を味わわせてくれたものはなかった。彼が見つめてくるようすや、愛を交わしたときの激しさが、アデルに希望をあたえてくれた。思い出しただけで、脚のつけ根がうずいた。首筋を赤みが上っていき、慌ててお茶を注いでティーカップを口もとへ運んだ。そして、ほてっているのはお茶の湯気のせいだと義母が信じてくれるよう願った。

「エドモンドは多感な十二歳のときに崇拝する父親を亡くしたの。母であるわたくしは、利己的にも自分の悲しみに沈みこんでしまった」つらそうな目でアデルを見る。「自分の絶望でいっぱいだったせいで、息子を失うところだったの」

クッションにぽつりと血がつくのを見てアデルはあえぎ、ティーカップをテーブルに置いてハリエットのそばへ急いだ。そして、クッションと針を義母の手からそっと取った。

「もうその話はおやめになってください。とてもおつらそうですもの」

アデルには理解できた。母を亡くして四年になるけれど、いまだに母を思い出すと、喉が痛くなるほど必死で涙をこらえなくてはならなくなるからだ。心がまっぷたつに裂ける気がするときもあり、虚無感が埋まる日は来るのだろうかと心配になった。読書は、悲しみが戻ってくるのを遅らせるだけだった。ただ、結婚して以来、人生はたいてい楽しく母を亡くした悲しみが少し薄まってきたようだった。

「お座りなさいな」ハリエットがやさしく言った。「たしかにつらいけれど、話したいのよ。あなたには勝ってほしいから」

勝つ？「勝ち負けを競っているのだとは知りませんでしたわ」

冗談めかして言ったあと、ハリエットが真剣なのに気づいてアデルはどきりとした。淑女らしくないのを気にもせず、義母のそばにひざをついた。「それなら、話してください」

ハリエットは目を閉じ、淡々とした口調でしゃべった。「夫を亡くしたわたくしは自分の悲しみに浸りすぎていて、エドモンドが憔悴しつつあると気づかなかったの。あの子は毎晩泣きながら眠って、ほとんどなにも食べていなかった。わたくしはあの子に手を貸さなかった。勉強はお休みにして、お友だちには少しひとりにしてやってほしいと頼んだだけ。ただ、あの子が思う存分悲しみ、毒づける避難所を作れるようにしてやっただけ。そして、あの子は何週間も、何カ月もそうした。わたくしが悲しみから少し浮上したとき、あの子は骨と皮になっていたの。お医者さまに来ていただいたところ、体重が減ったせいで心臓が弱っていて、栄養を摂取するために特別な注意が必要だと言われてしまったわ。数日後、あの子は熱を出し、体力が落ちていたせいで壮絶な闘病生活になってしまった。二度と味わいたくないと思うほどの恐怖を感じたわ」

義母が震える息を吸いこんだので、アデルはその手をぎゅっと握った。

「それでも、持ちなおしてくれた。あの子を甘やかし、そばに置いておきたかったのに、いやがられてしまったわ。父親が亡くなったときに、エドモンドのなかのなにかも死んでしまったみたいだった。わたくしのかわいい息子は、ほとんど笑わなくなり、遊ばなくなってしまったの。あの子のなかの喜びは薄れてしまった。仲がよかった弟のジャクソンからも遠ざかった。家庭教師に地所にまた来てもらうよりも、寄宿学校に戻るとまで言い出したのよ。まるで、思い出から逃げたがっているようだった。そして、十八歳のお誕生日に帰ってきて、レディ・メアリアンと出会ったの」

ハリエットの顔に笑みが浮かんだ。

「メアリアンは美人で控えめで、エドモンドを明るくしてくれた。ほんのちょっとした輝きだったけれど、わたくしはとてもうれしかった。ふたりの縁組みを後押ししたのだけれど、エドモンドがあまり乗り気でないのを感じたわ。メアリアンに近づきすぎるのをおそれているみたいだった。でも、メアリアンは諦めず、最後にはエドモンドも彼女に求婚したわ。それでも、用心深いままだった。それはまるで、なにかが起きるのを待っているみたいだったわね。あの子はメアリアンを愛していたけれど、いちばん機嫌のいいときでもよそよそしかったわ。メアリアンはそのせいで傷つき困惑したけれど、がんばって説得してくれて、おかげでエドモンドも態度を和らげるようになった。息子が幸せな将来を夢見る姿は美しかったわ。かわいらしい子どもたちに恵まれた幸運を堪能し、幸せだったと思うの。でも、メアリアンが亡くなってしまった」

ハリエットが長椅子から立ち上がり、窓辺へ行った。

「まあ、こう言っておきましょうか。父親を亡くしてから笑わなくなったエドモンドが、あなたと結婚して大笑いしているのを、わたくしははじめて聞いたと」

アデルはたじろいだ。

「どうやってそんなことができたのかなんて、どうでもいいの……ただあなたに感謝したくて。いま息子が冷ややかなのは、あなたまで失うことに耐えられないからなのよ。あなたは幸せではないのよね。でもお願い、どうか息子に見切りをつけないで」

ハリエットは感情を表に出したことが恥ずかしくなったのか、会釈をすると、わざと落ち着いた風を装って居間を出ていった。

アデルは少しずつ落ち着きを取り戻した。エドモンドがわたしを愛している。そのとおりな気がしたけれど、たったいま義母から聞いた話から判断すれば、アデルは完全に彼を失ってしまったことになる。

24

何週間も妻と離れていても、エドモンドの胸に激しく打ちつける苦悩を和らげてはくれなかった。首をまわして凝りをほぐそうとする。娘たちに手紙を書く際は、弱気を出してアデラインについてたずねてしまわないよう気をつけたが、サラとローザからはもちろんそんな配慮はなかった。

図書室の机に広げた手紙をちらりと見る。何十通という手紙でアデラインに言及されている箇所に下線を引いたのだった。

〝親愛なるお父さま、アデラインはまた吐いていて、元気が全然ありません〟

〝お父さま、今日アデラインが微笑んでくれました。でも、お父さまからの手紙がまた届いたとミセス・フィールズが言うと、すぐに泣き出してしまいました〟

〝お父さま、育児室の準備をする必要があるとお母さまは言ったのだけれど、前の育児室はお父さまの命令で完全に痕跡を消すよう改修して、いまはお母さまの図書室に作り替えられているとミセス・フィールズから聞いて、どこに育児室を作ればいいかわからないみたいです〟

エドモンドはその手紙を十回以上は読んだ。娘たちはアデラインを〝お母さま〟と書いていた。エドモンドは咳払いをし、次の手紙の下線部分に目をやった。

〝今日は、お父さまがいなくなってからはじめて、アデラインが朝食に下りてきました。すごくきれいです〟

エドモンドは山のなかからお気に入りの手紙を抜き出した。

〝お父さま、今日お母さまはお庭を散歩しました。わたしたちが勉強部屋から逃げ出すのに手を貸してくださって、ミセス・フィールズが小さな籠に食べ物を詰めてくれました。池のそばでしたピクニックはすばらしかったです。お父さまもここにいればよかったのにとサラとわたしが言うと、お母さまがにっこりされたの。それって、お母さまもお父さまに帰ってきてほしがっているということだと思います……お父さまに会えなくてさみしいです。そうだ、赤ちゃんの名前も考えました！　サラもわたしもすごくわくわくしています。弟だったらいいなと話しています〟

私はとんでもない愚か者だ。どういうわけか神に気に入られたのに、私はその好意をむだにしている。妻や子どもたちとともにロゼット・パークにいるべきなのに。アデラインを抱きしめ、励まし、疲れた彼女の脚や背中をなでているべきなのに。吐き気のあるときは洗面器を持ってやるべきなのに。

それなのに、私はロンドンへ逃げてきて、夜中に使用人たちを起こして驚かせた。観光地を訪れていると手紙に嘘を書き、何日も屋敷にこもっている。食事もまともにせず、惨めな気分でいるのを娘たちに知られたくはなかった。

ドアが開き、エドモンドは顔を上げた。

ウエストフォール侯爵が勝手に入ってきて、机の上に散らばり、床にも落ちている手紙にちらりと目をやった。彼は無言のままエドモンドのそばのソファへ行き、そこに腰を下ろして天井の装飾的な漆喰仕上げを見上げた。

「きみはもう六週間もロンドンにいるのに、一度も外出していないだろう」ウエストフォールが言った。

エドモンドはうなり声を発した。

「奥方と別居しているといううわさが立っているぞ」

ウエストフォールが好奇心に負けるまで、ずいぶんかかったものだ。

「きみがうわさ話などに耳を傾ける男だとは思わなかったが」

「私は側仕えから聞いたのだが、その側仕えにはロゼット・パークで上級メイドをしているいとこがいるらしくてね」

エドモンドは片方の眉をくいっと上げた。

「奥方とはどうなっているんだ？　きみはそうする必要もなかったのに、彼女と結婚して名誉を守った。それなのに、どうしてそれを台なしにしている？」

エドモンドは椅子にもたれた。「彼女のことはたいせつに思っている……とても」

「ほんとうか？」心からの疑念がこもった声だった。「だから、二度も同じ苦難の犠牲となったのか？」

エドモンドはおもしろくもなさそうなふくみ笑いをした。これをいまいましい呪いと考えるウエストフォールは正しい。エドモンドは、寝るときも食事をするときも、アデラインを夢見ずにはいられなかった。最初の数晩は、彼女を失う悪夢に苦しめられた。彼女が出血し、美しくて非難がましい目がエドモンドの地獄行きを宣言した。それから、池を一緒に散歩し、ふたりの子どもが娘たちと一緒に芝の上を駆け、アデラインの顔に喜びが浮かぶ夢へとゆっくりと変わっていった。その場面のせいで、アデラインを失う恐怖よりも、彼女を完全に知ることのない恐怖のほうが強くなった。アデラインとはできれば長く過ごしたいが、数日だろうと数カ月だろうと、あるいは数年だろうと、神があたえてくださった時間をたいせつにしなくてはいけない。

アデラインのいない人生は考えるのもつらいほど荒涼としている。そろそろロゼット・パークへ戻るころ合いだ。

エドモンドは若者独特の薔薇色の眼鏡を通してメアリアンと恋に落ち、目を覚まされた。人生には、父が遺したすべてを維持するという務めを果たす以上のものがあるとわかったのだ。アデラインと一緒なら……。エドモンドは顔を手でこすった。彼女に対する自分の気持ちの深さにはおそろしくなるときもあるが、情熱のただなかにはおだやかさが、これまで経験したことのない魂のつながりがあった。そう悟ると、腹に拳を受ける以上の衝撃があった。半ば笑い、半ばうめいた。情けない詩人になりつつあった。

「どうやらそうらしい」エドモンドはそっけなく答えた。「眠ることも仕事をすることもできない。彼女のことしか考えられない。毎日出しもしない手紙を彼女に書いている。朝手紙を書いて、寝る前にも書くときもある」

「奥方をだいじに想っているのなら、どうして何週間もここにこもっているんだ？　きみの拳をまた肋骨に受けるのはごめんだぞ」

ウエストフォールと素手のボクシングをして、いらだち――体と心両方の――を解消しようと決めたのだった。エドモンドは酒を一滴も飲もうとしなかった。苦痛を葬るのに酒の力を借りるのはやめたのだ。楽しみのためや、だれかをもてなしているときには飲むかもしれないが、悲しみをごまかすためには二度と飲まない。エドモンドの宣言を聞いたウエストフォールは、ただ肩をすくめ、体にぴったりした上着とチョッキを丁寧に脱ぎ、練習場のリングにエドモンドと一緒に上がったのだった。

その朝の練習は、きびしく、容赦なく、心を解き放つものになった。当分自分と一緒にリングに上がりたくないというウエストフォールの気持ちは理解できた。エドモンドは自分の招いた苦悶を忘れたくて、ほぼ毎晩友人を相手に激しいスパーリングをしてきたのだった。彼はずっとつき合ってくれ、エドモンドの町屋敷の客室に泊まることすらしてくれた。そして、友人には友人の対峙しなければならない悪魔がいるのだ、と気づいた。

日中は、翌年の上院での議論用に論説や動議を何時間もかけて書いた。自分の書いたものすべてに満足できなかっただけでなく、そんなことをしてもアデラインを恋しく思う気持ちを一時も忘れさせてはくれなかった。

「妻は身ごもっているんだ。いまは四カ月あたりのはずだ」

「おめでとう」ウエストフォールは立ち上がり、サイドボードのところへ行ってグラスにブランデーを注いだ。そのグラスをエドモンドに向かって掲げる。「跡継ぎの誕生を願って乾杯！」

恐怖心がエドモンドのなかでとぐろを巻いた。

「おいおい、私は跡継ぎが生まれるよう願っただけで、悪魔の焼き串で炙られろと言ったわけじゃないぞ」

「前にみんなが跡継ぎをと願ったとき、メアリアンは亡くなった」

「くそっ」ウエストフォールは小さく言った。「きみには幸せになってもらいたいだけなんだ。万聖節前夜《ハロウィン》が来週だ。ロゼット・パークに戻れよ」

エドモンドは渋面になり、手で胸をさすった。「実を言うと、罪悪感の苦味を感じずにメアリアンや息子について考えられたのは、これがはじめてなんだ。アデラインのことを考えると気持ちがおだやかになるんだ。それなのに、私は彼女に対してひどいことをしてきた」

「いったいなにをしたんだ？」

長年のあいだではじめて、簡潔なことばでウエストフォールにすべてをさらけ出した。

友人の目から翳りが消えた。「きみの恐怖は理解できるが、すべてを賭けて奥方をしっかり守るべきだと思う。一緒に過ごせるわずかな時間をむだにして、彼女を永遠に失うのではなく」

エドモンドは友人のことばを聞いて微笑んだ。ウエストフォールは筋金入りの放蕩者で、上流社会のうわさ話によれば、他人のことなど一オンスも気にかけない男ということになっている。たしかにときどき残酷で皮肉なことばを口にするが、ウエストフォールがそんな人間でないのはよくわかっていた。

エドモンドはさっと立ち上がって窓辺へ行った。「妻のもとを離れるべきではなかった。はじめての子を身ごもっていて……どんなに不安だろうか。妻のもとへ行かねば」

「ちゃんと気持ちを伝えるんだな？」

エドモンドは感情というものを軽蔑していた。大げさに言われているものは特に。恐怖と悲しみは彼にとってもっとも対処がむずかしい感情だった。いまですら、妻に対して過度な愛情を抱くことを考えて落ち着かない気分になる。「そばにいれば、たいせつに思っているのが伝わるだろう」

ウエストフォールが顔をしかめる。「きみが感情を出すところを見たことはないが、いまのことばは……」そこから先を続けずに、ブランデーを数口飲んだ。「ロゼット・パークへ向かうミスター・ジェイムズ・アトウッドが目撃されたといううわさもあるな」

エドモンドは凍りついた。「なんだって？」

友人の唇がゆがんだ。「彼は、きみたちが不仲だと聞いて非常に喜んでいるらしい」

「で、そいつはそんなうわさをどこで聞いたんだ?」

「きみたち夫婦は注目の的なのだから、みんながその生活に関心を持っているのさ」

エドモンドは友のことばをはねのけた。「だとしても、ミスター・アトウッドがアデラインを訪問する理由にはならない。妻は高潔な女性だ」

「女性に高潔さを見た経験は私にはないけどね。いずれにしても、奥方に必要なのは情熱と――」

「その口を閉じておけ」エドモンドが嚙みついた。別の男の腕のなかにいる妻など思い浮かべるのもいやだった。「娘さんの具合はどうなんだ?」エドモンドは話題を変えるために言った。

ウエストフォールが体をこわばらせる。「この話をしているあいだも快方に向かっている。娘にはなに不自由させるつもりはないし、デビューするころにもし上流社会が切り捨てるようなまねをしようものなら、思い知らせてやる。娘はもう充分苦しんだんだから」その声には憤怒と冷酷さが満ちていた。

エドモンドにはよくわかった。ウエストフォールの娘は非嫡出子で、彼がその存在を知ったのは手遅れになる直前だった。ウエストフォールの父親、サロップ公爵は、とんでもないことをしでかした息子――非嫡出の娘を認知したため、上流階級の全員がそれを知ることになったのだ――と話すのを拒絶した。

「母親のほうは？」

「あの女はウィルズデン・グリーンの乳児院にエミリーを捨てて、娘など存在しないふりをしたんだ。いまや伯爵夫人となったあいつが、子どもに会いに私の屋敷に来るとか自分の子だと認めるとかして評判を危険にさらすと思うか？」

そうは思えなかった。

「妻の話では、きみに想い人ができたとか」

ウエストフォールの頬がひくつき、黄褐色の目から表情が消えた。「いまは私ではなくきみの話をしているんだが」

エドモンドがうなった。「妻と一緒に出席した最後の夜会で、きみがレディ・イヴリンに向ける視線に気づいたよ。上流社会もきみの渇望のまなざしに気づいていたら、すでに彼女の花を散らしたと信じて結婚を声高に叫んだだろうな。それなのに、きみが交際を申しこんだのはテヘラン子爵の令嬢だ。どういうことか説明してくれ」

ウエストフォール侯爵はブランデーをひと口で飲み干した。「私のことに首を突っこむのをやめて、奥方のところへ這い戻れよ、ウルヴァートン」炉棚にグラスを叩きつけるように置き、大股で部屋を出ていった。

エドモンドは吐息になった。いずれ心の準備ができたら話してくれるだろうが、どう見ても別の女性に心を奪われ、渇望を感じているのだから、ばかなことをせずにいてくれればいいのだが。だが、ウエストフォールの言ったとおりだ。私は妻のいるロゼット・パークへ戻らなければならない。ただ、なんと言えばいいのだろう？　離れているのに耐えられなくなった？　一緒に過ごしたのが数カ月だろうと七十年だろうと、アデラインが亡くなるときが来れば立ちなおれなくなるだろうが、最期の瞬間まで彼女と過ごす必要があった。くそっ。どこからはじめたらいいかすらわからなかったが、とにかく彼女に会わなければならない。

エドモンドは勢いよく椅子から立ち上がって部屋を出た。そして、側仕えには鞍嚢に荷物を詰めるよう命じ、馬丁には馬を準備するよう命じた。

25

ほぼ十二時間後、エドモンドはロゼット・パークに到着した。妻になんと言えばいいかまるでわからなかった。ただ、これ以上妻とも娘とも離れていられなかったのだ。ひらりと馬を降り、手綱を従僕に渡す。本邸の静けさに不安がもたげる。前日に届いた娘たちからの手紙では、すべて順調のようだったが。大股で玄関へ向かうと、執事のミスター・ジェンキンスがドアを開けてくれた。執事は無表情だったが、その目に非難の色を見た気がした。

玄関広間を横切り、はたと立ち止まる。

廊下をメイドがちょこまかとやってきたのだ。「ミスター・ジェンキンス、奥方さまとお嬢さま方の残りの旅行鞄も準備ができ……」

エドモンドに気づいたメイドが、そこでことばを切った。そのときになって、ふたりの従僕が旅行鞄を持って立ち尽くしており、執事がまっすぐ前を見つめていることに気づいた。すでに玄関広間に下ろされていた旅行鞄を凝視する。その意味に思い至り、鉄の拳で腹を殴られたような衝撃を受ける。妻が私を捨てて出ていったのだ。

背後で足音がしたと思ったら、手紙を手にした家政婦が姿を現わした。

「奥方さまがこれを残していかれました、だんなさま」

「ありがとう」エドモンドはミセス・フィールズから手紙を受け取ると、きびきびした足取りで書斎へ向かった。なかに入ると窓ぎわへ行ったが、手紙を開けるのがこわかった。ロゼット・パークに戻ってきさえすれば、アデラインが待っていてくれると考えるとは、自分はなんて傲慢な愚か者だったのだろう。それ以上先延ばしにできず、手紙を広げた。

親愛なるエドモンド
サマセットの地所へ行きます。あなたとの思い出があるロゼット・パークにいるのが耐えがたくなったので、ついにあなたの望む別居を受け入れる決断をしました。最後にことばを交わしてからもう何週間も経っていて、あなたには過去を忘れてわたしとの将来を見るつもりがないのだと悟りました。偶然あなたの体面を汚したのを後悔しているとは言えません。あなたから赤ちゃんというすばらしい贈り物をもらったからです。この子をたいせつにします。お義母《かあ》さまと継娘《むすめ》たちは一緒に行くと言ってくれました。彼女たちに戻ってほしいときは連絡をくださいますよう。サマセットの地所は父の地所から数マイルしか離れていないので、必要なときは実家を頼ります。どうかお願いですから、継娘《むすめ》たちがそちらに戻ったとしても、好きなだけわたしを訪ねることを許してください。そして、わたしたちの子が生まれたら、会いにきてください。

アデライン

エドモンドは弱気になった自分が気に入らなかった。アデラインは私からは安らぎを得られないと思ったのだ。当然だろう？　愚かなふるまいばかりしてきたのだから。手紙のなかでアデラインは愛についてひとことも書いていないどころか、最後通牒のような言いまわしが使われていて、エドモンドの魂が痛みを訴えた。そのとき、ことばでは不充分だと悟った。彼はアデラインを愛していて、長いあいだ自分をがんじがらめにしていた恐怖を捨てて家族となる心の準備ができている、と行ないで示さなければならないと気づいた。手紙を机に放り、書斎を飛び出しながら家政婦と執事を呼んだ。

「だんなさま？」ミセス・フィールズが急いでやってきた。ミスター・ジェンキンスはそのすぐ後ろにいる。

「村に伝えてくれ。大工、塗装工、そのほか育児室を作るのに必要な職人全部を集めろ。一週間以内に完成させたいから、できるだけおおぜい雇うんだ」

ミセス・フィールズが喜びに顔を輝かせ、執事の目は賛同らしきものできらめいた。

「どちらのお部屋を育児室になさいますか？」

「公爵夫人の隣りの部屋だ」

すばやくお辞儀をすると、家政婦と執事はその場を離れた。エドモンドは手で顔をこすった。赤ん坊のために育児室を作り、それからサマセットへ行って心の丈をさらけ出し、アデラインの愛を完全に殺してしまったのではないことを祈るのみだ。


玄関広間で笑い声がどっと起こり、アデルは微笑んだ。ロゼット・パークを発って一週間が経っており、継娘《むすめ》たちはサマセットを満喫しているようだったし、アデル自身も少しだけ心が安らいでいた。エドモンドがロゼット・パークからいなくなって殴り書きの手紙すら寄こさなかった二カ月で、アデルのなかでなにかが萎れてしまった。恐怖心があったとしても、ほんとうに愛してくれているなら、彼はわたしと一緒にいるために戦うべきでは？　アデルは苦痛を押しやり、子どもとともに幸福を見つける決意をしたのだった。短いノックの音がして応接間のドアが開き、義母のハリエットと、エドモンドの秘書のミスター・ドブソンが入ってきた。

アデルは眉根を寄せて立ち上がった。「ミスター・ドブソン?」

彼は軽くお辞儀をした。「奥方さま。こちらに育児室を作る手配をするよう公爵さまから申しつかってまいりました」

苦痛に襲われ、アデルはひざからくずおれかけた。エドモンドは、わたしがロゼット・パークと彼の人生からいなくなって、心底安堵しているようだ。「なるほど」

「残りも全部話してあげてちょうだい、ミスター・ドブソン」ハリエットはにこにこしている。

「公爵さまは、すべての地所に育児室を作れとおおせです、奥方さま」

「すべての地所に?」

「さようでございます、奥方さま」

アデルの鼓動が跳ねた。「ロゼット・パークにも?」

「はい。それに、スコットランドの地所にもです」

まあ。それってどういうこと?

「これから数日は改修の音がうるさくなると思います。どうかご容赦いただけますように」

アデルがうなずくと、ミスター・ドブソンは立ち去った。

「彼はどうしてこんなことを？」呆然としたまままたずねる。これはなにを意味するのだろう？

「どうやら息子の目が覚めつつあるようね」義母が言う。

「でも、あいかわらず手紙をくれていませんわ」

ハリエットがそばに来て、アデルの両手をつかんだ。「あなたがじっと座って待つ人だとは思ってもいませんでしたよ。あなたには、息子が崇める決断力と大胆さがあるでしょう。あの子のところへお行きなさい」

アデルはにっこり微笑み、急いで応接間を出た。胸に希望がそよぐ。それを抑えつけようとはしなかった。エドモンドは、わたしと一緒にいたいと示しているの？　自分は彼を愛しているとすでに悟っていた。今度は彼が自分を愛してくれているか、家族のために恐怖心と戦ってくれるつもりがあるかを知る必要があった。もしエドモンドにそのつもりがないのであれば、彼のもとを去って永遠に戻らないつもりだった。

物音がして、エドモンドは顔を上げた。育児室の戸口に、完璧にじっとしてこちらを見ているアデラインがいた。丸みを帯びた腹部をやさしく包む深緑色のドレスを着ている。エドモンドはごくりと唾を飲んだ。彼女の腹部は、メアリアンが同じ妊娠週数だったときよりも大きくて高い位置にあった。「アデライン、私は……」急に口のなかがからからになる。

くそ、何日も謝罪のことばを練習したというのに、いざ妻と向かい合うと頭がまっ白になった。こちらを冷ややかによそよそしく見てくるアデラインを凝視する。彼女がそんな表情をするところを目にするのははじめてで、ひやりとするものを感じた。

「戻ってきたんだね」ほかに言うことばが思いつかなかった。

「ええ」

エドモンドの胸がどきりとした。突き放すような口調に気づかずにはいられなかった。

「そうか」

彼は彫っていたライオンを絨毯に置いた。なにを言えばいいのだ？　もともと無口なのだが、言わなくてはならないことばが出てきてくれなかった。考えられるのは、アデラインが美しく輝いていることだけだった。「仕事ができない。考えられない。眠れない」ことばが勝手にぽろりと出た。

「どうして？」

漠然と、使用人たちの何人かが廊下でぐずぐずしているのに気づいた。そのなかには家政婦と執事もいた。彼らには仕事があるんじゃないのか？　使用人たちはエドモンドを直接見てはいなかったが、彼とアデラインの会話を聞き漏らすまいとしているのが感じられた。

「私は大ばか者だった」

アデラインは冷淡なようすでうなずいた。「たしかにそうね、公爵さま」その口調からはなにもうかがえなかった。彼女はただエドモンドに同意しただけだ。そこには、庭にいた珍しい虫を見る程度の関心しかなかった。

彼の目の前にいる女性は氷のいかめしさをまとっており、そこに穴を開けるのは無理ではないかと思った。以前はあった温もりも情熱も愛も、目のなかできらめいていなかった。寛大でやさしいアデラインは欠片も残っておらず、姿形だけは同じ大理石像に彼女を変えてしまったのは自分だった。唐突に強い誇りを感じ、自嘲の笑みを浮かべた。涙を流してこちらの腕のなかに飛びこんでこない妻が誇らしかった。アデラインのもとへ行って彼女をかき抱かずにいるには、痛みを伴うほどがまんしなくてはならなかった。

政治の世界ではこれまで何十回も演説や釈明を行なってきたが、いまは少しも役に立たなかった。守り、慈しむと誓ったこの女性を傷つけてしまい、どう償えばいいのかまるでわからなかった。「アデライン、なにかをとても望んだことはあるかい？手を伸ばす勇気を出しさえすれば、届くところにあるもので」エドモンドは髪を手櫛で梳いた。

彼女が目を見開いた。エドモンドは、そこに希望が燃え上がるのを見たが、アデラインはすぐにそれを消してしまった。彼女の目がつかの間だけ翳った。「ええ」

「きみに対する私の気持ちはまさにそれなんだ。きみは私が望んだ以上の存在で、きみを失うのがこわかったんだ」

アデラインがほうっと息を吐いた。

沈黙は濃く重かった。彼女は静かにドアを閉じ、事情を知りたがっている聴衆を閉め出してそこにもたれた。「あなたはわたしと幸せになりたくないのだと、すっかり諦めていたわ」両手を腹部に置く。その目は陰鬱で、エドモンドは悲しみに貫かれた。「わたしがサマセットを発つ前に職人たちが来たわ。あなたの地所のすべてに育児室を作るんですって？」

「私たちの地所だ」

彼女の唇に一瞬だけ笑みが浮かんだ。「こわいのよ……必要なときに、あなたがここにいないんじゃないかって、エドモンド。子どもを身ごもるたびに、あなたがわたしから離れるんじゃないかって」

「二度ときみのそばを離れない。申し訳ないことをしたと心から思っている。私はきみにふさわしくないし、赦してもらえるとも思っていない。それでも、留守にした私を、やさしくて寛大なきみが赦してくれるのを願うばかりだ。ここにいたいとがむしゃらに思っていたときも、きみを失うのがこわくて抗った。なぜなら、全身全霊できみを愛しているからなんだ、アデライン」エドモンドは荒々しく言った。

アデラインの顔にゆっくりと笑みが広がった。エドモンドはやさしい気持ちになり、うっとりとなった。

「会えなくてさみしかったわ」彼女が言う。

「私もだ、アデライン」

大きくなった腹部を彼女がぽんぽんとやった。「わたしたちの息子か娘は、今日はとっても活発なの」

エドモンドの喉が詰まった。「気分はどうだい?」

アデラインはやさしく微笑んだあと、重要なことを考えるように首を横に傾げた。

「彫刻をするなんて知らなかったわ」

エドモンドは彫刻の道具や彫りかけのライオンをちらりと見たあと、ゆっくりと立ち上がった。すべてがとてもあやふやに感じられ、不安でたまらなかった。「実はするんだ」

アデラインはうなずき、部屋の中央で彼と向き合った。エドモンドの両手を取り、ざらついた親指をなでた。彼女が目を合わせてくる。「傷があるのね」そう言って、指のちょっとした切り傷にキスをした。

エドモンドは喉が締めつけられるのを感じた。「赦してほしい、アデライン」

彼女の唇がひくつくのを見て、エドモンドは日々懐かしく思っていた甘い笑みが浮かぶのを息を殺して待った。だが、唇は笑みを形作らず、彼は体のなかを失望が駆けめぐるのを感じた。

「赦すわ」

エドモンドは彼女を抱き寄せ、頬に手を当ててしっかりと唇を合わせた。アデラインは彼が見たなかでいちばん美しい。胸は以前より重みが増し、太腿と臀部はかなり丸くなっていたが、彼の注意を一心に引いたのは丸い腹部だった。両手で丸みをなでる。「きみはことばにできないくらいすばらしい」小声で言う。

アデラインの目のなかの堅苦しさが溶け、輝きが戻った。エドモンドは彼女にまだ愛されているとわかって、足もとにひざまずきたくなった。アデラインはことばにしなかったし、彼も口にしてくれと強要しなかったが、ちゃんとわかった。彼も同じようにアデラインのすべてを崇拝しているからだ。冷酷だったエドモンドと対峙する勇気が、知性的で無限の愛とやさしさを持つ彼女を強く保っていたのだ。

エドモンドは彼女の背中をなで下ろし、臀部から丸い腹部へと手をまわした。アデラインが動きを止めて静かに息をした。てのひらに波のような動きを感じたと思ったら、アデラインが小さく笑った。

「いまのはわたしたちの赤ちゃんよ」彼女の声には畏怖の念が満ちていた。

私たちの赤ちゃん。

エドモンドは恐怖をまったく感じなかった。彼女の頬を包み、しゃにむな情熱をこめて口づける。アデラインは口を開き、彼と同じくらい情熱的に口づけを返してきた。口づけが永遠に終わらないでほしかった。なによりも、妻の気持ちが欲しかった。

「私を愛してくれ、アデライン」口の端にキスをしながら言った。

「まさか、疑っているの？」彼女があえいだ。

エドモンドがうめくと胸が震えた。「いや……疑ってはいない」

「完全に、どうしようもなく、あなたを愛しているわ、エドモンド。生まれてからずっとあなたを待っていた気がするの」アデラインが、彼の心臓のすぐ上に唇を押しつけた。「心からあなたを愛しています。偶然あなたの部屋に忍び込んだことを、毎日神さまに感謝しているの」

エドモンドの足もとで地面が動き、まちがっていたものすべてが正しい場所におさまるのを感じた。アデラインはいまも自分を愛してくれている。彼としてはけっしてその愛を失わないよう努めるつもりだった。「きみの愛を失っていたら、私は滅んでいただろう。私を愛するのをけっしてやめないでくれ、アデライン」

「ぜったいにやめないわ」アデラインは誓い、つま先立ちになって彼の口端にキスをした。

思い出せるかぎりではじめて、エドモンドは完璧になったと感じた。

26

アデルは肩を揺らして笑い、あえぎながら涙を拭った。従僕が外に運んでくれた長椅子にもたれて、エドモンドが芝地で娘たちとジェスチャー遊びをしているのを見ているところだ。彼女は遊びにくわわれないため、特別にふかふかの長椅子でくつろぐしかなかったのだ
エドモンドがまた片足で跳び、両脇を掻いた。猿のまねをしているばかみたいな姿が愛おしかった。サラがそれを当てる役なのに、これまでのところはずっとくすくす笑いながら答えをはずしていた。
アデルが左側のテーブルに置かれた水差しに手を伸ばしたとき、鋭い痛みが背中を走った。腕を引っこめ、また痛みに襲われるのを待つ。痛みは来なかった。イングランド屈指の三人の医師に診てもらっていたし、ロゼット・パーク近辺に住む何人もの女性から推薦があった地元の産婆ふたりにもかかっていた。それは、エドモンドのために譲歩したものだった。アデルは出産時になにがどうなるのかを知らなかったからだ。

夜中に何度か目が覚めたときなど、エドモンドが肘掛け椅子に座り、無言の防護として彼女を見つめていることがあった。アデルの公爵には、すべてを自分の思いどおりにすることはできないのだという事実を理解してもらわなくては。

エドモンドはアデルを自分の部屋に移した。悪夢の苦悶で彼が目を覚ましたのも一度ならずあったけれど、彼が呼んだのはアデルの名前だった。

それからアデルを抱きしめ、胎児が蹴る腹部をさするのだ。

アデルはもたつきながらゆっくりと起き上がり、長椅子から足を下ろした。同じ姿勢を長く取り続けてしまったようで、背中がこわばっていた。

おそるおそる立ち上がり、体を伸ばす。

「アデライン」エドモンドがそばに来る。「大丈夫かい？」

アデルは安心させるためににっこり微笑んだ。「大丈夫よ。でも、芝の上で脚を少し伸ばしたほうがよさそう」そう言って彼に近づいた。

顔を恐怖にゆがめ、エドモンドが駆け寄る。固い地面に倒れる衝撃を感じたとき、彼は倒れる自分を抱き留めようとしていたのだ、とアデルは気づいた。心配しないでと言いたかったのに、暗い世界へ引きずりこまれてしまった。

私はアデラインを守るのに失敗した。魂にからみつく恐怖の冷たさに、エドモンドの歯がカチカチと鳴った。アデラインが気絶して倒れたときの衝撃は、エドモンドの魂を揺さぶった。あとほんの少しで間に合わなかった。どうして外に出るのを彼女に許してしまったのだろう？　いまでは八カ月の身重で、何日も屋内で過ごしていたというのに。アデラインに落ち着きがないのに気づき、彼は気持ちを明るくしてやろうとしたのだった。おかげで彼女を失うはめになるかもしれない。

「お父さま」小さな手が彼の手をつかんだ。下を見ると、ローザのおびえた顔が見えた。

かがみこみ、娘を抱き寄せる。「なんだい、パンプキンくん？」

「アデラインもお母さまみたいに天国に行くの？」

上着の下で冷や汗が背筋を伝い下り、つかの間エドモンドはことばを失った。「そうはならないよ」

ローザは必死で彼の目を探り、目にしたものに安心したらしく、身を寄せて彼の首にぎゅっと抱きついてきた。

少ししてから彼女が言った。「約束よ、お父さま？　アデラインを助けるって約束してくれる？」

エドモンドの心臓は張り裂けそうだった。そのとき、自分がどれほど利己的な愚か者だったのかに気づいた。また愛した人を失うことをおそれていたのは、自分だけではなかったのだ。娘たちはエドモンドと同じくらい深くアデラインを愛するようになったのだ。彼女たちにとって、愛を、ふたりの母親のやさしく無限の支えを失うのは、自分と同じくらい、いやもっとつらいことなのだ。

「お父さま、痛い。強く抱きしめすぎよ」

くそっ。私は気づいてすらいなかった。

「約束するよ、パンプキンくん。やつに彼女を連れてはいかせない」

ローザが彼の腕のなかでもぞもぞした。

「やつってだあれ？」

「悪魔だよ」

ローザが目を丸くする。「お話しする相手は神さまのほうがいいと思うわ、お父さま。ミセス・フィールズがね、悪魔とはぜったいに取り引きしてはいけませんって言ってたから」

エドモンドは娘の頬にキスをした。「ミス・トンプスンと音楽室に行っていなさい。アデラインの好きな曲すべてを弾いてほしい。きっと彼女は気に入るだろう」

娘たちはうなずいたあと、戸口で待っていた家庭教師とともに立ち去った。

つらそうなむせび泣きが聞こえてきて、エドモンドは立ち上がった。躊躇なく階段を上がり、自室に入る。すぐさま血のかすかなにおいが鼻をついた。思い出の暗がりをかき分けてベッドに近づく。エドモンドの必死の呼び出しに応えて最初に到着したのは、ドクター・グリーヴズだった。彼と産婆が頭を寄せ合って小声で激しく言い合っているせいで、エドモンドの動揺が激しくなった。

意志の力を総動員して疑念と狼狽を脇に押しやり、妻の公爵夫人に集中した。

彼女にひどくにらまれて、エドモンドの唇がひくついて笑みになった。「ここでなにをしているの？　継娘《むすめ》たちと一緒にいてと言ったでしょう」

エドモンドには聞こえた。アデラインの恐怖が。彼と妻の両方を無力にしてしまう見えない力。「静かにして。なにを言われても、私はきみのそばから離れないよ」

痛みに耐えながらも、彼女の目が喜びでぱっと輝いた。「エドモンド」小声で名前を呼ぶ。

医者が顔を上げ、エドモンドに近づいた。「ふたりだけでお話しできますか、公爵さま？　……奥方さまは衰弱されていて、胎児たちは出てこようとしていません」

「はっきり言うんだ」

医者がベッドに向かって顔をしかめた。

「奥方さまは軽いながらも非常に気がかりな痙攣を起こされました。倒れられるまでは経過が順調で、問題が起きるとは考えておりませんでした。ですが、いまの奥方さまは手脚が腫れて、胎児たちは向きを変えていないのです」

部屋がぐるぐるとまわった。「胎児たち？」

産婆のミセス・アグネスが前に進み出る。彼女の茶色の目は温かみと自信に満ちていた。「そのとおりですよ、公爵さま。触診のかぎりでは、ひとりはすでに下りてきていますが逆子です。向きを変える必要があります……が、もうひとりがその子の上にいるのです」

エドモンドは、すべて自分が指示したとおりになっているかたしかめた。湯冷ましの入ったいくつもの水差し。清潔なタオルの上に置かれた石炭酸石けん。部屋がむっとするほど暑くならないように火を小さく保ってある暖炉。洗いたてのシーツ。話をした数人の医者はみな、出産時には手を洗うこととすべてを清潔に保つことが重要だと言っていた。かわいらしい新生児の服も、清潔なタオルや寝具とともに準備されている。

「エドモンド」

彼は妻のもとへ行き、しっかりと指をからませた。

一心なまなざしがエドモンドの視線とぶつかる。「ふたりを部屋から追い出したいわ。なにも言ってくれないせいで、不安が消えないの」食いしばった歯のあいだから言う。

立腹しているアデラインを目にして、なぜかエドモンドは希望に満たされた。彼女は最後の最後まで戦ってくれそうだと思ったら、元気が出てきた。

「赤ちゃんはふたりだそうだ」

アデラインが目を丸くし、起き上がろうとした。産婆が駆け寄ってきて、妻の背中にクッションをあてがうエドモンドに手を貸した。そのとき、陣痛が起きてアデラインは彼の手を握り潰さんばかりになった。

彼女の髪の生え際を汗が流れる。アデラインはにっこりしたが、その目のなかに恐怖が見えて、エドモンドは頭がまっ白になりそうだった。アデラインの苦痛を取り去り、安心感と愛をあたえたかった。

「教えて」彼女が息に乗せて言った。下唇が震えていたが、エドモンドの崇める意志の力で彼女は唇をぎゅっと結び、目に決意をたぎらせた。「わたしは死ぬの？」

静かな部屋でエドモンドは低く陰鬱に悪態をついた。

医師が吐息をつき、そばにやってきた。「奥方さま、可能性は――」

「黙れ」エドモンドは体を駆けめぐる冷たい怒りを抑えられずに嚙みついた。

愛する妻に向きなおる。

「出産について、何カ月もかけてたくさんの本を読み、何人もの医者に話を聞いた。危険や結果をよい方向に変える可能性のある予防措置など、取り憑かれたようにがむしゃらに調べ、どうしてこんなに躍起になっているのかと自問した。その時点でメアリアンはすでに亡くなっていたから、どうして出産についての情報が必要になるのかとね。神はきみを私に遣わせてくれるつもりだったんだね。将来への希望……愛と平和の希望。そして神が、ふたりの子どもが生まれるときには私がきみを助けられるよう準備させてくれた。当時はわからなかったが、いまではそうだったとはっきりわかる。だから、きみがまた死を口にしたり考えたりしたら……」エドモンドの喉が動き、胸のなかで募りつつある否定のうなり声を抑えこんだ。

「エドモンド」アデラインのやわらかな声がした。「わたしは死なないわ……今日は」

エドモンドは妻の濡れた頰にキスをし、彼女の震える肩をさすって慰めをあたえた。

「わかってる。きみの精神力の強さには疑いの余地がないからな。ふたりで力を合わせて、子どもたちがこの世に安全に出てこられるようにしよう。きみは赤ん坊を抱けるよ。私はきみがいなければただの影みたいな存在だよ、マダム」

弱々しい笑みを浮かべ、アデラインは小さくしゃくり上げた。「それって、一緒にいてくれるということかしら、公爵さま？」

「この部屋から私を引き離せるものはなにもない」

アデラインが汗ばんだ額を彼の額と合わせた。「あなたを残して死んだりしないわ……少なくともあと四十年くらいは」

「そうだぞ。今世でも来世でもだめだからな」

そしてふたりは、エドモンドを長く苦しめてきた悪魔に対峙した。

エピローグ

八カ月後……


「きみはすばらしい家族に恵まれたな」ウエストフォールのつぶやきには羨望のようなものがにじんでいた。

エドモンドは図書室の窓にさらに近づいた。うれしそうにはしゃぎまわっている姿を一瞬たりとも見逃したくなかったのだ。

アデラインはブランケットの上に座っていた。生後八カ月の活発な息子たち、カーライル侯爵ジョードン・アレクサンダー・ロチェスターと、ロード・ドレイク・セントジョン・ロチェスターが一緒で、うれしそうに這いまわっている。妻が笑い、ちゃんと伝わっていると言い張るばかげた赤ちゃんことばで息子たちに話しかけるのを見て、エドモンドの胸が愛ではち切れそうになった。

彼とアデラインにとって、まったくすばらしい人生だった。双子を出産して二、三週間もすると、妻はベッドに寝ているのを拒んで活動的な生活に戻った。性生活を再開するのは早すぎるのではとエドモンドが躊躇したとき、仰天するほど官能的にアデラインが何度もくり返し誘惑してきたのだった。まったく、また身ごもったと聞いても驚かないくらい、ふたりは何度も情熱の虜になっていた。

「そろそろみんなのところに行こう」エドモンドは言った。

ウエストフォールが眉根を寄せて左のほうを向いた。エドモンドは、彼がだれを探しているのかを知っていた。レディ・イヴリンだ。

「永遠に彼女を避けてはいられないぞ」エドモンドの声にはおもしろがっている気持ちがにじんでいた。「ふたりともジョードンとドレイクの代父母なんだからな。きみとレディ・イヴリンが顔を合わせる機会も多いだろう」

ウエストフォールがうなった。「エミリーを招待して、ローザとサラと遊ばせてくれてありがとう」

感情のこもった声を聞き、エドモンドは友をじっくりと見た。「私も妻も、エミリーの出生に関する状況など気にしていない。きみの娘は私の娘だから、この先もずっと支えになる」

黄褐色の目がエドモンドに向けられたと思ったら、ウエストフォールがにっこりして彼の肩をつかんできた。

「ありがとう、友よ」

ふたりは図書室を出て、外に向かった。エドモンドは心も軽く、少しだけ先を歩いていた。早く妻と子どもたちのところへ行きたかった。ローザが彼に気づき、歓声をあげながら突進してきた。サラがあとに続き、エドモンドは娘たちを抱きしめた。アデラインが大きな笑みを浮かべて手をふってきた。

六歳のエミリー——黒っぽい髪と黄褐色の目が父親そっくりだ——は、ウエストフォールの腕のなかに飛びこんだ。娘たちと一緒に、ふたりは芝に何枚か敷かれたブランケットのところに向かった。エドモンドは妻の横に座って唇にしっかりとキスをした。

「きゃあああ！」ローザが金切り声をあげ、エミリーとサラはくすくすと笑った。

それを受けたアデラインの笑い声は鈴の音のようで、目のなかできらめく愛を見て、エドモンドの胸が締めつけられた。「愛しているよ、アデライン」

「わたしもよ、エドモンド」

エドモンドは、知性的な鋭い目で見つめてきている息子たちに手を伸ばした。双子の目は美しいハシバミ色で、それだけが母親から受け継いだものらしかった。ウエストフォールから信じられないという目で見られながら、エドモンドはうっとりと見つめてくる息子たちと刺激的な会話をはじめた。妻と同じく、脚をバタバタ動かしうれしそうな声を出している双子が、こちらのことばをちゃんと理解していると確信していた。

著者あとがき

摂政時代の死亡率に関する数字は、独断で決めました。実際のところ、きちんとした記録文書が残されていないため、当時のイングランドでの出産時の死亡人数の記録が正しいかどうかはわからなかったのです。戸籍本庁がすべての市民の死因の記録をはじめたのは一八三七年でした。王立大学の学長らや薬剤師協会の会長もこれを奨励し、人々はできるだけ死因の書かれた死亡診断書の写しを自発的に提出するよう促されました。医者の書いた死亡診断書に基づく死因の記載が義務づけられた一八七五年以降は、死亡率も比較的正確になりました。

著者からみなさんへ

わたしは書くことが大好きな読書家です。特にラブロマンスが好きで、恋に落ちるふたりを描くのを楽しんでいます。自分が創作した世界によく入りこみ、登場人物たちにしょっちゅう（声を出して）話しかけています。わたしには戦士道の〝夢を諦めるな〟があります。執筆をしていないときは、《ウォーキング・デッド》のリック・グライムズ、《バンシー》のルーカス・フッドに涎を垂らし、日本のアニメを観て、愛する人――デュシアン――と一緒にテレビ・ゲームをして長時間を過ごしています。それと、アイスクリームにめちゃめちゃ弱いです。

読者のご意見をうかがうのはいつでも大歓迎ですので、ウェブサイト、フェイスブック、ツイッター（現X）でフォローしてくださるのをお待ちしています。

新刊情報、書影、サンプルの試し読みなどをいち早くお知りになりたければ、会報購読に登録してくださいね。

楽しい読書を！

ステイシー・リード

訳者あとがき

〝評判を傷つけられる〟とか〝体面を汚される〟というのは、ヒストリカル・ロマンスではよく用いられる設定です。上流社会の規範は特に若い未婚女性に対してきびしく、正式に紹介もされていない男性と口をきいてはいけない、などもありますが、なかでも究極的なのは、男性とふたりきりでいる場面を第三者に目撃されることでしょうか。そうなった場合、たとえふたりのあいだにゆゆしきことがなにも起こっていなくても、結婚するか破滅するかの二択になります。相手の男性が道義心を持った人ならば求婚してくれるでしょう。けれど、逃げられて捨てられる場合もあります。

本書のヒロインのアデルは、その究極の状況を意図的に作り上げるという大胆な手段に出ます。それはなぜか？　望まぬ男性との結婚を避け、想い人と結ばれるためでした。

望まぬ男性はまがりなりにも爵位持ち。ヴェイル伯爵です。が、アデルに邪な気持ちを抱き、傷物にしてでも自分のものにしようと力ずくでキスを奪った人です。アデルは父に伯爵の傍若無人なふるまいを訴えますが、准男爵でしかない父は娘が伯爵夫人になる可能性を喜び、懇願に耳を傾けようとしません。

一方のアデルの想い人は、法廷弁護士を目指しているジェイムズ・アトウッド。アデルと結婚したいと思ってくれていますが、爵位のない彼との結婚を父が認めてくれません。このままだといやらしいヴェイル伯爵と結婚させられる！　そこで、親友イーヴィの協力を得て、舞踏会でミスター・アトウッドの部屋にいるところを目撃されるよう仕組み、父が彼との結婚を認めざるをえないようにしようと思ったのです。

ところが、その企みが思いもよらない方向へと転がり……アデルはヴェイル伯爵との結婚は逃れられたものの、ミスター・アトウッドとの結婚も叶わなくなり……公爵夫人になるはめに！　つまり、意図せず上流階級のトップまで登り詰めてしまったわけです。

アデルの体面を結婚によって救ったのは、ウルヴァートン公爵エドモンド・ロチェスター。しかし、その結婚は、アデルのためだけを思ってのものではありませんでした。彼は妻を亡くしており、その死の責任を感じて二度と結婚はしないと誓っていたのでしたが、娘たちには母親が必要だと考えを改め……。実は、再婚相手には別の女性をと考えていたのですが、彼もまた、アデルの大胆な計画で予定を狂わされてしまったのでした。

ぜったいに二度と心を開かないと決意したエドモンド。アデルはそんな夫の気持ちを溶かすことができるのでしょうか？　継娘《むすめ》ふたりとよい関係が築けるのでしょうか？

こんな風に、『間違いと妥協からはじまる公爵との結婚』は王道ロマンスから少しはずれた物語となっていますが、アデルの描写が丁寧で現実にいる人物のように感じられます。意地悪な存在として描かれがちな義母（エドモンドの母）が、公平なものの見方をする人で、アデルの味方になってくれるのも好感が持てます。

友人のイーヴィは、アデルの計画を狂わせた張本人で、たしかに赦せないことをしたわけですが、彼女にも彼女なりの理由がありました。本書『間違いと妥協からはじまる公爵との結婚』は〈Wedded by Scandal〉シリーズの第一作ですが、イーヴィの物語は三作めの"*How to Marry a Marquess*"でくり広げられているようです。

シリーズのそれ以外の作品は、二作めの"*Wicked in His Arms*"、最終巻の四作め"*When the Earl Met His Match*"となっており、どの作品も高評価を得ています。

ステイシー・リードはヒストリカル・ロマンスとパラノーマル・ロマンスの作家で、邦訳も出ているので、名前を耳にしたり実際に既刊作品を読んだりした方も多いでしょう。そんな彼女の作品のなかでも人気の高い〈Wedded by Scandal〉シリーズの一作めをお届けできて幸いです。どうぞ心ゆくまで作者の世界に浸ってください。
二〇二三年八月　辻　早苗

間違いと妥協からはじまる公爵との結婚

2023年10月17日　初版第一刷発行

著 ……………………………… ステイシー・リード
訳 ……………………………………… 辻早苗
カバーデザイン ……………………… 小関加奈子
編集協力 …………………… アトリエ・ロマンス

発行人 …………………………… 後藤明信
発行所 ……………………… 株式会社竹書房
〒102-0075 東京都千代田区三番町8-1
三番町東急ビル6F
email：info@takeshobo.co.jp
http://www.takeshobo.co.jp
印刷・製本 …………………TOPPAN株式会社

■本書掲載の写真、イラスト、記事の無断転載を禁じます。
■落丁・乱丁があった場合は、furyo@takeshobo.co.jpまでメールにてお問い合わせください。
■本書は品質保持のため、予告なく変更や訂正を加える場合があります。
■定価はカバーに表示してあります。
Printed in JAPAN